Alleanza di Sangue

Desiderami - Nyx/Vesperus

La Vergine di Sangue

Sangue Reale

Il Morso dell'Alfa

Anime Ribelli

Il re vampiro

Un morso crudele

Un morso eterno

L'Università del Sangue

Ambientato nel mondo dell'Alleanza di Sangue

Il Giorno del Sangue

La mia *erosita* era rotta.

Prima aveva detto tutta una serie di stronzate su un qualche trucco e sul fatto che non fossi "il suo Cam". Cosa che non aveva alcun senso, e mi aveva sconcertato al punto di ritrovarmi a darle corda con quella conversazione idiota.

Poi aveva lottato contro di me con un impeto che suggeriva quanto si sentisse in pericolo. Forse perché l'avevo minacciata. Ma c'era qualcosa, nella sua reazione disperata, che mi sembrò spinto da una ragione più profonda del semplice istinto di sopravvivenza.

E ora era immobile sotto di me.

In silenzio.

Proprio come le avevo ordinato al mio arrivo, con la differenza che la volevo a quattro zampe.

Ma quello che avevo davanti… non era assolutamente ciò che desideravo. La sua ribellione mi aveva eccitato più di quanto mi aspettassi. Ma la calma inquietante che si era impossessata di lei aveva dissolto tutto il mio interesse.

Non capivo. Avrei già dovuto iniziare a scoparla. I vampiri amavano intimidire e soggiogare le loro prede. Eppure, non c'era una singola parte di me che volesse farlo.

Perché?

È così con lei? È sempre così? È un effetto collaterale del nostro legame? Ma in quel caso… come ho fatto a tollerarlo tanto a lungo? È la mia debolezza? Che lei sia il mio unico punto debole?

Aggrottai la fronte. *No. Se così fosse, l'avrei uccisa secoli fa.*

Ma allora perché l'ho tenuta con me?

Era molto attraente, ma doveva esserci un altro motivo.

A meno che quello che stava succedendo non fosse normale.

«Non ero mai morta».

Le sue parole mi riecheggiarono nella mente, e la ruga che mi solcava la fronte diventò ancora più profonda. Le avevo chiesto se, tornando in vita, il suo cervello non si fosse ripristinato correttamente. E forse avevo ragione. Forse avevo rotto la mia *erosita*.

Allora devo ucciderla. Definitivamente.

Un Morso Crudele

Alleanza di Sangue

Traduzione italiana:
Claudia Sartori
A cura di:
Biba Sven

Autrice di bestseller per Usa Today

Lexi C. Foss

Questo libro è un'opera di fantasia. I nomi, i personaggi, i luoghi e gli eventi descritti sono frutto dell'immaginazione dell'autrice, oppure sono usati in modo fittizio. Qualsiasi somiglianza con persone, viventi o defunte, attività, luoghi o fatti reali è puramente casuale.

Titolo originale: *Cruelly Bitten*

Copyright © 2023 Lexi C. Foss

Traduzione italiana: Claudia Sartori

A cura di: Biba Sven

Tutti i diritti riservati.

Nessuna parte di questo libro può essere riprodotta in qualsiasi forma o con qualsiasi mezzo elettronico o meccanico, compresi i sistemi di archiviazione e recupero delle informazioni, senza il permesso scritto dell'autrice, tranne che per l'utilizzo di brevi citazioni in una recensione dell'opera. Questo libro non può essere ridistribuito a terzi per scopi commerciali o non commerciali.

Editing: Outthink Editing, LLC

Proofreading: Katie Schmahl & Jean Bachen

Design di copertina: Manuela Serra

Fotografia in copertina: Wander Aguiar

Modelli di copertina: Lucas Loyola & Sophie L

Edito da: Ninja Newt Publishing, LLC

Edizione digitale

ISBN: 978-1-68530-081-4

Edizione print

ISBN: 978-1-68530-269-6

Per tutti quelli che sono rimasti con me mentre finivo questo libro. Grazie per il vostro sostegno, il vostro affetto e le vostre parole di stima. Mi dispiace che ci sia voluto così tanto tempo, ma spero sinceramente che ne sia valsa la pena.

Un abbraccio!

<3

UN MORSO CRUDELE

ALLEANZA DI SANGUE

LIBRO SEI

UN MORSO CRUDELE

Un tempo, il genere umano governava il mondo, mentre vampiri e licantropi vivevano nell'ombra.
Ma ora non è più così.

Ismerelda
L'uomo a cui sono legata per sempre è diventato un mostro. Una bestia crudele. Un vampiro privo di rimorso, che non ricorda nulla della nostra vita insieme.

Non ha idea di chi sia. Di cosa significhi per lui. Di ciò che eravamo insieme. Ma non ho nessuna intenzione di arrendermi.

Giuro che si ricorderà di me.

Cam
Sono il re dei vampiri. Considerato da tutti un essere superiore.
Tranne che da lei. La donna che si rifiuta di inchinarsi.

Ho intenzione di spezzarla. Distruggerla. Rieducarla. E quando finalmente avrà imparato qual è il suo posto, la ucciderò.

Perché non ho bisogno di un animaletto disobbediente.

Sono destinato a governare l'Alleanza, ed è esattamente ciò che farò.

Benvenuti nel nuovo regno.
Trabocca di sangue, alleanze distrutte e morte.
Il mio regno. Le mie regole. Il mio futuro.

Nota dell'autrice: *Un morso crudele* termina con un cliffhanger e contiene argomenti di natura molto oscura. Troverete una nota di avvertimento all'interno. Inoltre, per quanto possa essere letta come una storia autoconclusiva, è più piacevole godersi tutta la serie in ordine. Questo libro termina con un cliffhanger.

Un tempo, il genere umano governava il mondo, mentre vampiri e licantropi vivevano nell'ombra.

Ma ora non è più così.

Benvenuti nel futuro, in cui a dettar legge sono le stirpi superiori. Procedete a vostro rischio e pericolo.

L'ALLEANZA DI SANGUE

La legge internazionale sostituisce ogni governo nazionale e sarà amministrata dall'Alleanza di sangue, un consiglio composto in egual misura da vampiri e licantropi.

Tutte le risorse devono essere distribuite equamente tra vampiri e licantropi, compresi i territori e gli schiavi. La posizione sociale e la ricchezza, tuttavia, saranno a discrezione di ogni casata o branco.

Uccidere, ferire o provocare un essere superiore è punibile con la morte. Tutte le controversie devono essere presentate all'Alleanza di sangue per il giudizio finale.

Le relazioni sessuali tra vampiri e licantropi sono strettamente proibite. Le collaborazioni commerciali, se appropriate e fruttuose, sono invece permesse.

Gli umani sono considerati beni di proprietà e non hanno alcun diritto legale. Ognuno sarà giudicato attraverso un sistema basato su merito, intelligenza, ascendenza, abilità e bellezza. La classificazione sarà effettuata alla nascita e finalizzata nel Giorno del sangue.

Ogni anno, dodici mortali saranno selezionati dall'Alleanza di sangue e dovranno competere per l'immortalità. Di questi dodici, due riceveranno il morso che li sottrarrà allo scorrere del tempo. Gli altri soccomberanno. Creare un vampiro o un licantropo al di fuori di questo processo è illegale e punibile con la morte.

Tutte le altre leggi sono a discrezione dei branchi e dei reali, ma non devono sfidare l'Alleanza di sangue.

UNA NOTA DI IZZY

Quando gli umani hanno scoperto l'esistenza di vampiri e licantropi, è stato l'inizio della fine. I governi dei mortali hanno cercato di usarli come armi e di ridurli in schiavitù.

Ma il loro piano non ha avuto successo. Portando al massacro del novanta percento della popolazione mondiale.

I pochi umani sopravvissuti sono stati imprigionati e trattati come bestiame.

Ora, tanti vengono usati come fonte di cibo. Con gli altri, ci giocano i licantropi. È una vera e propria distopia.

E io vivo in questa nuova realtà da quasi centodiciotto anni.

Tuttavia, non ho mai perso la speranza, aspettando che il mio compagno vampiro, da tempo perduto, tornasse da me. Lui aveva una visione del mondo fondata sul rispetto, voleva governare sul genere umano senza crudeltà.

Credeva fermamente che fosse necessario prendersi cura della fonte di cibo che teneva in vita lui e i suoi simili.

Cam.

Il vampiro più antico.

Un tempo, erano in molti a rispettarlo. Ma quasi tutti, ormai, credono che sia morto.

Solo che non lo è.

Lo sento nel profondo dell'anima. Perché è il mio compagno. È il motivo per cui sono ancora viva. Più di mille anni fa, una cerimonia ha legato i nostri spiriti in una danza destinata a durare in eterno.

Ma qualcuno me l'ha portato via.

L'ha rinchiuso.

Torturato.

E ora… ora è sveglio. Solo che non è più l'uomo che conoscevo. E amavo. È un mostro. È crudele. E non ricorda chi sono.

Mi vede solo come un'attraente sacca di sangue. Come un giocattolo da scopare.

Ed ecco perché ho scritto questa nota.

La mia storia non è per i deboli di cuore. Cam è irrevocabilmente spezzato. È malvagio. Non si fa problemi a prendere ciò che crede gli sia dovuto. Perché è stato riprogrammato per essere una creatura antica, senza più un briciolo di umanità.

A parte il suo legame con me.

È per questo che non mi arrenderò. Lotterò per lui fino all'ultimo respiro, anche se dovessi esalarlo con le sue mani avvolte intorno alla gola.

Cam è destinato a essere re. Il *mio* re. Così come io sono destinata a essere la sua regina. E sapete come si dice: la regina è il pezzo più forte della scacchiera.

Lui vuole piegarmi e annientare il mio spirito.

Io, nel frattempo, andrò alla ricerca della sua anima. E,

quando l'avrò trovata, gli sferrerò un colpo letale. Che lo metterà in ginocchio.

A meno che non mi uccida prima…

Attenzione: questo libro contiene temi oscuri di dubbio consenso e talvolta di mancanza di consenso tra il protagonista maschile, Cam, e la protagonista femminile, Ismerelda. Sono presenti anche scene di sonnofilia, parasonnia, giochi con il soffocamento e il sangue, pensieri depressivi, autolesionismo e schiavitù.

Questo è uno dei libri più oscuri che io abbia mai scritto. (Dico sul serio). Ci sono delle scene che mi hanno letteralmente spezzato il cuore. E c'è voluto un bel po' a Cam per farsi perdonare.

Procedete con cautela.

Nota finale: Inizialmente, la mia idea era di concludere la serie *Alleanza di sangue* con *Un morso crudele*. La storia, però, è troppo lunga per un unico libro. Inoltre, al momento non è completa (la sto ancora scrivendo). *Un morso crudele*, infatti, non è ancora stato pubblicato in inglese.

Ma allora, perché questo libro sta uscendo in anticipo nelle altre lingue? Perché volevo ringraziare le mie lettrici e i miei lettori stranieri per il loro costante affetto e il loro costante sostegno con una piccola anteprima della storia di Izzy e Cam. Spero vi piaccia. E l'ultimo libro, *Un morso eterno*, sarà disponibile a breve!

CAM

Questa sarebbe la mia compagna?, pensai, studiando la bionda sul letto. *Labbra da scopare. Splendide tette. Vita snella. Bel viso.*

Non potevo negarne il fascino. Ma non provavo nulla per lei, se non il desiderio di scoparla.

Beh, non era del tutto vero. Volevo anche prosciugarla di nuovo.

Purtroppo, però, non potevo fare nessuna delle due cose, perché era ancora incosciente.

«Maledetti mortali» borbottai, disgustato dalla lentezza con cui si stava riprendendo. Se solo Lilith fosse riuscita nel suo intento di creare giocattoli umani indistruttibili...

Con un sospiro, tornai a concentrarmi sul mio laptop e avviai una nuova registrazione.

«Mio signore» mi salutò la voce di Lilith. Una voce che mi dava sui nervi. L'avevo ascoltata fin troppe volte, negli ultimi dieci giorni.

Purtroppo, era necessario.

Troppe cose erano accadute nell'ultimo secolo, mentre dormivo. E, a causa della mia memoria vacillante, dovevo affidarmi a quella voce acuta per aggiornarmi sulla situazione mondiale.

«Se state ascoltando questa registrazione, allora avete deciso che è giunto il momento di annunciare il vostro ritorno ai nostri alleati. Ho preparato alcuni suggerimenti…».

«Ah sì?» commentai, alzando gli occhi al cielo. «E chi è il re qui, eh?».

La ascoltai illustrare diverse idee su come affrontare il mio ritorno in società. Non me ne piacque nessuna.

Quello era il mio regno.

Pertanto, avrei governato a modo mio.

Aveva già fissato una riunione di lì a tre giorni. Ma grazie al video trasmesso da Ryder, con la testa mozzata di Lilith, gli alfa e i reali erano in agitazione.

Prima o poi avrei dovuto occuparmi di lui. Al momento, però, era più importante ristabilire l'ordine. Soprattutto con il numero dei rivoluzionari in crescita.

«Mi hai proprio deluso» dissi a Lilith, tornando a dedicarmi alla registrazione. «Forse non sarò troppo severo con Ryder, perché è chiaro che la tua morte è stata più che meritata». E non solo per i suoi fallimenti come leader, ma anche per la sua voce irritante.

Mi ha sempre dato così fastidio sentirla parlare?, mi domandai con una smorfia. Avevo di nuovo mal di testa. *O è solo una conseguenza dell'aver dormito troppo a lungo?*

Perché ogni volta che ascoltavo una registrazione, mi sembrava che la sua voce mi perforasse il cranio, lasciandosi dietro un dolore sordo che durava per ore. Non era normale. Ma non potevo chiedere nulla a Michael o a qualcuno dei miei sottoposti. Il dolore era un segno di debolezza. Mi poneva sullo stesso livello di un mortale.

Come la bionda dal profumo delizioso che giace sul mio letto, pensai, riportando la mia attenzione su di lei. «Non so perché ti ho tenuta così a lungo, Ismerelda. Forse lascerò che sia tu a spiegarmelo, al tuo risveglio».

O, più probabilmente, l'avrei uccisa di nuovo.

La bramavo con un'intensità mai provata. Avevo tentato di bere il sangue di altri umani, ma non era nemmeno paragonabile al suo.

Era ridicolo. Anche perché non era nient'altro che una femmina disobbediente, con la tendenza a parlare senza essere interpellata. Il suo comportamento non mi era piaciuto per nulla, quando era corsa verso di me sulla pista di atterraggio. E mi piaceva ancora meno in quel momento, mentre continuava a dormire sul *mio* letto.

«Dovrei metterti in gabbia» le dissi. «Forse ti aiuterebbe a capire qual è il tuo ruolo».

Non rispose.

Non reagì nemmeno.

Perché si stava ancora *riprendendo*.

Con un ringhio frustrato, riposi il mio laptop e mi alzai in piedi.

Era giunto il momento di mandare un messaggio ai leader mondiali. *Il vostro re è tornato*.

Ma prima, dovevo trasferire il mio animaletto nelle sue stanze. L'avevo messa nel mio letto solo perché avevo sperato che si svegliasse mentre stavo lavorando.

Invece, era rimasta incosciente per tutto il tempo. E a me non piacevano le donne in quello stato.

«Preparati» le dissi, sollevandola dal letto. «Perché non appena ti sveglierai, ti distruggerò». Il suo profumo mi stava uccidendo. Probabilmente era per quello che l'avevo scelta come compagna: per il suo aroma inebriante e per il suo sapore.

Abbassai di nuovo gli occhi sul suo seno. *E anche per quelle*. Il mio sguardo le accarezzò il resto del corpo. *Un po' per tutto*.

«È un vero peccato che tu stia ancora dormendo e non possa offrirmi la distrazione di cui ho bisogno». Attraversai la stanza e la portai verso il bagno, e ancora più in là, in fondo alla cabina armadio.

Dove c'era una porticina che conduceva allo spazio che avevo allestito per lei. Avrebbe dovuto essere uno spogliatoio privato, ma avevo fatto predisporre un piccolo letto al posto del resto dei mobili.

Non c'era nient'altro, a parte una luce sul soffitto, controllata da un interruttore nel mio armadio.

Anche la porta era stata modificata, in modo da poter essere chiusa dal mio lato, non dal suo.

La posai sul materasso e rimasi ad ammirare il modo in cui i suoi capelli biondi erano ricaduti in morbide onde sul cuscino.

Molto bella, ammisi. *Ma è ancora addormentata*.

«Che spreco». La lasciai al buio e chiusi la porta a chiave, per poi prendere una delle tante giacche eleganti appese nel mio guardaroba. Il tessuto inchiostro si abbinava bene ai miei pantaloni neri e alla camicia dello stesso colore. E al mio umore.

Lilith mi aveva deluso. Non che ne fossi sorpreso.

Oh, si era dimostrata una pedina leale, e aveva sostenuto la nostra causa fino alla fine. Ma non era mai stata molto potente. Le sue abilità riguardavano soprattutto la sfera politica; la sua capacità di manipolare gli altri le aveva sempre fornito un vantaggio strategico nel convincere la gente a seguirla.

Ma le sue doti terminavano lì.

Era stata ingenua.

Arrogante.

Troppo presa dalla sua sete di gloria per preoccuparsi della forza bruta dei fratelli più antichi.

E ciò l'aveva condotta alla morte, dando inizio alla procedura per il mio risveglio. Anche se, secondo Michael, il mio assistente, aveva valutato l'ipotesi di destarmi dal sonno già diversi mesi prima.

I ribelli avevano iniziato a fare proseliti. Certo, i loro sforzi non sarebbero bastati a sconfiggere l'Alleanza di sangue. Ma avrebbero causato diversi problemi, che volevo prevenire.

Versare sangue antico sarebbe stato uno spreco.

Perciò, dovevamo trovare un modo per collaborare. Trovare un compromesso. O escogitare un piano per sottomettere i rivoluzionari.

Il primo passo sarebbe stata la missione che volevo assegnare ai reali e agli alfa.

«Mio signore» disse Michael con un profondo inchino, mentre uscivo dalla mia stanza. Mi stava aspettando, forse percependo le mie intenzioni attraverso il nostro legame. Dopotutto, ero il suo Sire.

Perché, a quanto sembrava, lo avevo trasformato in un vampiro come regalo per Lilith.

Non avevo nessun ricordo di averlo fatto, né mi sentivo particolarmente connesso a lui. Ma i registri indicavano che gli avevo donato l'immortalità poco prima della rivoluzione. Il fatto che Michael anticipasse i miei bisogni non faceva che rafforzare la veridicità di ciò che avevo udito sul nostro passato.

Quando si raddrizzò, i suoi brillanti occhi verdi incontrarono i miei per un istante, ma poi si spostarono verso la donna in piedi accanto a una porta in fondo al lungo corridoio.

Mira. La prima licantropa.

L'unica a restare eternamente in vita, mentre il resto della sua specie prima o poi moriva. Ciò la rendeva una mia pari, a differenza dei suoi simili, ed era anche il motivo per cui si era unita alla nostra causa, cento anni prima.

O almeno così era indicato nelle note di Lilith.

Dover fare affidamento sulle sue registrazioni e sui suoi documenti per sapere cosa fosse accaduto nell'ultimo secolo mi irritava. Per fortuna, però, non avevo perduto i miei ricordi più antichi, tra cui la mia breve conoscenza con Mira.

Ci eravamo incontrati soltanto una volta, e all'epoca era ancora una lupacchiotta. Ma ora non c'era più traccia dell'adolescente allampanata, che aveva lasciato spazio a una splendida donna.

Ah, ma era un'altra la femmina che desideravo.

Una femmina priva di sensi.

Con un'essenza deliziosa.

Era per questo che il legame di accoppiamento era pericoloso per la mia specie: ci rendeva ossessionati dai mortali. Ma non appena mi fossi saziato del sangue e del corpo di Ismerelda, sarei stato in grado di mettere a tacere quel bisogno.

La desideravo soltanto perché avevo trascorso cento anni senza di lei.

E se avesse continuato a insultarmi come aveva fatto il giorno prima, quando aveva cercato di correre verso di me e abbracciarmi dopo essere scesa dal jet, la mia infatuazione mi sarebbe passata ancora più velocemente.

Inoltre, al piano di sopra c'era una schiera di vergini di sangue, un tipo di mortali con un particolare gruppo sanguigno, che mi aspettava per un assaggio. Sarei passato volentieri a loro, non appena avessi scopato Ismerelda fino ad averne abbastanza.

«Sono pronto ad annunciare il mio ritorno» dissi, rivolto sia a Michael che a Mira. «Tra tre giorni ci sarà una riunione, come stabilito. Ma sarò io a condurla, non Lilith, per ovvie ragioni».

Michael annuì. «Certo, mio signore. Vado subito a controllare i nostri sistemi di comunicazione, per assicurarmi che possiamo raggiungere tutte le regioni del mondo». Non aspettò che gli rispondessi. Si avviò spedito lungo il corridoio e sparì attraverso la porta in fondo, in un guizzo di gambe lunghe e passi affrettati.

«Mentre lui si occupa di quello, vi aggiorno su Sota e Troph». Mira si allontanò dallo stipite, e le sue braccia, prima incrociate sul petto, le ricaddero lungo i fianchi.

«Sei andata a vederli?» chiesi, avvicinandomi a lei e inarcando le sopracciglia in un'espressione sorpresa. I due Benedetti si stavano ancora svegliando, e le loro menti erano accecate dalla fame. Al momento, non mi sarebbero stati utili.

Fortunatamente, non avevo memoria di quella parte del mio risveglio.

Da quello che mi aveva detto Michael, nel mio caso il processo di nutrimento non era stato necessario, perché avevo dormito solo per un secolo.

Sota e Troph, invece, avevano riposato per migliaia di anni.

Erano stati troppo deboli per reggere il dono di Nyx, una vita immortale con figli immortali. L'unico prezzo da pagare era l'incapacità di avere una compagna a lungo termine.

Alcuni Benedetti non potevano sopportare l'idea di una vita senza le persone amate, e avevano scelto di dormire. Ma nel caso di Sota e Troph, ciò che avevano rifiutato era il bisogno dei loro figli di sangue mortale. E piuttosto che sostenere la loro progenie, avevano preferito nascondersi nel sonno.

Una vera e propria atrocità, che rendeva entrambi, e con loro molti altri, indegni del loro dono.

Tuttavia, Sota e Troph erano stati i primi a porre la loro morale distorta davanti alla sopravvivenza dei figli.

Per questo li avevamo scelti come soggetti per la fase successiva dei test, quelli che Lilith non era riuscita a completare durante il mio sonno.

«Gli ho portato la colazione serale» rispose Mira, spostandosi dal mio percorso e seguendomi oltre la soglia e lungo il corridoio.

L'intero complesso sotterraneo era *pieno* di corridoi. Sarebbe stato facile perdersi, ma al mio risveglio Michael mi aveva fornito una mappa, permettendomi così di reimparare a orientarmi.

Mi diressi verso la zona riservata alla trasmissione di comunicati. Lilith l'aveva arredata come quella che usava spesso a Lilith City, tenendola così nascosta agli alfa e ai reali.

Era forse una delle sue idee più brillanti.

«Cercano ancora di mangiare qualsiasi cosa su cui riescano a mettere la bocca» continuò Mira. «La lezione è stata indubbiamente trasmessa».

Annuii. «Bene. È ciò che meritano». I Benedetti non avevano bisogno dell'essenza degli umani per sopravvivere, ed era anche per quello che Sota e Troph non avevano compreso i bisogni della loro progenie.

Ma quel malinteso sarebbe stato presto chiarito.

Una volta riacquistate le loro facoltà mentali, avrebbero visto i corpi dilaniati dei mortali che avevano divorato nel loro stato famelico. Solo allora avrebbero capito il concetto di sopravvivenza e il destino a cui avevano abbandonato i loro figli, costringendoli ad affrontarlo da soli.

Quando una creatura è abbastanza affamata, si nutrirà di qualsiasi cosa, pur di sopravvivere. Quelle erano le parole che Michael aveva scritto con il sangue sulla parete accanto ai cadaveri degli umani. E si era assicurato di scrivere la frase in una lingua comprensibile agli antichi. Stavamo solo aspettando che Sota e Troph fossero abbastanza lucidi da poterla leggere.

Svoltai a sinistra in un altro corridoio, poi a destra e ancora a sinistra, fino a raggiungere l'ascensore in fondo. Mira rimase a guardare mentre digitavo il codice necessario per aprire le porte, poi entrò dietro di me, in silenzio. Sembrava che stesse riflettendo su qualcosa.

«Pensavo...» cominciò lentamente, e i suoi occhi azzurro ghiaccio incontrarono i miei con uno sguardo audace. Era una lupa alfa, abituata a sottomettere gli altri con un'occhiata.

Tuttavia, il suo dominio non era minimamente all'altezza del mio, come le ricordai inarcando semplicemente un sopracciglio in attesa che finisse la frase.

«Credo che, dopo Sota e Troph, sia il caso di risvegliare Fen». Il suono dell'ascensore che raggiungeva il piano enfatizzò le sue parole, pronunciate con determinazione. «La sua linea di sangue è leggermente diversa, considerando che è il padre dei licantropi» aggiunse, mentre uscivamo dalla cabina di metallo. «Fornirebbe ai ricercatori un altro tipo di campione per i loro test».

«Tecnicamente, sarebbe il *tuo* sangue a fornire un altro tipo di campione» mormorai, continuando a camminare. «Dopotutto, sei l'unica licantropa immortale».

«Sì, ma se voi doveste mordermi, lo farei anch'io. E le mie zanne sono molto più affilate» rispose con un sorriso feroce, per nulla timorosa di sfidare apertamente un superiore. «I mortali sono delle prede più facili».

«Più facili, sì. Ma non molto resistenti» ribattei.

«Presumo che la vostra *erosita* sia ancora fuori combattimento…». Mi lanciò un'occhiata impietosita che scelsi di ignorare, e aprii la porta della sala conferenze.

Un enorme tavolo rotondo occupava il centro della stanza, circondato da almeno una cinquantina di sedie. La maggior parte delle pareti erano di vetro nero, proprio come nella sala a Lilith City. Solo che quelle vetrate potevano essere schiarite per rivelare i grattacieli della città. I pannelli là sotto, invece, celavano la pietra.

Andai verso la sedia che si trovava dall'altro lato del tavolo, perfettamente in linea con l'ingresso. C'era una telecamera montata proprio sopra la porta, rendendo quel particolare punto della stanza il fulcro delle riprese. In questo modo, la parete rocciosa rimaneva fuori dall'obiettivo.

«Allora…». Mi sistemai sulla sedia che avevo scelto. «Vuoi risvegliare tuo padre e consegnarlo ai ricercatori».

Stavo volutamente cambiando argomento, perché non avevo nessuna intenzione di parlare della mia *erosita*, né con Mira, né con nessun altro.

Ed ero convinto di averlo messo bene in chiaro, quando avevo portato Ismerelda nel mio alloggio, dopo che Mira aveva consigliato una camera accanto alle vergini di sangue.

Perché cazzo avrei dovuto tenere il mio interesse primario su un altro piano?

No, Ismerelda sarebbe rimasta nella stanzetta che avevo allestito per lei, finché non mi fossi stancato di averla con me.

Solo a quel punto avrebbe potuto essere spostata.

O uccisa.

Ma si trattava di una questione di cui mi sarei occupato al suo risveglio.

Ed era del tutto irrilevante per la nostra discussione.

«Con ogni probabilità, la linea di sangue di Fen è simile a quella degli altri Benedetti» dissi a Mira, intrecciando le dita sul tavolo di granito. «Non è un licantropo. Inoltre, abbiamo già due antichi che si stanno risvegliando. Perché ce ne servirebbe un terzo?».

Prese posto sulla sedia alla mia destra e incontrò nuovamente il mio sguardo, con un'espressione priva di emozioni. «Perché Lilith ha fallito» rispose in tono piatto. «E ora ai vampiri è rimasto poco tempo per sviluppare sacche di sangue alternative».

Già. Perché, nel corso dell'ultimo secolo, i miei fratelli erano diventati sempre più ingordi. Non eravamo ancora a corto di cibo, ma lo saremmo stati nel giro di una decade, se le cose fossero continuate così. Era quello lo scopo degli esperimenti: trovare un modo per mantenere in vita le nostre fonti di cibo nonostante le nostre abitudini alimentari.

Ma quelle cose le sapevo già. Ciò che volevo che mi spiegasse era: «Perché Fen?». Studiai la sua espressione impassibile. «Perché pensi che sia necessario?».

«Perché c'è la possibilità che il suo sangue sia diverso. E, a questo punto, abbiamo bisogno di più campioni possibili».

«Quindi, secondo questa logica, dovremmo risvegliare tutti i Benedetti» dissi.

Mira scosse la testa. «Non se rischiamo di far arrabbiare tutti i reali in vita».

Mh. Non aveva tutti i torti.

«Avete scelto Sota perché sapete che Sahara accetterà il destino del padre come una giusta punizione, proprio come Lajos…».

«Avrebbe accettato il castigo del suo» terminai per lei. «Sì, so bene perché ho deciso di risvegliare Sota e Troph». Grazie alle note di Lilith.

Perché non ricordavo di averlo fatto, come quasi tutto il resto.

«Quindi, stai suggerendo Fen perché c'è la possibilità che sia diverso e non causerebbe nessun problema con i leader dell'Alleanza di sangue» riassunsi.

«Esatto. Sarei l'unica ad avere il diritto o l'interesse a protestare per il suo trattamento, e vi sto dando il permesso».

«Perché?» insistetti. «Pensavo che fossi in buoni rapporti con lui. Non è per questo che hai scelto di riposare con lui nella sua cripta?».

Lilith aveva risvegliato Mira poco prima della rivoluzione, per informarla di quello che i governi degli umani avevano tentato di fare ai licantropi. Ciò aveva reso abbastanza semplice convincerla a unirsi alla nostra causa.

Mira mi guardò per qualche secondo, poi si rilassò sulla sedia con un sospiro. «Mi ha abbandonata. Non subito, come Sota e Troph hanno fatto con Sahara e Lajos, ma ciò significa che ho dovuto sopportare il suo odio più a lungo di quanto abbiano fatto loro».

I suoi occhi azzurro ghiaccio incontrarono i miei, tradendo il primo barlume di emozione. Ma svanì in un battito di ciglia, e la maschera impassibile dell'alfa le calò di nuovo sul viso.

«Le mie ragioni non sono rilevanti. Il punto è che potrebbe avere un'essenza unica. E, nella peggiore delle ipotesi, è comunque un altro corpo su cui fare esperimenti». Si strinse nelle spalle. «In ogni caso, era solo un suggerimento. Sta a voi decidere se vale la pena dedicarci del tempo o meno».

La osservai per un lungo istante, valutando il potenziale di risvegliare Fen e usarlo per i nostri test.

Controllarlo sarebbe stato facile. Perché nonostante i Benedetti fossero immortali, e venerati come i creatori della specie dei vampiri e di quella dei licantropi, non avevano altre doti soprannaturali.

Non avevano una forza sovrumana né erano in grado di ipnotizzare.

Non potevano trasformarsi.

Erano incapaci di teletrasportarsi come facevano i vampiri più antichi.

Erano essenzialmente umani, solo che non morivano. Proprio ciò di cui aveva bisogno la mia specie per sopravvivere.

E per quanto riguardava Mira, voleva trovare un modo per rendere i licantropi realmente immortali. Non lo aveva ammesso, ma avevo trovato una nota sull'argomento, nel suo fascicolo.

Se fossimo riusciti a prolungare in eterno la vita degli umani, lo stesso metodo si sarebbe potuto applicare ai licantropi. E finalmente Mira avrebbe avuto un branco con cui trascorrere l'eternità.

È per questo che vuole Fen, capii, continuando a studiare il suo viso. *Perché la sua essenza potrebbe fornirle la soluzione che brama. Dopotutto, sono state le sue azioni a crearla.*

«Va bene» decisi ad alta voce. «Prepara tutto il necessario per il rituale e pensa a dove rinchiuderlo».

Avevo partecipato alle altre due cerimonie perché era necessaria l'essenza di una creatura superiore. Essendo il vampiro più antico, il mio sangue era abbastanza potente da risvegliare qualsiasi Benedetto. Ma Mira era la figlia di Fen, e ciò la rendeva capace di eseguire il rituale da sola.

«Grazie, mio signore». Il suo mento si abbassò in un leggero inchino. «Mi occuperò di tutto».

«Fammi sapere quando si terrà la cerimonia. Verrò a osservare, e, se necessario, ti darò una mano» dissi, mentre Michael entrava nella stanza con un certo nervosismo. «Cosa c'è?» chiesi. Il suo profumo dolciastro mi irritava i sensi.

Com'è possibile che questo debole maschio sia la mia progenie? Nessuno gli ha insegnato a controllare le sue emozioni?

«Sembra che i nostri sistemi di comunicazione siano fuori uso, mio signore». A differenza di Mira, Michael non incontrò il mio sguardo; mentre parlava, i suoi occhi verdi rimasero rivolti al pavimento. «Il nostro team ci sta già lavorando, ma hanno detto che probabilmente ci vorrà fino a domani per sistemare tutto».

Le mie sopracciglia si sollevarono. «Come cazzo è successo?».

«Non ne sono sicuri, mio signore». Deglutì visibilmente. «Ma stanno indagando».

«È Damien» borbottò Mira.

La guardai. «Damien?».

«Il fratello di Izzy. È un mago della tecnologia. Ed è anche la progenie di Ryder». Dal suo tono irritato trapelò una punta di ammirazione. «È lui che ha manomesso il telefono di Lilith e che ha aiutato i rivoluzionari ad accedere ai suoi vecchi bunker».

Sbuffai. «Non li ha aiutati a fare un bel niente. Sono stato io a lasciare che esplorassero i laboratori». Era tutto parte del piano per aiutare Jace, mio cugino, e Darius, la mia progenie, a capire cosa stava cercando di ottenere Lilith durante il mio sonno.

Purtroppo, però, non avevano apprezzato i nostri sforzi per migliorare la nostra fonte di cibo.

Erano stati corrotti da Cane, mio fratello. Se quel bastardo non stesse dormendo nella cripta di nostro padre, lo avrei strangolato, per aver fatto il lavaggio del cervello a mio cugino e alla mia progenie.

«Beh, in ogni caso, è Damien che sta sabotando il nostro sistema di comunicazione. Probabilmente, sta cercando un modo per contattare Izzy». Mira mi lanciò un'occhiata eloquente. «Vi avevo avvertito. È testarda e…».

«Sono perfettamente in grado di occuparmi della mia *erosita*» la interruppi. «È nuda e rinchiusa nel mio armadio. Suo fratello non riuscirà a contattarla, né tantomeno a raggiungerla». Tornai a rivolgermi a Michael. «Collabora con la squadra per risolvere il problema e fammi sapere quando è tutto a posto».

«Sì, mio signore». Si inchinò fin quasi a sfiorare il pavimento con la fronte e se ne andò senza aggiungere altro.

«Nel frattempo, io andrò a impartire una lezione alla mia *erosita*» aggiunsi con un ringhio che sottolineava le mie parole.

Perché se era davvero opera di Damien, mi sarei assicurato che fosse la sorella a pagare per la sua intromissione.

Ti conviene essere sveglia, Ismerelda, pensai rivolto a lei.

Non che potesse sentirmi. Avevo bloccato la nostra connessione mentale.

Ma ciò non mi impedì di aggiungere: *Sono affamato e irritato. E tu esisti per un unico motivo: per servirmi. Preparati a sanguinare.*

Izzy

Freddo.

Buio.

Cam…

Rabbrividii.

Perché sono…? Dove…? Com'è possibile…?

Gemetti, con il cranio che mi martellava per il flusso di domande frammentate. Era tutto così… *sbagliato.*

Cos'è…?

Contrassi le dita, ma fui attraversata da una scarica di dolore. Le mie braccia erano troppo pesanti per riuscire a sollevarle. Non ero nemmeno sicura di cosa volessi fare. Prendermi la testa tra le mani? Massaggiarmi le tempie?

Ahia.

Tentai di avvicinare le ginocchia al petto, ma le mie gambe si spostarono solo di qualche millimetro. *Gira tutto*, pensai, mentre un lamento mi sfuggiva dalla gola. *Perché sono…?*

Un sussulto mi rimbalzò lungo la spina dorsale. *Cam… Gli è…? No. No, sta bene. Mira ha detto…*

Spalancai gli occhi di scatto, solo per chiuderli altrettanto rapidamente, travolta da un'ondata di agonia. *Merda.* Feci una smorfia, le mie viscere erano un ammasso di dolore. *Cosa…?*

Cam…

No.

Sto continuando a girare in tondo. Ma in realtà no. Sono solo confusa. Che stia delirando?

Deglutii, e il mio viso si contrasse in un'altra smorfia. *Così secca.*

Mi sento… come… come… come se fossi morta…

Aprii di nuovo gli occhi, provocando un'altra scarica di sensazioni che inondarono i miei sensi. Ma stavolta mi sforzai di resistere e insistere, sfuggendo a quell'oceano di sofferenza e spingendomi verso l'alto, verso l'aria fresca e buia.

Inspirai bruscamente. I miei polmoni furono colti dagli spasmi, il mio cuore fu gettato in un ritmo caotico.

Sono morta, pensai. *Sono…*

Un'altra fitta che riverberò nelle mie vene, incendiandomi il sangue. *Mi sento…*

Un urlo muto graffiò la mia gola secca, non riuscivo a parlare. *Acqua… Ho bisogno…*

Ma le mie mani… le mie braccia… erano ancora troppo pesanti. Troppo… troppo… *morte.*

Chiusi gli occhi, il mio mondo era avvolto in un'oscurità perpetua. *Che sia solo un incubo?*

Cercai di stringere le dita, ma rifiutarono il mio comando.

Un altro gemito rimbombò nel mio petto, ma senza emettere alcun suono. Proprio come le mie urla. *Anche il primo gemito è stato così?* Non riuscivo a ricordare.

Non ricordavo nulla. Come fossi arrivata lì, per esempio. O perché mi sentissi così… *morta.*

Cam…

Tentai di scuotere la testa per scacciare il pensiero, per negare quello che mi suggeriva la mente. *Non sto percependo la sua morte. Sta bene. Deve stare bene.*

Ma… no, non era quello.

Ma c'entra Cam…

Le mie gambe si decisero a funzionare, come se ciò che le bloccava avesse deciso di consegnarne l'autorità alla mia mente. Ma facevano male. Non… C'era qualcosa che non andava. *Ho male dappertutto.*

Mi sembra di morire…

Rabbrividii quando le mie ginocchia incontrarono finalmente il mio petto, e le mie braccia circondarono lentamente i miei stinchi, ritrovandomi così rannicchiata sul fianco. Sotto di me c'era qualcosa di morbido. Forse un letto? Ma non era il mio. Perché aveva un odore sconosciuto. Come di muschio. *Vecchio.*

I miei occhi si riempirono di lacrime, e il liquido fu accolto dai miei sensi con gioia. La saliva si raccolse nella mia bocca, permettendomi di deglutire. Ma continuavo ad avere l'impressione che ci fosse qualcosa di terribilmente sbagliato.

Dev'essere un incubo. Forse sto vivendo un incubo di Cam? Che sia finalmente riuscita a connettermi con la sua mente? È dove l'ha imprigionato Lilith? In questo tormento perpetuo?

Altre lacrime mi pizzicarono le palpebre, rigandomi le guance. *Oh, Cam…*

Di solito, sognavo la nostra ultima notte insieme. O meglio, quella notte di più di centodiciotto anni prima, che aveva cambiato per sempre le nostre vite.

La notte in cui Cam aveva eretto un muro tra le nostre menti, spezzando il nostro legame telepatico…

Spalancai gli occhi, percependo l'intenzione di Cam. Il suo piano si era impossessato della mia mente, facendomi accelerare il battito. Sapevo che sarebbe potuto succedere. Me ne aveva già parlato.

Ma sentirlo…

Dev'esserci un altro modo, Cam, gli sussurrai nella mente. *Stai sacrificando…*

È il mio fardello, Ismerelda, aveva risposto con una voce stanca, come se avesse già iniziato a soffrire. *E devo portarlo da solo.*

Ma è da più di mille anni che non sei solo, avrei voluto rispondergli. Ma non riuscii a formulare il pensiero. Il mio cuore si frantumò in un milione di pezzi, mentre sentivo il muro tra di noi solidificarsi.

Aspetta, lo implorai. *Dobbiamo parlarne.*

Non c'è tempo. Devo chiudere la nostra connessione prima che sia troppo tardi.

Troppo tardi per cosa?

Per riuscire a proteggerti, rispose in fretta. *Mi dispiace, amore mio. Mi dispiace così tanto. Ma questo è l'unico modo. Devo…*

Una sorta di coltellata squarciò il nostro legame, strappandomi un rantolo. *Cam?*

Mi dispiace, ripeté. *Ti amo. Ti amerò in eterno. A prescindere da tutto.*

Cam!

Addio, Ismerelda. Ma non sarà per sempre.

Cosa? No! Non…

L'agonia mi trafisse la mente, scivolando in una cascata di gelidi pugnali lungo la mia spina dorsale.

E poi fui inghiottita da un silenzio di tomba.

Cam?

Niente.

Cam?!

Silenzio. Pace. Solitudine.

Mi alzai a sedere sul letto, con il cuore che mi martellava nelle orecchie, frugando con lo sguardo nella stanza, alla ricerca dell'uomo che sapevo non avrei mai trovato. Il mio Cam. Il mio amore. La mia metà.

Se n'era andato il giorno prima per incontrare Darius e discutere di una strategia su come sconfiggere Lilith e il suo nuovo ordine mondiale. Lo avevo supplicato di lasciarmi andare con lui. Ma mi aveva ordinato di restare con Luka.

«Al sicuro» aveva detto.

Ma non mi sentivo al sicuro. Non più. Non con la nostra connessione bloccata, senza sapere cosa gli fosse successo.

Allontanai le lenzuola dalla mia pelle fradicia di sudore e scesi dal letto.

Avevo bisogno di risposte. Avevo bisogno di sapere che Cam stava bene.

E, ancora più importante, avevo bisogno di sapere se fosse stato tutto un brutto sogno.

Ti prego, fa' che sia solo un brutto sogno, implorai. Non che credessi in una divinità. Ma mi sarei aggrappata a qualsiasi cosa, pur di assicurarmi che Cam stesse bene.

D'altro canto, non ero un'ingenua. E sentivo nel profondo dell'anima che c'era qualcosa che non andava.

Mi aveva detto che c'era quella possibilità, che a un certo punto avrebbe dovuto tagliarmi fuori dalla sua mente per proteggermi. Ma mi aveva promesso che sarebbe stata l'ultima spiaggia.

Eppure, aveva interrotto il nostro legame senza esitare.

Perché è già stato ferito?, mi domandai.

Indossai una vestaglia per coprire il pigiama di seta e uscii dalla stanza.

«Izzy» disse una profonda voce maschile, con una

dolcezza che raramente avevo udito provenire dall'alfa che si trovava nel corridoio.

«No» risposi, vedendo la desolazione nei suoi gentili occhi azzurri. «Dimmi che non è vero. Dimmi che Cam sta bene».

Si limitò a scuotere la testa, e i suoi capelli folti e scuri gli ricaddero sulla fronte. «Non ho intenzione di mentire, non a te».

«Allora perché sei qui?» domandai, avvicinandomi a lui a grandi passi e conficcandogli l'indice nel petto. «Perché sei qui, Luka?». Ma conoscevo già la risposta. Così come sapevo che l'improvvisa aggressività che provavo nei suoi confronti non era giusta, né razionale.

Ma lui era lì, e Cam no.

Era lì per tenermi al sicuro.

No. Per tenermi *prigioniera* in modo che non dessi la caccia a Cam. Che non rintracciassi il mio compagno. Che non lo obbligassi ad abbattere quel fottuto muro che aveva eretto tra le nostre menti.

Doveva esserci un altro modo!, gli gridai, abbattendo il pugno sul petto massiccio di Luka. *Avresti dovuto parlarne con me, non lasciarmi all'oscuro. Da sola. Qui. Senza di te. Non è giusto. Non è giusto, cazzo!*

Il mio pugno colpì di nuovo Luka, mentre le lacrime mi offuscavano la vista.

Perché lo stai facendo? Perché vuoi essere un martire? Perché, Cam? Cazzo, dimmi perché!, urlai alla porta chiusa nella mia mente, tremando di rabbia. Di paura. Sperando disperatamente che non fosse vero.

«Perché?» sussurrai. «Perché?».

«Perché non voleva renderti un bersaglio, Izzy. È meglio che Lilith e tutti gli altri pensino che sei morta» disse Luka, lasciandomi di sasso.

«Cosa?» lo guardai, ma il suo giovane viso era una macchia confusa. «Morta?».

Lui aggrottò la fronte. O almeno mi sembrò che lo facesse. Non riuscivo a vedere bene, avevo l'impressione che ogni cosa mi stesse girando intorno in un vortice di luci abbaglianti.

«Morta?» ripetei.

«Non lo sapevi?» chiese Luka. Suonava confuso e scioccato almeno quanto me.

«Non…». Le gambe mi tremavano, prossime a cedere. «Non…».

Iniziai a vacillare, e lui mi afferrò i fianchi. «Pensavo che Cam ti avesse spiegato tutto il piano. Chiaramente, non è così». Era a dir poco sconcertato. «Non… Izzy…».

«Cam ha appena inscenato la tua morte per farsi catturare da Lilith» mi informò un'altra voce.

Femmina.

Alfa.

Mira.

«Sa che non lo ucciderà» continuò. «Il suo sangue è troppo potente per essere sprecato. Ma Cam spera di riuscire a parlarle, a farla ragionare. E ha bisogno che nel frattempo tu resti qui, al sicuro».

Guardai la nuova arrivata. Non la conoscevo bene, ma Luka l'aveva scelta come compagna. Così, la bionda era stata accolta nella nostra cerchia più ristretta.

Ed era l'unica che mi stava dando le risposte di cui avevo bisogno.

Risposte che non volevo ascoltare.

Ma che erano comunque necessarie.

«Mi ha tagliata fuori dalla sua mente» le dissi con voce roca. «Non riesco più a sentirlo».

«Per proteggerti» ribadì.

Per proteggermi, ripetei a me stessa. *Per tenermi al sicuro.*

Come se fossi un fragile oggettino da riporre con cura, non una pari. Non la sua *compagna.*

In fondo, lo capivo. Non avrebbe potuto concentrarsi come doveva, se tutta la sua attenzione fosse stata rivolta a me. Ma quella consapevolezza non rendeva la situazione meno dolorosa.

Mi allontanai da un Luka ancora ammutolito, pur sapendo che le gambe mi avrebbero retta a stento. Ma dovevo arrangiarmi da sola. Dovevo dimostrare che ero abbastanza forte da sopportare quello che stava accadendo.

Sono una sopravvissuta, pensai. *E Cam lo sa bene.*

Eppure, mi aveva tenuta all'oscuro.

Aveva… aveva inscenato la mia morte, e ora…

«Lilith potrebbe ucciderlo» dissi, con una voce a malapena udibile. «È abbastanza pazza da ucciderlo».

E allora cosa sarebbe successo?

Cosa ci sarebbe successo?

Non abbiamo nemmeno avuto l'opportunità di dirci addio, sussurrai a Cam. *Perché farci una cosa del genere, dopo mille anni insieme? Sei davvero convinto di poter convincere quella stronza?*

Ma era troppo tardi per fargli domande.

Troppo tardi per fargli cambiare idea.

Troppo tardi per fare qualsiasi cosa, se non aspettare…

E AVEVO ASPETTATO. Per più di cento anni.

Finché Mira non mi aveva detto che avevano trovato Cam.

Nella mia mente vorticò il ricordo di ciò che avevo provato. Sollievo, gioia, nervosismo.

Non avevo capito perché la nostra connessione fosse ancora interrotta, ma pensavo che fosse una conseguenza degli anni che avevamo vissuto separati.

Anni colmi di nostalgia.

Anni colmi di preoccupazione.

Più di un secolo di solitudine, in attesa del tocco del mio compagno.

Mi strinsi ancora di più le ginocchia al petto, confusa dalle parole di Mira.

Siamo salite sull'aereo, ricordai. *Mi sentivo a disagio, ma c'era da aspettarselo, no? Era passato così tanto tempo dall'ultima volta che avevo visto Cam…*

Deglutii.

E poi il jet è atterrato.

L'immagine era nitida nella mia mente. *Cam*. Era rimasto fermo, con una postura altera, poco distante dalla pista di atterraggio. I suoi capelli neri erano più lunghi del solito, gli arrivavano sotto le orecchie. Ma i suoi penetranti occhi azzurri erano gli stessi di sempre. Così come la sua corporatura muscolosa. Quell'alto muro di forza.

Ero corsa da lui.

Euforica.

Con il cuore che mi esplodeva di gioia.

E poi mi ha morsa.

Mi portai le mani al collo, ma non c'era traccia del suo morso.

Che abbia sognato?

Forse.

Ma…

Mi ha… mi ha uccisa.

Spalancai gli occhi, mentre le ultime vestigia della realtà calavano sulla mia mente. *Cam mi ha uccisa.*

«No» mormorai, aggrottando la fronte. *No. No, non può essere vero. Non… Cam non farebbe mai…*

Durante i mille anni trascorsi insieme, non aveva quasi mai bevuto la mia essenza. Mi aveva sempre morsa solo con il mio permesso, o quando aveva bisogno di sangue.

Mi sfiorai di nuovo il collo.

Ma mi ha prosciugata. Ha continuato a bere fino a uccidermi.

A meno che…

A meno che non fosse davvero lui.

Ciò avrebbe spiegato perché la barriera mentale era ancora in piedi. Forse qualcuno aveva creato un sosia di Cam. *È possibile?*

Un finto Cam avrebbe avuto più senso di quello vero che mi uccideva.

Più o meno lo stesso senso del fatto che quello fosse un sogno.

Ma allora, dove sono?

Non era il mio letto. C'erano solo un lenzuolo e un vecchio cuscino. Niente luce. Solo una gelida oscurità.

E quell'odore antico e muschiato. Arricciai il naso. *L'odore sembra proprio reale.*

Seguii i contorni del materasso, notando quanto fosse sottile il lenzuolo che lo copriva. *C'è solo un lenzuolo?* Aggrottai le sopracciglia, raggiungendo la fine del materasso. *È piccolo. Da questo lato, non c'è nessun comodino.* Ruotai lentamente e controllai l'altro lato. *E neanche qui.*

Allungai la mano sopra di me, incerta se mi trovassi in una sorta di gabbia o in una vera e propria stanza, ma le mie dita trovarono soltanto l'aria.

Ciò significava che avrei potuto sedermi e…

Una luce accecante mi fece strillare; mi rannicchiai di nuovo su me stessa, con gli occhi che bruciavano per il bagliore improvviso. «*Cazzo*» ansimai, con la gola ancora secca per essere *morta* e tornata in vita.

Uff!

Avrei voluto urlare, ma un fruscio, *la porta che si apriva*, mi fece irrigidire.

«Cazzo» ripeté una voce maschile.

Una voce maschile che suona esattamente come quella di Cam.

«Sì, è precisamente quello che avrai» disse, e le sue parole furono sottolineate dal suono metallico di una cintura che veniva slacciata. «E poi mi nutrirò».

Izzy

Sembra proprio Cam, pensai. *Ma non è lui. Non può essere lui.*

Cam non si sarebbe mai rivolto a me in quel modo.

Tuttavia, ciò non impedì al mio cuore di reagire alla sua voce.

E ora al suo viso, sussurrai tra me e me, mentre i miei occhi cominciavano a rimettere a fuoco. *Quest'uomo è identico a lui. Almeno nell'aspetto. Ma è più crudele. Più duro. Più arrabbiato.*

Deglutii a fatica, accarezzando con lo sguardo l'uomo che non vedevo da più di un secolo. *Stesso fisico muscoloso. Ed è anche vestito di nero, il colore preferito di Cam.*

La sua cintura scivolò attraverso i passanti e atterrò sul pavimento con un tonfo anticlimatico.

«Mettiti in ginocchio. Prima voglio prenderti da dietro» mi ordinò, facendo schizzare in alto le mie sopracciglia.

Scusa?

La luce improvvisa e, in seguito, la presenza di

quell'uomo così simile a Cam mi avevano stordita al punto che la mia mente annebbiata non aveva afferrato le sue parole. *Vuole scoparmi e poi bere il mio sangue.*

Serrai immediatamente le cosce. *No.*

Questo non è Cam.

Non succederà.

Non può succedere.

Se gli avessi permesso di scoparmi, il mio legame con il vero Cam si sarebbe infranto.

Assolutamente no, cazzo.

No. No. No.

«Adesso, Ismerelda».

Sembra proprio lui, pensai, sempre più confusa. Ma il *vero* Cam non mi avrebbe mai parlato in quel modo. O quantomeno non lo faceva da tempo. Le cose tra noi erano iniziate in modo un po' violento, ma aveva sempre avuto una certa delicatezza nei miei confronti.

Una delicatezza che a quella versione di lui mancava.

Nei suoi occhi azzurri divamparono le fiamme. «Quando ti do un ordine, devi obbedire».

«Altrimenti?» ribattei, con una voce meno ferma di quanto avrei voluto, davanti a quell'impostore che mi ricordava il mio compagno perduto.

Che razza di scherzo crudele è questo?, mi domandai. *Forse, dopotutto, è davvero un incubo…*

Inarcò un sopracciglio scuro. «Altrimenti ti distruggo».

«Uccidendomi di nuovo?» chiesi, simulando un'audacia che non sentivo e costringendomi a mettermi a sedere sul letto.

«Stavolta, forse per sempre» minacciò, facendomi sbuffare.

Okay, non è il mio Cam. Ne fui al tempo stesso sollevata e orripilata. Perché il *mio* Cam era imprigionato da qualche parte, incapace di venire a salvarmi. E difendermi da sola da un vampiro non sarebbe stato facile.

Soprattutto *nuda*, un aspetto di cui mi resi conto solo in quel momento, quando gli occhi del finto Cam si abbassarono sul mio seno.

Cominciò a sbottonarsi la camicia, sprigionando una fame sfrenata. «Ma prima ti scopo comunque» aggiunse, rafforzando la sua minaccia.

Il mio cuore mancò un battito. *Non va bene.* Ora che c'era la luce accesa, potevo vedere la stanza, più simile a un armadio che a una vera e propria camera da letto. Niente finestre. Un'unica porta. E lui la stava bloccando con il suo corpo. *Spogliandosi.*

«Non te lo ripeterò un'altra volta. Mettiti a quattro zampe, o prima ti prenderò anche il culo». Il ringhio con cui sottolineò le sue parole mi gelò il sangue.

Perché mi riportò alla mente un ricordo oscuro. *La notte in cui ho incontrato Cam.*

E ciò dimostrava ulteriormente che quello non era il *mio* Cam. Perché non mi avrebbe *mai* minacciata con una punizione del genere. Non dopo il destino da cui mi aveva salvato quella notte.

Una parte sopita di me aveva sperato di sbagliarsi, che forse si trattava solo di una versione confusa del mio compagno. La parte più fantasiosa di me, forse. La mia anima sognatrice e piena di speranza, che sentiva la mancanza della sua metà.

Ma per quanto quell'uomo potesse somigliare al mio Cam sia nell'aspetto che nel familiare accento britannico, era sicuramente un impostore.

E vuole scoparmi.

Forse, il sesso anale non avrebbe distrutto il mio legame con Cam. Ma quello vaginale sicuramente sì.

E nessuna delle due opzioni mi entusiasmava particolarmente.

Non con lui. Non con il finto Cam.

«Non capisco perché impegnarsi ad assomigliargli, se poi non ti comporti come lui» dissi, posando un palmo sul materasso, come se mi fossi decisa a obbedire. «Rovina tutto il trucco».

Si bloccò sull'ultimo bottone della camicia. «Trucco?».

«Qualsiasi cosa sia». Indicai con un cenno lo spazio tra di noi, sistemando lentamente i piedi sul letto, continuando a fingere di seguire i suoi ordini. «Ma hai messo bene in chiaro che non sei il *mio* Cam. Quindi, che senso ha assomigliargli?».

Non ero ancora sicura che non si trattasse di un incubo. Ci speravo, in realtà. Ma mi sentivo decisamente sveglia. E non avevo mai sognato nulla di simile.

Come faccio a scappare?, mi domandai. *È proprio davanti…*

«Il *tuo* Cam?». Inarcò anche l'altro sopracciglio. «Tu sei la mia *erosita*. Sono io a possedere te. Non il contrario».

«Non sono la tua *erosita*» gli dissi. «Sono l'*erosita* del vero Cam». *E non sarà più così, se permetterò a quest'uomo di toccarmi.*

«Il *vero* Cam?». Mi fissò con un'espressione incredula. «Il tuo cervello non si è ripristinato correttamente, quando ti sei svegliata dal tuo pisolino?».

«Il mio pisolino? Intendi la mia *morte*?». Lo fulminai con lo sguardo. «E, onestamente, non ne ho idea. Non ero mai morta». Ma forse aveva ragione. *Forse il morso è stato reale e sono ancora morta?*

No, non avrebbe spiegato quella situazione bizzarra.

E il fatto che Cam mi avesse uccisa.

Ma nulla di tutto quello che stava accadendo aveva alcun senso. Perché fingere di essere Cam e comportarsi in modo completamente diverso?

A meno che non sappia nulla di come mi trattasse Cam. E questo significa che non lo conosce. Chi sei, allora?, mi domandai.

«Non sei mai morta?». Mi guardò e grugnì. «Quindi la mia *erosita* è una bugiarda. Buono a sapersi». Slacciò anche l'ultimo bottone, facendomi intravedere il torso muscoloso.

«Hai azzeccato anche gli addominali» dissi, ricordando ogni increspatura del ventre di Cam. «Ma non la personalità. Te lo chiedo di nuovo: qual è il punto di questa messinscena?».

«Il punto è che ora ti scopo. E se non la smetti di parlare, ti imbavaglio».

Si tolse la camicia, mostrandomi le spalle e le braccia muscolose. Una splendida visuale, che rovinò iniziando ad arrotolare il tessuto in una corda improvvisata.

«Mettiti a quattro zampe, *Ismerelda.* Non lo ripeterò un'altra volta».

Deglutii. *Male. Molto male.*

Era ancora davanti alla porta, e tra i lati del letto e le pareti non c'erano neanche trenta centimetri. Di conseguenza, avrei dovuto superare in qualche modo quel muro di muscoli e avventurarmi su qualsiasi cosa mi aspettasse oltre la soglia.

E poi? Mi sarei messa a correre?

Chiunque fosse, era un vampiro. Di questo ero certa. E ciò lo rendeva più forte e più veloce di me.

Anche se fossi riuscita a uscire da quella stanza, mi avrebbe catturata in un attimo. E allora, cosa sarebbe successo?

Mi scoperà e perderò Cam per sempre.

Sentii una fitta al cuore al solo pensiero.

No, non è possibile. Non può finire così. Ora…

Il finto Cam si sporse in avanti e tentò di afferrarmi la caviglia destra. La gamba opposta reagì, e il tallone andò a schiantarsi sulla sua faccia, spingendomi giù dal letto.

Quando toccai il pavimento, vacillai. Le mie ginocchia quasi cedettero per l'impatto inaspettato e per la debolezza fisica causata dagli ultimi avvenimenti.

Un ringhio risuonò nella stanza, facendomi rizzare i peli sulle braccia.

Il finto Cam non parlò, limitandosi a muoversi alla velocità della luce per sbattermi contro la parete. Decenni di allenamenti contro vampiri e licantropi non avrebbero potuto evitare che la mia testa si schiantasse sulla roccia.

Ma l'istinto prese il sopravvento, facendomi alzare di scatto il ginocchio verso il punto delicato tra le sue gambe.

Solo per essere bloccato da una coscia di marmo.

Urlai e cercai di spingerlo via, il mio bisogno di fuggire prevalse su qualsiasi ragionamento.

Non finirà così tra di noi, pensai. *Mi rifiuto! Preferisco morire!*

Il finto Cam disse qualcosa che si perse tra le mie grida, la sua furia mi colpì come una frusta. Ma non mi importava. Non potevo permetterlo.

Non il mio Cam.

Non così.

Non lasciandomi scopare da…

Tutta l'aria mi uscì dai polmoni quando il vampiro mi sollevò e mi sbatté sul materasso.

Stesa sulla pancia.

Con le gambe spalancate.

Ne fui raggelata. Ogni traccia di energia svanì, mentre quella creatura mi teneva bloccata sul letto.

Non avevo mai avuto nessuna possibilità. Lo sapevo. Ma lottare era tutto ciò che potevo fare, ed ero riuscita a resistere mezzo minuto al massimo. Probabilmente meno.

Perché è un vampiro deciso a distruggere il mio legame con Cam. E voleva che facesse male.

Oh, no…

Ecco perché ha lo stesso aspetto di Cam, capii con il

successivo e doloroso respiro. *Vuole che questa esperienza mi faccia orrore. Che mi segni. Che mi lasci una ferita indelebile.*

Cam lo sa? Sta guardando? Lo scopo è far soffrire lui? O entrambi?

Cazzo, non lo so.

I pensieri si rincorsero nella mia mente, strappandomi un gemito agonizzante, mentre gli occhi mi si riempivano di lacrime. Mi sentivo così debole. Sconfitta. Schiacciata. Fottutamente impotente.

Non voglio che Cam mi veda così.

Mi dispiace. Mi dispiace tanto.

Non avrei dovuto fidarmi di Mira. Avrei dovuto seguire il mio istinto. *Non mi avresti mai lasciata all'oscuro. Mi avresti detto che era tutto a posto.*

Ma non era vero. Tanti anni prima, mi aveva tagliata fuori, scegliendo il suo percorso senza parlarne con me. Aveva cercato di proteggermi.

E per cosa?

Per questo?

Mi morsi il labbro inferiore per evitare di urlare.

Lo avevo perdonato.

Avevo capito le sue ragioni.

Tutti abbiamo fatto dei sacrifici.

Ma che finisca così...

Rabbrividii, e un singhiozzo si fece strada nel mio petto, mentre tentavo di scacciare una risata. Perché era quasi poetico che la nostra relazione finisse così, in un modo fin troppo simile a com'era cominciata.

Solo che, quella notte, Cam aveva massacrato gli uomini che mi tenevano bloccata a terra.

E dubitavo fortemente che ora si sarebbe fatto vivo.

Perché Mira mi ha portata qui? Perché ci ha traditi?

Domande a cui probabilmente non avrei mai trovato risposta, perché l'impostore dietro di me stava per distruggere tutto ciò che avevo di più caro al mondo. *Il mio legame con Cam.*

Strinsi i pugni, a malapena consapevole della presa del finto Cam sui miei polsi.

Mi aveva intrappolata.

Non c'era via di fuga.

Proprio come quella notte.

Stavolta, però, non ci sarebbe stato nessun eroico vampiro in agguato nell'ombra, pronto a uccidere il mio aggressore.

CAM

Che cazzo?

La mia *erosita* era rotta.

Prima aveva detto tutta una serie di stronzate su un qualche trucco e sul fatto che non fossi "il suo Cam". Cosa che non aveva alcun senso, e mi aveva sconcertato al punto di ritrovarmi a darle corda con quella conversazione idiota.

Poi aveva lottato contro di me con un impeto che suggeriva quanto si sentisse in pericolo. Forse perché l'avevo minacciata. Ma c'era qualcosa, nella sua reazione disperata, che mi sembrò spinto da una ragione più profonda del semplice istinto di sopravvivenza.

E ora era immobile sotto di me.

In silenzio.

Proprio come le avevo ordinato al mio arrivo, con la differenza che la volevo a quattro zampe.

Ma quello che avevo davanti… non era assolutamente ciò che desideravo. La sua ribellione mi aveva eccitato più di quanto mi aspettassi. Ma la calma inquietante che si era impossessata di lei aveva dissolto tutto il mio interesse.

Non capivo. Avrei già dovuto iniziare a scoparla. I vampiri amavano intimidire e soggiogare le loro prede. Eppure, non c'era una singola parte di me che volesse farlo.

Perché?

È così con lei? È sempre così? È un effetto collaterale del nostro legame? Ma in quel caso… come ho fatto a tollerarlo tanto a lungo? È la mia debolezza? Che lei sia il mio unico punto debole?

Aggrottai la fronte. *No. Se così fosse, l'avrei uccisa secoli fa.*

Ma allora perché l'ho tenuta con me?

Era molto attraente, ma doveva esserci un altro motivo.

A meno che quello che stava succedendo non fosse normale.

«Non ero mai morta».

Le sue parole mi riecheggiarono nella mente, e la ruga che mi solcava la fronte diventò ancora più profonda. Le avevo chiesto se, tornando in vita, il suo cervello non si fosse ripristinato correttamente. E forse avevo ragione. Forse avevo rotto la mia *erosita.*

Allora devo ucciderla. Definitivamente.

Abbassai lo sguardo sulla sua testa, sempre più accigliato. L'idea di ucciderla prima di assaggiarla mi lasciava a disagio. Era così bello averla sotto di me. Sembrava così… *giusto.*

Il suo sedere era premuto sul mio inguine, era grazie a quella posizione che la tenevo bloccata sul letto. I suoi polsi snelli erano due steli delicati sotto i miei palmi. *È così fragile.*

Eppure, aveva lottato contro di me con lo spirito di una vampira. Le mancavano soltanto la forza e la velocità per avere la meglio su di me. Ma ogni movimento fluido dimostrava che era stata addestrata a combattere.

Chi le ha insegnato tutto questo?, mi domandai. *Io? Suo fratello? Un altro uomo?*

Quell'ultimo pensiero mi suscitò un ringhio. *Le conviene che non si sia trattato di un altro uomo.* Quella femmina era *mia.* Il mio sangue la teneva in vita. La mia essenza le scorreva nelle vene. Il mio stesso essere era legato al suo.

Avrei potuto massacrarla con la stessa rapidità con cui l'avevo creata.

In quel momento, però, non volevo ucciderla. Volevo… volevo capire perché si stesse comportando in quel modo. Perché era convinta che non fossi reale. Perché aveva disobbedito. *Perché ora è così immobile…*

Era come se respirasse a malapena.

Aveva ancora la faccia premuta sui cuscini e il corpo immobile.

Emanava un dolce profumo di terrore, che avrebbe dovuto esortarmi a scoparla. Ma, nonostante quella fragranza allettante, mi sembrava che ci fosse qualcosa di sbagliato.

Che cazzo sta succedendo?

Entrando in quello stanzino, ero deciso a distruggerla, con il cazzo duro per il bisogno di scopare. Ero così affamato di lei, così determinato a darle una lezione, a sottometterla. Ma ora mi sentivo raggelato, esattamente come lei.

Smettila con queste idiozie, dissi a me stesso con un ruggito mentale. *Usala come dev'essere usata e falla finita.*

Le accarezzai i polsi con i pollici mentre lottavo contro il mio istinto. La mia bestia interiore ringhiò in segno di sfida, e mi costrinse a muovermi come avrei dovuto.

Lei rimase assolutamente immobile quando le mie mani scivolarono lungo le sue braccia, memorizzando la sensazione della pelle morbida, per poi tornare verso le spalle. Mi misi meglio a sedere, per avere una visuale completa della sua schiena nuda. Era molto più bella, ora che aveva ricominciato a respirare.

Lei era molto più bella così.

Viva. Docile. *Mia.*

Un brontolio possessivo mi rimbombò nel petto, causato dal predatore che c'era dentro di me. Solo che mi sembrava sbagliato. Troppo profondo. Troppo territoriale. Troppo… *arrabbiato.*

E fece rabbrividire la femmina sotto di me. Le venne la pelle d'oca, e l'odore del terrore mi avvolse ancora una volta. Solo che ora era mescolato a qualcos'altro. Qualcosa di più potente. Qualcosa che… non mi piaceva. *Disperazione.*

Non eccitazione, ma pura angoscia.

Avrei dovuto crogiolarmi in quella fragranza, costringerla a urlare e divorare il suo dolore. Eppure, non c'era nulla nel suo stato che mi allettava. Anzi, mi *respingeva.*

Non è così che giochiamo, capii, aggrottando la fronte. *O che sia solo colpa della sua rinascita?*

Le sue parole mi risuonarono di nuovo nella mente.

«Non ero mai morta».

Forse aveva bisogno di più tempo per riprendersi.

O forse il tempo aveva distrutto qualsiasi cosa esistesse tra di noi prima del mio lungo sonno.

Scossi la testa. *Perché sto sprecando tempo a pensarci? Lei non significa nulla. È solo un giocattolo rotto.*

E ovviamente del tutto inutile, visto che ora ero più disgustato da lei che eccitato.

Con un altro ringhio, mi allontanai sia da lei che dal letto. *Fanculo.* Avevo bisogno di un po' di divertimento, e chiaramente non lo avrei ottenuto da lei.

Una vergine di sangue, allora, mi dissi, facendo una piccola smorfia al pensiero di come era andato a finire quel piano solo il giorno prima. Tutto quello che volevo era scopare con Ismerelda.

Beh, ora non mi andava più.

Avrei provato di nuovo con le donne al piano di sopra.

E se nemmeno quello avesse funzionato, sarei andato a correre. O avrei picchiato qualcuno. Insomma, avrei fatto qualsiasi cosa pur di non restare seduto lì ad agitarmi a causa di *odori sbagliati.*

Mi chinai a raccogliere la camicia e uscii dallo stanzino, deciso a dimenticare la donna ancora immobile sul letto. Poteva anche morire, per quel che mi importava.

Non significa nulla per me, mi dissi, ignorando il ruggito dentro di me che si oppose con veemenza alla mia affermazione.

Il bisogno di divorarla proveniva dalla parte più oscura di me, e ciò mi fece domandare se non fosse stato quello il vero motivo per cui avevo scelto di legarmi a lei. Forse era stata l'unica in grado di soddisfare il predatore che era in me.

Ma ora non potevo saperlo, visto che, a quanto sembrava, la *paura* non era il mio gusto preferito.

Smettila. Di. Pensare.

Mi passai le dita tra i capelli e lasciai rapidamente la mia camera da letto; non ero abituato a quella sensazione di instabilità. *Sono un re. Il più antico tra tutti i vampiri. La mente dietro l'Alleanza. E non riesco a tenere a bada i miei sentimenti per una maledetta umana?*

Digrignai i denti per la frustrazione, infilando bruscamente la camicia. Non mi preoccupai neanche di abbottonarla. Ci sarebbe voluto troppo tempo. E mi ero dimenticato la cintura.

Ho chiuso la porta?, mi domandai. *Beh, importa? Dove potrebbe andare?*

Se fosse riuscita a scappare, qualcuno l'avrebbe trascinata di nuovo nei miei alloggi.

O l'avrebbero chiusa in gabbia in attesa del mio ritorno.

Non mi interessava.

Poteva anche marcire là dentro.

Dannata spina nel fianco.

Ecco perché la mia specie aveva bisogno di sacche di sangue immortali. Il legame *erosita* era troppo pericoloso, come dimostrato dalla confusione che mi inondava le vene.

Non posso permettere che qualcuno mi veda così.

Ma ovviamente c'era Michael ad aspettarmi vicino all'ascensore.

«Puoi aggiornarmi quando torno» gli dissi, digitando il codice e prendendo praticamente a pugni la tastiera.

«Certo, mio signore. Dove sarete, nel frattempo?».

Fui sul punto di ringhiare per quella domanda inopportuna. Ero il re, perché avrei dovuto informarlo dei miei movimenti? Ma un'occhiata alla sua espressione inquisitoria mi fece rispondere: «A giocare con le vergini di sangue». *O ad allenarmi con le loro guardie*, aggiunsi mentalmente. *Sempre che riescano a tenere il passo.*

Michael arricciò le labbra. «Buon divertimento, mio signore».

Dubito che mi divertirò, pensai, entrando nell'ascensore. E, senza dire altro, premetti i pulsanti e fissai un punto al di sopra della sua testa bionda finché le porte non si chiusero.

Quella donna è un vero problema, conclusi. *Una distrazione di cui non ho bisogno. Non appena sarò riuscito a tenere sotto controllo queste reazioni idiote, la ucciderò.*

Poi tutto avrebbe potuto procedere come previsto.

E sarebbe iniziato ufficialmente un nuovo regno. *Il mio regno.*

Izzy

Oh, quel ringhio.

Continuò a risuonarmi nella testa, facendomi domandare se il finto Cam stesse ancora ringhiando, o se fosse tutto nella mia mente. Stavo annegando nei ricordi del passato, di quella notte in cui Cam aveva emesso lo stesso identico suono prima di salvarmi.

Solo che non mi aveva esattamente salvata. O almeno, non in senso eroico.

Aveva ucciso quegli uomini perché si erano messi sulla sua strada.

Perché mi aveva desiderata fin dal primo momento in cui aveva fiutato il mio sangue.

E quella fu la notte in cui, più di mille anni fa, decise di prendermi. Per sempre…

Mio padre si era sempre raccomandato che non camminassi da sola al buio. Avrei dovuto ascoltarlo. Oh, se avrei dovuto ascoltarlo.

Il peso che gravava su di me minacciava di strapparmi l'ultimo respiro. Ma combattei lo stesso. Graffiai. Urlai. Morsi. Non mi importava che loro fossero in quattro, e io una sola. Non mi importava che la mia ribellione fosse completamente inutile. Né che li facesse arrabbiare ancora di più.

Rifiutavo di accettare che quella fosse la mia fine.

La mia gonna era arricciata sopra le cosce, e i due uomini che mi tenevano le gambe stavano tentando di sollevarla ancora di più. Cercai di prenderli a calci, ma la loro presa era troppo forte.

Damien!, avrei voluto gridare. Ma sapevo che non mi avrebbe sentita. Si trovava molto lontano da casa, avendo scelto di avventurarsi in un'altra parte del mondo con i suoi nuovi amici.

Amici da cui voleva che stessi alla larga.

Amici che avrebbero rappresentato un pericolo persino per la sua delicata sorella gemella, o almeno così aveva affermato.

Sapevo perché. Lo avevo capito fin dal primo momento in cui li avevo visti.

Ma avrei preferito una notte con le sue losche frequentazioni a ciò che mi stava accadendo in quel momento.

Gli uomini scherzavano su chi mi avrebbe violentata per primo, mentre un altro mi incoraggiava a reagire, facendo ridacchiare i suoi compagni.

«È come un uccellino deciso a tenersi strette quelle ali innocenti» commentò. «Non vedo l'ora di strappargliele».

Sputai verso di loro.

E un pugno mi colpì la guancia, lasciandosi dietro una

sensazione di bruciore che si irradiò fin nel profondo della mia anima.

«Niente lividi! Non ancora» sbottò uno degli uomini.

«Mi ha sputato in faccia, cazzo» ribatté il suo amico, il cui accento marcato suggeriva che non fosse della zona.

Nessuno di loro sembrava esserlo. Ma parlavano la mia lingua, probabilmente per assicurarsi che sapessi cosa volevano farmi. O forse per spaventarmi ancora di più.

Ma tutto ciò che volevo era ucciderli.

Quando Damien verrà a saperlo... Iniziai a immaginare cosa avrebbe fatto a quegli uomini, ma fui interrotta dal suono del mio corpetto che si strappava.

Un altro grido mi risalì la gola, ma fu soffocato da un suono minaccioso. Una sorta di tuono, che mi fece venire la pelle d'oca e raggelò due degli uomini sopra di me.

Uno aveva la mano sul mio seno nudo, l'altro il palmo avvolto intorno alla mia gola. Mi sentivo esposta e decisamente vulnerabile. Tuttavia, l'aria fresca sembrò rinvigorire il mio spirito, quando entrambi spostarono la loro attenzione verso il ringhio, aggrottando le sopracciglia.

Seguirono delle parole in una lingua sconosciuta, pronunciate da uno degli uomini vicino alle mie gambe. L'altro rispose allo stesso modo. E poi risuonò una terza voce, profonda e ipnotica, che fece sorgere in me un interesse innaturale.

Rabbrividii. Volevo conoscere il proprietario di quella voce. Vederlo. Una follia, nella mia situazione. Avrei dovuto urlare, chiedere aiuto, ordinare a quegli uomini di lasciarmi andare... Qualsiasi cosa, tranne che ammirare la voce seducente di un estraneo.

Altre discussioni in una lingua straniera, e i due uomini che mi tenevano le gambe se ne andarono improvvisamente per scoprire qualcosa di più sulla fonte del ringhio. Approfittai della loro assenza per tentare di prendere a calci gli altri due, ma uno schizzo di qualcosa di liquido mi fece irrigidire sulla terra fredda e umida.

Il maschio che mi stava afferrando il seno iniziò a contorcersi, con la testa che gli dondolava in avanti.

Serrai le palpebre, preparandomi mentalmente per l'impatto. Ma non successe nulla. Aprii gli occhi, e vidi che non c'era più. L'altro si stava dimenando.

No, non si sta dimenando, mi resi conto. *Sta… Qualcuno lo sta trascinando via.*

E gli altri due non mi avevano lasciato andare le gambe per scoprire cosa stesse accadendo, mi erano stati strappati di dosso. Le loro teste erano piegate in modo innaturale, i loro occhi non vedevano più.

Indietreggiai, ma andai a colpire un paio di gambe massicce. Un grido mi si strozzò in gola, quando una mano ruvida mi coprì la bocca. La forza di quella presa virile mi fece battere il cuore all'impazzata.

«Ssh» disse il nuovo arrivato, con le labbra improvvisamente sul mio orecchio. Si era accovacciato accanto a me. «Ora sei mia».

L'attimo dopo, mi prese tra le sue braccia muscolose e mi sollevò, permettendomi così di guardare per la prima volta il suo splendido viso.

Troppo bello, sussurrò la mia mente. *Troppo perfetto.*

Allungai la mano verso la sua mascella. Le mie dita si muovevano come se fossero state manovrate da qualcun altro.

Mentre sfioravo i contorni del suo volto meraviglioso, i suoi occhi azzurri si spalancarono e le sue narici si dilatarono. Mi ricordava altri uomini.

Uomini che avevo conosciuto tramite mio fratello.

Solo che non si trattava realmente di uomini. Erano dei demoni succhiasangue che si aggiravano di notte a caccia di prede. Prede che poi facevano a pezzi, come era appena successo davanti ai miei occhi.

Ma non aveva morso nessuno di loro.

Quindi le sue labbra erano pulite, senza alcuna traccia di violenza a tingerle di rosso. Ma sospettavo che nascondessero un paio di zanne appuntite e letali.

Per quanto mi riguardava, mi sentivo guidata soltanto dall'istinto. Non sapevo se lo stessi immaginando, o se fossi già morta. Ma non mi importava. Perdermi nei suoi occhi azzurri mi fece dimenticare gli ultimi dieci minuti. L'inseguimento nel parco, la cattura, le mani sul mio corpo, le dita che affondavano nella mia carne.

Ero totalmente rapita dal maschio che mi teneva tra le braccia.

Incurante del sangue degli altri che mi macchiava il vestito, incurante del mio seno nudo.

Era come se tutto avesse un senso. *Un predatore che sottomette la sua preda*, pensai con un sospiro interiore.

La maggior parte di quei demoni sapeva ipnotizzare. Non era stato Damien a dirmelo, me ne ero resa conto da sola dopo aver conosciuto i suoi amici. A dirla tutta, Damien non aveva mai ammesso cos'era diventato. Mi aveva solo informata che si sarebbe preso una breve vacanza.

Ma io avevo capito.

Era il mio gemello.

Non c'era molto che potesse tenermi nascosto.

Come la creatura che mi fissava. Le sue intenzioni erano scritte chiaramente nei suoi bellissimi occhi. Voleva divorarmi. Proprio come gli altri uomini.

«Non mi hai salvata» mormorai, ammirando i suoi lineamenti. *Ora sei mia.* Non avevo riflettuto sul significato delle sue parole, troppo persa com'ero in quello stato quasi onirico in cui mi aveva trascinata.

Ma ora stavo iniziando a capire.

«Non li hai uccisi per proteggermi» aggiunsi, stranamente in sintonia con un maschio mai visto prima.

«Non sono un protettore, piccolo cigno. Sono un mostro» sussurrò, osservandomi con la stessa intensità con cui lo stavo studiando. «Ma non avrei mai permesso che ti rovinassero, non prima di avere la possibilità di assaggiarti».

Annuii, capendo in qualche modo la sua logica e accettandola. Probabilmente ero impazzita. Avrei dovuto continuare a urlare, implorarlo di lasciarmi andare, cercare di fuggire. Insomma, tutto tranne che guardarlo negli occhi, arrendendomi a quel destino crudele.

Ma una parte di me si era sempre aspettata qualcosa del genere. Forse perché il mio gemello era stato trasformato in una malvagia creatura della notte. Di conseguenza, quando si trattava del soprannaturale, provavo una strana sorta di accettazione.

Damien aveva accettato il suo destino.

Perché non avrei dovuto fare lo stesso?

«Non hai paura di me» si meravigliò lo splendido mostro. La curiosità si insinuò nella sua espressione. «Sei coperta del sangue di quattro uomini morti, uomini che ho ucciso più in fretta di un battito di ciglia. E le tue pulsazioni non stanno nemmeno accelerando».

Un ringhio sottolineò alcune delle sue parole, il predatore che era in lui mi scrutava attraverso le pupille dilatate. Accarezzai uno dei suoi zigomi affilati, ipnotizzata dalla sua bellezza, dal suo carisma, dalla sua aura letale.

Le sue dita risalirono la mia schiena, fino alla nuca, mentre il suo sguardo lasciava il mio, esaminandomi come alla ricerca di una ferita. Forse era così. Forse ero ferita. Forse addirittura morta. Non riuscivo a spiegare la calma innaturale che provavo tra le sue braccia, o il motivo per cui la sua presenza donava un tale sollievo al mio spirito.

Forse, stando attorno a Damien e ai suoi amici, ero diventata insensibile alle minacce di quei predatori. Non c'era nessuno più terrificante di Ryder. Sospettavo che fosse stato lui a trasformare mio fratello in una bestia che si nutriva di sangue. C'era qualcosa di incredibilmente vecchio in lui.

Un po' come nella creatura davanti a me.

Possedevano entrambi un'aura antica, la loro lunga esistenza traspariva dai loro sguardi.

«Hai intenzione di mordermi?» gli domandai, dimostrando ancora di più che avevo perso la testa. Ma una volta avevo visto Damien farlo con una donna che viveva nel nostro villaggio, e non mi era sembrato doloroso. Anzi, ebbi l'impressione che le piacesse.

Non ero rimasta abbastanza a lungo per sapere esattamente cosa fosse successo, ma il giorno dopo la donna era in perfetta salute.

Anche lui mi morderebbe allo stesso modo? Il mio sguardo scese sulla sua bocca. *Voglio che lo faccia?*

«Chi sei?» mi chiese, frugando ancora una volta nei miei occhi. «Ho sentito il tuo profumo per la prima volta solo ieri, ma è chiaro che in te c'è qualcosa di più di una fragranza allettante. Dimmi il tuo nome, piccolo cigno».

«Ismerelda» risposi, il nome sembrò scivolare dalla mia lingua come incantato dalle sue stesse parole. Forse era proprio così. Avevo visto Damien ipnotizzare quella donna, prima di morderla. Era questo che mi aveva spinta a osservarli. Il mio bisogno di capire cosa stesse facendo mi aveva praticamente trascinata in corridoio a guardare.

Mio padre aveva sempre detto che un giorno la mia curiosità mi avrebbe fatta uccidere.

A quanto pareva, non si sbagliava.

«Ismerelda» ripeté, accarezzando il mio nome con la sua voce profonda e facendomi correre un delizioso brivido lungo la schiena. «Io sono Cam».

«Cam» gli feci eco. «Hai intenzione di mordermi, Cam?» domandai quasi ansimando, in un modo che avrebbe dovuto imbarazzarmi. Ma non ero abbastanza lucida per reagire. Ero troppo rapita da quel mostro e dalle sue labbra perfette.

«Sì» rispose. «È da ieri che desidero assaggiarti, da quando ho sentito il tuo profumo nel campo. Ma prima... Come fai a sapere cosa sono?».

«In realtà, non lo so». L'ammissione mi sgorgò dalle labbra come aveva fatto il mio nome. «Ma credo che tu possa essere come mio fratello».

«Tuo fratello?». Mi osservò con uno sguardo indagatore. «Chi è tuo fratello, piccolo cigno?».

«Damien» risposi.

«Uhm... non conosco nessun Damien. Forse non sono come tuo fratello, allora».

«No» confermai. «Tu sei più come Ryder».

Gli lessi in viso che aveva riconosciuto quel nome. «Ryder?». Mi osservò di nuovo dalla testa ai piedi. Il suo sguardo indugiò brevemente sul mio seno nudo, prima di tornare sul mio volto. «Descrivilo».

«Minaccioso. Letale. Occhi e capelli neri. Carnagione chiara. Un demone che si nutre di sangue...». Mi interruppi, mentre le narici di Cam fremevano.

In un attimo, le sue mani furono ovunque sul mio corpo, a risistemarmi il corpetto e la gonna. E improvvisamente mi stringeva di nuovo tra le braccia, con una serie di movimenti troppo rapidi perché la mia mente potesse coglierli. Non ero nemmeno sicura di come fosse riuscito a tenermi sollevata mentre lo faceva, ma in qualche modo ce l'aveva fatta.

Perché non è umano, ricordai a me stessa. Proprio come Damien e Ryder.

«Ora mi dirai tutto quello che sai, Ismerelda» mi esortò Cam. «E, nel frattempo, dovrò riconsiderare quello che avevo in mente per te».

«Niente morsi, allora?» gli domandai, sentendomi stranamente delusa.

«Quello dipende tutto da te, piccolo cigno» rispose. «Parti dall'inizio».

Mi ero sentita costretta a raccontargli tutto, perché aveva usato l'ipnosi. Ma una parte di me era tuttora convinta che quella notte avrei fatto esattamente lo stesso, a prescindere dai suoi poteri.

Perché si trattava di Cam.

La mia metà.

La mia anima gemella.

Mi manchi, pensai, rivolta a lui. *Spero davvero che tu non stia guardando, che non sia costretto ad assistere alla mia resa a questa orribile imitazione di te. Mi dispiace. Mi dispiace non essere riuscita a vincere.*

Un singhiozzo minacciò di squarciarmi il petto, ma ero troppo congelata per lasciarlo uscire. Inoltre, non volevo dare al finto Cam la soddisfazione di…

Aggrottai la fronte. *Un attimo…* La mia schiena era insopportabilmente gelida. *È già finito tutto? Mi sono persa il momento in cui ha profanato il mio corpo?*

Ero talmente persa nei ricordi di Cam che non avevo

fatto attenzione a quello che stava accadendo. *Dov'è? Perché non riesco a sentirlo? Sono davvero così insensibile?*

Contrassi le gambe, alla ricerca di quel miscuglio di dolore e terrore che mi ero aspettata di provare. Ma le mie cosce erano ancora chiuse. *Strano*. E non sentivo nessuna sensazione di bagnato.

Niente sangue.

Niente seme.

Nessuna traccia di eccitazione, né tantomeno di essere stata toccata.

Che sia parte del piano? Che sia in piedi dietro di me, a osservarmi mentre mi dimeno? Che stia aspettando che mi giri? Cosa sta facendo?

Rimasi in attesa, cercando di cogliere anche il più piccolo suono in quel luogo fin troppo silenzioso. Ma riuscivo a percepire solo il mio respiro.

Sta giocando con me, capii. *Sta tormentando la sua preda*.

Mi accigliai ancora di più.

Non volevo essere un giocattolo. Né volevo dargli la soddisfazione di vedermi spaventata. Probabilmente era troppo tardi per quello, considerando come mi ero chiusa in me stessa, ma il suo errore mi aveva dato qualche minuto per riprendermi.

Voleva tormentarmi?

Bene.

Avrei fatto lo stesso.

Non mi importava perdere di nuovo. Almeno Cam mi avrebbe vista lottare.

Ma... E se lo facesse soffrire ancora di più?, mi domandai, tenendo a bada la mia sete di vendetta. *È per questo che il finto Cam è in agguato nell'ombra, in attesa di una reazione? Per prolungare questa tortura e turbare ancora di più il mio Cam?*

Deglutii.

Non era quello che volevo.

E allora, cosa dovrei fare? Restare qui, ad aspettare l'inevitabile?

No, mi avrebbe soltanto resa ancora più nervosa. E sarebbe sembrato che mi arrendessi, che era essenzialmente quello che avevo fatto chiudendomi in me stessa.

Cam vorrebbe che tentassi di nuovo di ribellarmi, o che cedessi?

Un attimo… Non dovrei chiedermi quello che preferirei io*?*

La mia intera esistenza era stata definita da Cam fin dal momento in cui mi aveva reclamata. Tutto quello che avevo fatto era stato per lui, compreso rimanere con il clan Majestic in attesa che tornasse da me. Avevo cercato di stare alla larga da ogni pericolo, consapevole che aveva bisogno di sapermi al sicuro per concentrarsi su qualsiasi cosa stesse facendo dietro le quinte.

Tuttavia, il suo piano era fallito. Era rimasto imprigionato per più di un secolo. Probabilmente, a lui non era sembrato un tempo così lungo. Ma per me era stato un inferno. E nonostante sapessi che anche lui stava soffrendo, era stata una *sua* decisione. A cui non avevo partecipato.

Adesso, però, la decisione è mia, mi dissi. *Posso combattere o accettare il mio destino. Cosa voglio fare* io*?*

Prendere decisioni per me stessa e non per Cam era stata una delle mie più grandi difficoltà, negli ultimi centodiciotto anni. Mi ci era voluto molto tempo per capire l'importanza di vivere anche per me, e non solo per lui. Una comprensione che, nel corso degli anni, era stata frutto di diversi compromessi con me stessa.

Anche in quel momento, ero bloccata tra il fare ciò che era meglio per lui e quello di cui avevo bisogno io.

Non voglio partecipare a questo gioco, pensai. *Voglio difendermi.*

Perché nessuno sarebbe venuto a salvarmi. Non in quel mondo oscuro. Il mio principale protettore era imprigionato in qualche luogo misterioso. E Damien era probabilmente dall'altra parte del mondo.

Mira aveva affermato di avergli detto dove fossimo dirette, ma avrei dovuto farlo io. Avevo avuto la sensazione che ci fosse qualcosa che non andava, e avevo ignorato l'istinto.

Mi ero fidata della persona sbagliata.

Non che qualcuno potesse biasimarmi. Mira era un'amica. La compagna di Luka. Parte della nostra rivoluzione. *Allora perché ci ha traditi?*

A meno che non si tratti davvero di lei.

Forse è una finta Mira.

Aggrottai la fronte. *Okay, ma come fanno a creare dei sosia di vampiri e licantropi?*

C'è qualcosa che non quadra…

Sollevai la testa, stanca dei miei pensieri e di quel turbinio confuso che mi impediva di ragionare. «Qualsiasi cosa sia, non mi interessa» dissi, lanciando un'occhiata alle mie spalle, nella direzione in cui probabilmente si trovava il finto Cam.

Solo che non era lì.

C'era soltanto una porta aperta.

Izzy

Fissai la porta.

«C'è nessuno?» chiesi, aggrottando le sopracciglia.

Che il finto Cam mi stesse invitando nell'altra stanza per qualcosa di ancora più oscuro? O forse era andato a prendere qualcosa?

Rotolai sulla schiena e mi misi a sedere, stringendo le ginocchia al petto. Poi rimasi immobile ad aspettare che tornasse. Dopo diversi minuti di inutile attesa, cominciai a osservare la mia stanzetta bianca. Ora che le luci erano accese e non ero distratta dal sosia di Cam, potevo finalmente esaminare lo spazio in cui mi aveva rinchiusa.

Pareti massicce. Un letto singolo con un lenzuolo e un cuscino. Studiai attentamente gli angoli, l'alto soffitto e la lunga barra luminosa direttamente sopra di me. *Non c'è traccia di telecamere da nessuna parte.*

Certo, ciò non significava che non ci fossero dei

dispositivi di ascolto e registrazione. A volte, erano molto difficili da individuare.

Me lo aveva insegnato Damien.

Il mio gemello aveva trascorso gli ultimi duecento anni a padroneggiare tutto ciò che c'era da sapere sulla tecnologia, e aveva condiviso i suoi studi con me. Erano in pochi a esserne a conoscenza. Di solito, venivo considerata soltanto come l'*erosita* di Cam e niente di più. Questo comportava un livello di rispetto che apprezzavo, ma rendeva la mia identità piuttosto limitata.

Esaminai di nuovo la stanza, poi scesi lentamente dal letto per vedere cosa ci fosse sotto. Non mi avrebbe stupita trovarci il finto Cam in agguato, pronto a colpire.

E invece no.

Solo un pavimento di pietra, come nel resto della camera.

Mmh. Raggiunsi la porta in punta di piedi, per controllare anche quella. Non c'era una maniglia sul mio lato. Ma dal momento che l'aveva lasciata aperta, uscii. Fu lì che trovai l'interruttore che controllava la luce della mia stanza e le serrature che mi impedivano di fuggire.

Ma allora, perché ha lasciato la porta aperta?, mi domandai. *Un test? Un gioco?*

Gli avevo detto che non volevo giocare. Ma forse sbagliavo. Essere là fuori avrebbe potuto offrirmi la possibilità di trovare una via di fuga, o addirittura un'arma da usare contro di lui. E visto che le creature soprannaturali erano sempre pronte a sottovalutarmi, avrei potuto sfruttare il suo senso di superiorità a mio vantaggio.

L'armadio era pieno di vestiti neri, principalmente camicie e pantaloni eleganti. *Proprio lo stile di Cam*, notai, sfiorando il tessuto con le dita.

Tolsi una camicia dalla gruccia per dare un'occhiata

all'etichetta. Era di una nota marca italiana di prima della rivoluzione.

Cam indossava sempre queste camicie, pensai. Il colletto era sbottonato, permettendomi di infilarmela dalla testa senza problemi. A Cam piaceva che mettessi i suoi vestiti, soprattutto perché le sue camicie mi arrivavano fino a metà coscia, come un abito. E i bottoni le rendevano semplici da togliere.

Mi arrotolai le maniche per scoprire le mani, poi esplorai il resto del guardaroba. «Beh, hai sbagliato completamente la personalità, ma almeno sai come gli piaceva vestirsi» dissi al finto Cam. Ovunque fosse.

Passai ancora qualche minuto a controllare la cabina armadio, poi mi dedicai al bagno. Le finiture di marmo nero si abbinavano perfettamente al pavimento di pietra, lo stesso che c'era nel guardaroba e nella stanza in cui mi ero svegliata.

La doccia, che poteva ospitare almeno due persone, era decorata con pannelli di vetro. Niente vasca da bagno. Due lavandini. Un bagno abbastanza normale, ma con un fascino decisamente maschile. Forse a causa dei toni scuri e della mancanza di luce naturale.

Quando uscii, ritrovandomi in una camera da letto, i miei piedi si posarono su una soffice moquette. Per un attimo, mi aspettai di trovare il finto Cam sul materasso, ma non era lì. C'erano soltanto un ammasso di lenzuola e cuscini neri, e qualcosa di metallico che scintillava nella luce bassa.

Un laptop, capii, avvicinandomi.

Lo fissai per un attimo, poi ispezionai il resto della stanza, sempre alla ricerca del finto Cam.

Non era accanto ai mobili di legno scuro, che erano troppo vicini alle pareti per permettergli di nascondercisi dietro. Mi chinai per controllare sotto il letto. *Niente.*

Andai verso la zona giorno adiacente alla camera da letto. C'erano un lungo divano e un'unica sedia, con dietro un angolo cottura.

Non c'era traccia del finto Cam da nessuna parte.

Aprii il frigorifero. *Vuoto. Fantastico.*

Un armadietto era pieno di vino rosso. Quello accanto conteneva piatti, ciotole e bicchieri. In un altro ancora c'erano pentole e diversi utensili.

Ma nulla di commestibile, a parte l'alcol.

Tipico dei vampiri, pensai, tornando sui miei passi verso il piccolo soggiorno. *Dove sei finito?* Sospettavo che la porta davanti a me mi avrebbe condotta all'uscita. *Mi stai aspettando là fuori? Sperando di catturarmi e punirmi?*

Mi accigliai. «Che senso avrebbe?» chiesi ad alta voce. «Ero già stesa sul letto sotto di te. Perché perdere tempo con questi giochetti?».

Pensai che con i suoi sensi di vampiro sarebbe stato in grado di sentirmi.

«Non ho intenzione di uscire» gli dissi. «Preferisco vedere cosa c'è nel tuo computer».

Mi aspettai che entrasse e dicesse qualcosa, magari che era protetto da una password. Ma non accadde nulla.

Stringendomi nelle spalle, decisi di dare seguito alla mia minaccia. Se il computer era collegato a una rete, avrei potuto contattare Damien.

Mi sistemai sul letto, con il laptop in grembo, e sollevai lo schermo. Prese vita senza emettere alcun suono. Per accedere era necessario usare l'impronta digitale.

Non male, come misura di sicurezza, ma Damien mi aveva insegnato come aggirare quel tipo di protezione. Alzai il dispositivo per controllare alcune informazioni sul fondo, poi premetti il pulsante di avvio insieme a un altro tasto.

Quando il computer si riavviò rumorosamente, il mio sguardo guizzò verso la porta.

Ancora nessun segno del finto Cam. Ma almeno ora avevo qualcosa da fare per passare il tempo. Meglio che stare stesa sul letto.

Continua a sottovalutare quello che sono in grado di fare, finto Cam, pensai rivolta a lui, quando il laptop emise un'altra serie di suoni.

«Praticamente in tutti i computer c'è la possibilità di accedere a un pannello di controllo amministrativo senza dover inserire la password. Serve a proteggere il dispositivo da chi non sa nulla di tecnologia, in modo che non resti bloccato» mi aveva spiegato Damien tempo prima. «È utile, quando si ha a che fare con persone come Ryder».

Il vampiro in questione gli aveva risposto facendogli il medio. «Hai voglia di giocare con i miei coltelli, Damien?» disse Ryder.

«Sempre» fu la replica di mio fratello. Le sue labbra si incurvarono in un sorrisetto, i suoi occhi danzavano sullo schermo davanti a lui.

Le sue istruzioni mi risuonarono nella mente, mentre una schermata blu mi chiedeva di digitare la password di amministratore. Mi aveva inculcato l'intera procedura nel corso di settimane di addestramento. A cui Ryder aveva assistito con pigro interesse.

«Ci sono cose molto più importanti a cui dovrebbe dedicarsi, in questo momento» aveva sottolineato Ryder. «Come imparare a sparare, per esempio».

«So sparare» gli avevo risposto.

«Vedremo» aveva ribattuto lui.

Uno scambio che, ovviamente, aveva portato a una lezione serale in cui gli avevo dimostrato di essere perfettamente in grado di maneggiare un'arma da fuoco. La mia mira e la mia precisione non erano nulla in confronto alle sue, ma erano in pochissimi a eguagliare la sua abilità con le armi.

Era rimasto abbastanza colpito da permettere a Damien di continuare il suo “addestramento new-age”, un’espressione coniata da Ryder in riferimento ai tempi che cambiavano.

Nei mesi successivi alla scomparsa di Cam e alla mia “morte”, entrambi avevano fatto del loro meglio per distrarmi.

Purtroppo, dopo un po’ era stato necessario che tornassero nella loro regione, distante da me, per tenere nascosta la mia posizione nel territorio del clan Majestic.

Avevo sfruttato gli insegnamenti di Damien per mantenere un minimo di contatto con il mio gemello attraverso canali segreti, ma in modo limitato. Parlare spesso sarebbe stato un rischio troppo grande.

Tuttavia, era riuscito a tenermi aggiornata sui cambiamenti della nuova era tecnologica. Non ero esperta come lui, ma sapevo come muovermi, come dimostrava il dispositivo che si stava avviando davanti a me in modalità amministratore.

Lanciai l’ennesima occhiata alla porta, chiedendomi perché il finto Cam non fosse ancora venuto a fermarmi. *Forse il suo udito non è sviluppato quanto quello di altri vampiri*, pensai, alzando le spalle.

O, esattamente come gli altri, non aveva idea di quello che ero in grado di fare.

Beh, stai per… Mi bloccai, aggrottando la fronte, mentre cercavo di accedere alla rete. *Cosa…?*

Mi sporsi in avanti per leggere i dettagli dell’errore.

Per farla breve, non c’era nessuna connessione.

Che qualcuno l’abbia lasciato qui per ingannarmi?, mi domandai, aprendo il pannello di controllo per addentrarmi nelle informazioni relative all’host del computer. Diedi una scorsa veloce a tutto quel gergo con cui per fortuna avevo una certa familiarità, accigliandomi sempre di più.

Sembrava che su quel portatile fosse stata impostata una simulazione, controllata da un altro dispositivo.

Digitai qualche stringa di codice per scavare più a fondo nel mainframe, alla ricerca della fonte.

Solo per imbattermi in quello che somigliava a un dump. *No, a un server*, mi corressi. *Una rete di server. Solo che è tutto interno e…*

«Oh…» boccheggiai, quando comparve una serie di schermate. Sembravano dei feed in tempo reale.

E uno ritraeva proprio me.

Sul letto.

Con addosso la camicia del sosia di Cam.

E il laptop in grembo.

Merda.

Seguii la direzione in cui sembrava puntata la telecamera verso un angolo della stanza, e notai una strana consistenza in quel punto del soffitto. Era irregolare in tutto l'alloggio, a suggerire che eravamo sotto terra.

Era interessante che non fosse liscio come nella stanzetta ricavata nel guardaroba in cui mi ero svegliata. Ma, a quanto sembrava, era stato tutto intenzionale. Anche se non sapevo ancora a quale scopo.

«Quindi questa è sempre la mia cella, e quella specie di ripostiglio non era nient'altro che una messinscena. Che fantasia» dissi in tono piatto, rivolta verso la telecamera.

Nessun suono uscì dal computer.

Aumentai il volume e ripetei la frase.

Niente.

«Capisco. Stai solo guardando, non ascoltando». *Ma perché? E dov'era finito il finto Cam?*

Cominciai a cliccare sui diversi filmati di sorveglianza, decisa a saperne di più sulla mia lussuosa prigione.

Corridoi polverosi.

Altri corridoi scavati nella roccia.

Qualche laboratorio vuoto.

Alcune celle con mobili completamente bianchi.

E…

E la sede dell'Organizzazione, pensai, con la bile che mi risaliva la gola alla vista degli umani inginocchiati.

È una classe, capii in fretta. *Oh, cielo*. Gli strumenti di forma fallica che avevano in bocca non lasciavano alcun dubbio su cosa stessero imparando. E i vampiri che li osservavano non facevano nessuno sforzo per nascondere il loro interesse.

«Cazzo» mormorai, chiudendo quella schermata e aprendone una con l'ennesimo corridoio vuoto. «*Cazzo…*».

Non avevo bisogno di vedere quella roba. Non volevo vedere altro. Non ancora.

«Beh, almeno non hai mentito su dove eravamo dirette» borbottai. Le mie parole rabbiose erano rivolte a Mira. Aveva detto che Cam era stato trovato nelle catacombe sotto il Vaticano. Era un sito antico, dove riposavano i Benedetti, mentre i piani superiori erano usati per… *l'addestramento*.

Rabbrividii.

Quanto sono in profondità?, mi chiesi, fissando il filmato con il corridoio vuoto. C'era solo un modo per scoprirlo, ma non ero ancora pronta a esaminare il resto dei video.

Deglutendo, digitai un altro comando, tentando di trovare un modo per superare il blocco alla connessione.

Forse una backdoor nel sistema primario…

Provai con un altro paio di stringhe di codice che mi aveva insegnato Damien, facendo comparire sullo schermo alcuni log del backend.

Esegui, pensai, aggiungendo la stringa appropriata per far apparire le informazioni.

«Secondo anno, trentesimo giorno» disse una voce familiare, che mi fece aggrottare la fronte.

Lilith.

Abbassai il volume, mentre la registrazione continuava.

«Salve, mio signore» disse Lilith. «Purtroppo oggi non ho nessuna notizia positiva da riferirvi».

«Mio signore?» ripetei, sempre più sorpresa.

«La sfida per l'immortalità non è andata secondo i piani» continuò Lilith. «Volevamo che gli umani combattessero tra loro per ottenere la vita eterna, premiando i loro sforzi. Ma continuano a coalizzarsi, andando contro i nostri protocolli».

«Ma che sorpresa» borbottai, ricordando quello che era successo.

«Più tardi, ci sarà una riunione dell'Alleanza di sangue per decidere il destino dei giochi. Penso che voteremo per eliminare tutti i mortali che hanno partecipato» concluse.

«Ed è proprio quello che avete fatto» mormorai, lanciando un'occhiataccia al computer.

«Clicca sulla freccia verde per passare alla prossima registrazione» disse una voce robotica.

«Non c'è nessuna freccia verde» risposi, fissando il codice sullo schermo. «Mmh».

Digitai alcuni comandi, cercando di far partire la registrazione successiva, ma senza fortuna. Finii invece in un altro mainframe, pieno di nomi di file.

No. Non nomi. *Date.*

«Le registrazioni» sussurrai. «Cosa diavolo sono?».

Ne avviai un'altra, la cui data la collocava nel ventiduesimo anno, e ascoltai Lilith che spiegava com'era stato fondato il Torneo dell'immortalità.

«Abbiamo finalmente raggiunto il successo, creando

dei degni candidati. Per celebrare un risultato così importante, quest'anno abbiamo premiato sei mortali. Ma, dall'anno prossimo, preferiamo procedere con la vostra idea, concedendo l'immortalità a due umani soltanto. Uno diventerà un vampiro, l'altro un licantropo».

«L'idea di chi?» mi domandai ad alta voce. «Di questo "signore"? E chi è?».

Ascoltai qualche altra registrazione, tutte indirizzate alla stessa entità sconosciuta.

«Chi è il tuo "signore"?» chiesi di nuovo, cercando di capire chi potesse essere il destinatario di quelle registrazioni.

Fu solo allora che capii di essere io.

Beh, non esattamente *io*, ma il dispositivo su cui le stavo ascoltando.

Erano tutte dirette al proprietario di quel computer. *Il finto Cam.*

Scossi la testa. «Cosa…? Perché…?».

Che questo "signore" sia il finto Cam?

Un attimo…

E se…?

Scossi di nuovo la testa. *No. No, non è possibile…*

Premetti rapidamente un'altra serie di tasti, alla frenetica ricerca di una risposta. Avevo bisogno di capire, di sapere se fosse possibile… se forse… forse il finto Cam avrebbe potuto essere…

Il mio Cam.

Digitai un altro comando, relativo alla cronologia del portatile e a tutti i profili creati sul dispositivo.

Ne uscì un unico risultato.

Cam.

E il profilo era stato attivato meno di due settimane prima.

All'incirca nel periodo in cui Ryder aveva assassinato Lilith.

Forse la morte di quella stronza aveva avviato una sorta di protocollo che aveva portato a tutto questo, a un laptop creato apposta per Cam e pieno di registrazioni indirizzate a lui.

Ma perché mai Cam avrebbe dovuto prendere in considerazione quelle assurdità? Sapeva come stavano le cose. Il suo scopo era stato fermare Lilith.

Solo che lei aveva vinto. Lo aveva soggiogato.

Sfruttando il legame erosita e distruggendo la sua mente, pensai, spalancando gli occhi. Lilith aveva tentato di fare qualcosa di simile a Ryder, ma la sua compagna lo aveva salvato, sparandole.

Poi Ryder le aveva tagliato la testa.

Ma da quello che mi aveva detto Luka, la sofferenza che Lilith era riuscita a infliggergli in quel breve lasso di tempo era stata immensa. Ryder non riusciva a sentire nulla, solo la voce di quella stronza. E lei stessa aveva confermato di aver usato lo stesso dispositivo con Cam.

Per centodiciotto anni.

Forse il nostro legame mentale era danneggiato irrimediabilmente. Forse era riuscita a distruggere completamente quella parte di Cam. Forse le sue torture gli avevano fatto perdere la memoria.

E forse...

Forse Cam si è svegliato e ha ascoltato questa montagna di registrazioni indirizzate a lui, convincendosi di essere la mente dietro tutta questa follia.

Schiusi le labbra, sconcertata. Che Lilith ci fosse riuscita davvero? Che avesse reso Cam il suo burattino, anche dopo la morte?

Se Mira aveva lavorato per Lilith fin dall'inizio, allora la vampira avrebbe dovuto conoscere la mia posizione

Allora perché sono ancora viva?, mi domandai. *Perché non uccidermi e basta?*

Qual è il piano?

E, soprattutto, ho davvero ragione su tutto questo?

Un vero Cam a cui avevano fatto il lavaggio del cervello aveva sicuramente più senso di un sosia. Così come il fatto che Mira ci avesse traditi aveva più senso di una seconda sosia. Da quello che sapevo, non esisteva nemmeno una tecnologia in grado di riuscirci.

Ma un'arma in grado di distruggere la mente di Cam esisteva eccome.

Tuttavia, non capivo perché mi avessero portata lì. Se c'era qualcuno che poteva guarire Cam, quel qualcuno ero io. Allora perché rischiare di farci incontrare?

A meno che non avessero l'assoluta certezza che non ci fosse modo di riportarlo indietro.

Perché quello che gli aveva fatto Lilith era permanente.

O forse non ho capito niente.

Fissai di nuovo il portatile. *È stato lasciato qui perché lo trovassi? Per confondermi? Per darmi una falsa speranza? O appartiene davvero a Cam? Al* mio *Cam?*

Avrebbe potuto essere solo uno stratagemma. Ero stata portata lì per un motivo.

E ora mi avevano lasciata da sola.

Perché?

Dov'è Cam?

È davvero il mio Cam?

Mi aveva uccisa.

Poi mi aveva quasi violentata.

Non era il Cam che conoscevo. Ma mi ricordava quello che avevo incontrato la prima volta, il predatore che mi aveva dato la caccia.

Quella notte, ero riuscita a dissuaderlo mostrandogli di non aver paura di lui.

Altrimenti, probabilmente mi avrebbe usata e uccisa.

Proprio come ha fatto quando sono scesa dal jet.

Quindi questo confermava che non si ricordava di me? Di *noi*? Che aveva ascoltato le registrazioni di Lilith, imparando il modo in cui viveva e presupponendo che valesse lo stesso anche per lui?

Avrebbe spiegato il suo comportamento nei miei confronti.

Ma dovevo confermarlo in qualche modo, per determinare se fosse davvero quello che era successo.

Insomma, dovevo interrogare Cam. Non apertamente, ma in modo sottile, per poter valutare meglio la situazione.

Poi avrei dovuto capire come procedere.

Perché se stavo avendo a che fare con una versione di Cam che non mi conosceva, a cui Lilith aveva fatto il lavaggio del cervello, allora avrei dovuto essere molto prudente.

Guadagnarmi la sua fiducia sarebbe stata la chiave di tutto. Ma, per farlo, avrei dovuto convincerlo che significavo qualcosa per lui.

E non sarebbe stato facile, se Lilith aveva riprogrammato la sua mente in modo che non mi vedesse come nient'altro che un giocattolo da scopare.

Maledetta stronza, pensai, digitando un paio di comandi per aprire di nuovo i video di sorveglianza. Dovevo trovare Cam per valut…

Un suono penetrante mi fece aggrottare la fronte.

Cosa…?

Ne cercai la fonte sullo schermo, ma un attimo dopo capii che non proveniva dal computer.

Ma dalla porta.

Beh, almeno adesso so dov'è, pensai, incontrando lo sguardo di Cam che mi fissava dalla soglia. *E sembra incazzato. Merda.*

CAM

Il battito accelerato di Ismerelda attrasse il mio predatore interiore, spingendomi a fare un passo verso di lei.

Ma la porta, sbattendo alle mie spalle, mi strappò al giogo dell'istinto.

Così come accorgermi del fatto che avesse premuto un pulsante sul mio portatile e chiuso lo schermo.

Lo fissai, per poi lanciare un'occhiata alla camicia dall'aspetto familiare che le pendeva dalle spalle.

«Fai pure come se fossi a casa tua». Il tono con cui lo dissi suonò calmo alle mie orecchie, ma lei non si lasciò ingannare, e il suo battito diventò ancora più rapido.

I suoi occhi verde chiaro seguirono il mio sguardo, rivolto alla camicia, per poi tornare ad alzarsi su di me, con un delicato cipiglio che le segnava la fronte altrimenti perfetta. «Di solito ti piace che indossi i tuoi vestiti. Le tue preferenze sono cambiate?». La sua voce era priva di quella sfumatura tagliente di prima, e anche il suo profumo sembrava essere mutato, passando dall'acre odore della disperazione a qualcos'altro.

C'era ancora della paura, ma con una punta di interesse.

Inspirai profondamente, testando la mia bestia interiore, curioso di scoprire come mi avrebbe fatto sentire. Il respiro lasciò il mio naso con estrema lentezza, e con quel gesto la tensione che mi irrigidiva le spalle sembrò sciogliersi un po'.

Mmh.

Riportai lo sguardo sul suo abbigliamento, notando come avesse lasciato i primi due bottoni slacciati, mostrando un allettante scorcio della sua pelle vellutata. Si era anche arrotolata le maniche sui polsi sottili. Forse, quando era in piedi, la camicia arrivava più in basso. Ma ora, seduta sul mio letto, le si era sollevata, coprendo a malapena le cosce.

«No» dissi lentamente, valutando sia il suo aspetto che le sue parole. «Le mie preferenze non sono cambiate». Perché mi piaceva molto quello che avevo davanti. Se era quello che le chiedevo di fare in passato, allora l'avrei perdonata per essersi vestita senza permesso.

Il laptop, però, era tutta un'altra cosa. Così come l'essersi messa comoda sul mio letto.

Permettevo anche questo?, mi domandai, studiandola con attenzione. *Perché dovrei lasciarle tutta questa libertà?*

C'era così tanto che non riuscivo a ricordare. Ma quella donna mi aveva conosciuto per più di mille anni. Cos'altro avrebbe potuto dirmi?

Uhm... ma come faccio a fidarmi che mi dica la verità?

Mira mi aveva avvertito che Ismerelda aveva vissuto in un'epoca in cui gli umani avevano maggiori diritti. Tuttavia, era sempre stata mia. Non avrei dovuto essere *io* a decidere quali diritti avesse? A educarla, per renderla la schiava perfetta?

Non aveva cercato di scappare quando me n'ero andato, si era solo vestita nel modo che preferivo, o almeno così sembrava, e si era impadronita del mio letto. Un luogo con cui doveva aver avuto una certa familiarità, nel corso dei secoli. E si stava anche comportando in modo più appropriato.

Forse, prima si stava ancora riprendendo dalla morte sulla pista di atterraggio. Ed era stata quella la causa del suo atteggiamento bizzarro.

Ora era come se non fosse successo nulla. Mi stava semplicemente fissando, in attesa di ordini.

Con il mio computer in grembo, pensai, lanciando un'altra occhiata al dispositivo. «Tocchi spesso le mie cose senza permesso?» le domandai.

Continuò a fissarmi per qualche secondo, nei suoi occhi verdi si rincorsero pensieri indecifrabili.

Beh, non era del tutto vero.

Se avessi voluto, avrei potuto leggerli. Ma avevo eretto un muro tra le nostre menti, che doveva esserci per un motivo ben preciso. Nonostante non ricordassi quale, non volevo rischiare di abbatterlo solo per ascoltare qualsiasi cosa le passasse nella sua bella testolina.

«Di solito, non ti aspetti che ti chieda il permesso» disse lentamente, con le labbra che si incurvavano verso il basso. «In ogni caso, è protetto da una password». Mi mostrò la schermata di accesso. «E lo sai che non sono mai stata molto brava con i computer».

Mi osservò per un lungo istante, sembrava in attesa di una risposta. O forse si aspettava che la rimproverassi. Non avevo la più pallida idea di quali fossero le nostre dinamiche, conoscevo soltanto le mie reazioni alle sue parole.

Inizialmente, trovarla seduta sul mio letto mi aveva fatto infuriare. Soprattutto dopo le ultime ore, in cui ero stato di pessimo umore per la mia bizzarra reazione al suo comportamento. Ma le cose erano cambiate immediatamente, non appena mi aveva fatto quella domanda sulle mie preferenze.

E ora mi sentivo quasi rilassato in sua presenza. Addirittura compiaciuto.

Non aveva alcun senso, considerando la libertà che si era presa nel *mio* spazio, ambientandosi come se fosse stata a casa sua. Ma forse tra di noi era normale?

E, se era davvero normale, forse sarei riuscito a soddisfare la fame che mi attanagliava.

A meno che non sia un inganno, pensai.

Non mi aveva accusato di non essere il suo Cam? O era stato tutto a causa della sua morte?

Aveva detto che, prima di allora, non era mai morta. Se era vero, era comprensibile che fosse così frastornata.

«Mi dispiace, mio signore» disse, quando non le risposi.

Un'altra pausa.

«Stavo… stavo cercando di passare il tempo, in attesa che tornassi». Chiuse delicatamente lo schermo del computer, con un'espressione pensierosa. «Avrei cucinato per noi, come ero solita fare in passato, ma non c'è traccia di cibo in cucina».

Cucinato per noi?, ripetei tra me e me. *Perché avrebbe dovuto cucinare per noi? Io mi nutrivo di sangue. E, più precisamente, del* suo *sangue.*

Ma ora mi ritrovai a chiedermi cosa mangiassi di solito con lei. O quali piatti preparasse.

Forse avrei potuto usare la situazione a mio vantaggio, per determinare se fosse tutta un'elaborata menzogna.

Volevo capire perché avevo scelto proprio lei. Forse, questo mi avrebbe aiutato a chiarirlo.

«Non abbiamo nessuna scorta di cibo» la informai, pensando rapidamente a un piano. «Ma posso farci portare qualcosa». Poco dopo il mio risveglio, Michael mi aveva fornito una lista di opzioni. Non avevo prestato molta attenzione, perché l'unica cosa che mi interessava era il sangue. O meglio, il sangue di Ismerelda. E quello era parte del motivo per cui l'avevo portata lì, per placare la mia fame.

Ovviamente, le cose non erano andate secondo i piani. Prosciugarla non era stato sufficiente. Volevo qualcosa di più, qualcosa di oscuro.

Prima, però, avremmo fatto quel piccolo gioco. L'avrei messa alla prova, per scoprire se mi conosceva davvero.

«Dimmi quale piatto mi piacerebbe mangiare, e lo ordinerò».

Mi studiò, e le sue labbra si incurvarono di nuovo all'ingiù. «Vuoi che indovini di cos'hai voglia?».

Infilai le mani in tasca e inarcai un sopracciglio nella sua direzione. «Non è quello che avresti fatto comunque, se avessi trovato del cibo in cucina?».

Scosse la testa, la sua confusione era palpabile. «Ehm… no. Mi avresti… mi avresti fatto trovare quello che volevi. Come facevi sempre, prima di…». Si interruppe, senza distogliere lo sguardo dal mio. «Di solito, non dovevo *indovinare*».

Il suo battito assunse un ritmo irregolare, aggiungendosi al leggero tremore nel tono. C'era qualcosa che non andava. *Sta mentendo? È solo nervosa? O si tratta di qualcosa di completamente diverso?*

«Ehm…». Si schiarì la voce. «Siamo a Roma, giusto? Beh, nella Città del Vaticano, ma è comunque Roma, no?».

La fissai. Conosceva già la risposta, ma le rivolsi

comunque un lieve cenno di assenso, curioso di scoprire dove sarebbe andata a parare.

«Okay, allora...». Deglutì, sembrava incerta. Ma, dopo qualche istante, dovette prendere una qualche sorta di decisione, perché aggiunse: «Il tuo piatto italiano preferito è la parmigiana di melanzane».

«Parmigiana di melanzane? Il mio piatto italiano preferito è un piatto vegetariano?». *Improbabile.*

Ma un'improvvisa audacia si impadronì della sua espressione, e si mise ad annuire. «Sì. Seguendo la ricetta tradizionale, con le melanzane fritte, la salsa di pomodoro e il parmigiano reggiano». Aggrottò la fronte, scoccandomi un'occhiata sospettosa. «Ma lo sai già, no?».

Non ero sicuro del significato di quella domanda, così la ignorai. Ero troppo incuriosito dal piatto che aveva suggerito. «Cos'altro mi piace mangiare?».

Rimase in silenzio per un momento, osservandomi, poi elencò i tre antipasti che, a detta sua, apprezzavo di più. Erano tutti vegetariani. Seguì poi il nome di un vino rosso che affermava fosse il mio preferito, almeno in Italia. «Hai sempre vini francesi in dispensa, ma, quando sei in Italia, bevi vino italiano. E di solito lo addolcisci con il mio sangue».

Ecco, quello sì che sembrava qualcosa che mi sarebbe piaciuto. Tuttavia, era anche troppo facile da indovinare.

Per sua fortuna, però, aveva parlato anche di quel vino che, in teoria, amavo bere.

E diversi piatti da provare.

«E per dessert?» incalzai, sempre più preso da quel gioco.

«Di solito?» chiese, inarcando le sopracciglia. «Di solito sono io il tuo dessert».

Arricciai le labbra. «Troppo ovvio».

«Che sia ovvio o meno, è la verità. Ma se proprio vuoi

parlare di cibo, allora so per certo che ti piace il gelato. Specificatamente, quello al cioccolato fondente».

«Mmh» mormorai, valutando le sue risposte. «E tu, Ismerelda? Cosa ti permetto di mangiare?».

«Cosa mi *permetti* di mangiare?» ripeté, sorpresa dal modo in cui avevo formulato la domanda. «Quello che voglio».

«Sul serio?». Ne dubitavo. Se mangiavano troppo, gli umani modificavano il loro peso e le loro forme. E c'era un motivo se esistevano delle regole molto severe al riguardo, nel nuovo mondo. D'altro canto, non avevo nulla da ridire sulla sua figura, anzi. Così, per il momento, decisi di assecondarla. «Okay. In questo caso, cosa ti piacerebbe mangiare?».

«Adesso?» chiese, anche se ebbi l'impressione che fosse una domanda retorica. «Una pizza margherita e un paio degli antipasti che ho nominato». Mi accarezzò con lo sguardo dalla testa ai piedi. «E poi, per dessert… te».

Una risposta affettata.

Ma calzante.

«Va bene» mormorai. «Ti asseconderò in questa assurdità, Ismerelda. Ma se deciderò che ti sbagli sui miei gusti, farò molto di più che *mangiarti* per dessert».

Rabbrividì. «Lo capisco, mio signore».

Essere chiamato così da lei mi suonava molto strano. Forse perché mi dava anche del tu? Mmh… Non riuscendo a capire quale fosse il motivo, mi limitai ad annuire. In fin dei conti, tutti si rivolgevano a me in quel modo. Come era giusto che fosse, dal momento che ero il re. E lei era tenuta a farlo ancora di più degli altri. Era la mia *erosita*. Il mio giocattolo. La mia sacca di sangue immortale da divorare e scopare a mio piacimento. Avrebbe dovuto venerarmi.

Era così che doveva essere, no?

Ma allora, perché le sto dando corda? Perché sto giocando con lei?, mi domandai, dirigendomi verso il letto e sedendomi accanto a lei.

Incapace di rispondere, mi concentrai sul nostro gioco. Mi riappropriai del mio laptop e inserii la password.

«Sei sicura di voler ordinare proprio questi piatti?» chiesi, distogliendo lo sguardo dal computer per ammirare i suoi bellissimi lineamenti.

I suoi occhi si specchiarono nei miei senza un'ombra di esitazione. «Se sono sicura di quale fosse il tuo piatto italiano preferito centodiciotto anni fa? Sì. A meno che i tuoi gusti non siano cambiati mentre eri… via?».

«Addormentato» la corressi. «E no». Il mio sguardo scese sul suo collo sottile. «Non credo che i miei *gusti* siano cambiati».

«Addormentato?» ripeté, aggrottando la fronte.

«Sì». La sua espressione sconcertata mi lasciò perplesso. «Perché questo ti confonde?». Non avrei dovuto perdere tempo a fare conversazione, ma era una reazione bizzarra a qualcosa che avrebbe dovuto sapere, e volevo indagare.

«Non… non mi ero resa conto che stessi dormendo» mormorò, con il battito che accelerava.

Stai mentendo?, mi domandai, cercando di leggerle la risposta in viso.

«Com'è possibile?» chiesi, concentrandomi sul suono del suo cuore.

«Perché te ne sei andato senza dirmi cosa avevi intenzione di fare, e nessuno mi ha mai spiegato cos'è successo» replicò. Nel suo tono colsi un inaspettato accenno di irritazione.

E le sue pulsazioni ripresero un ritmo regolare.

Interessante.

Sembrava che fosse la verità. Probabilmente mi sarei comportato proprio così. «Se non ti dico qualcosa, è perché non sei degna di saperlo». Dopotutto, lei era al mio servizio, non il contrario.

Anche se, per quella notte, avrei cenato con lei e avrei capito se conosceva davvero i miei gusti.

Dato che non ricordavo l'ultima volta in cui avevo mangiato qualcosa che non fosse sangue, sarebbe stato un esperimento divertente.

«Il tuo... ehm... *sonno* ha avuto un impatto anche sui tuoi ricordi legati al cibo? È per questo che mi hai chiesto quali sono i tuoi piatti preferiti?» mi domandò lentamente Ismerelda, mentre cliccavo su una delle icone del desktop.

Riflettei sulla sua domanda, incerto se fosse o meno il caso di risponderle.

Non erano affari suoi. Il suo scopo era inchinarsi a me, niente di più.

Tuttavia, la mia memoria difettosa avrebbe potuto diventare il suo fardello, soprattutto se le sue risposte si fossero rivelate veritiere. Se avesse dimostrato di conoscere i miei gusti, avrei avuto bisogno di altri dettagli. Forse anche su altri piaceri della vita.

«Risvegliarsi da un sonno immortale comporta alcuni effetti collaterali». La guardai di nuovo. «Uno di questi è la perdita dei ricordi più insignificanti, come i cibi preferiti o i dettagli sulle relazioni prive di importanza».

Ciò spiegava perché non ricordavo né lei né Michael, a differenza di Mira e di altre persone del mio passato.

«Relazioni prive di importanza» ripeté Ismerelda, trasalendo. «Come la nostra».

«Come la nostra».

Eppure, l'avevo tenuta con me per più di mille anni.

Cosa diceva di me il fatto che non riuscissi a ricordarmi di lei, o a ricordare perché avessi sentito il bisogno di mantenere così a lungo il nostro legame?

«È possibile che con il tempo ritorni qualche altro

ricordo» dissi, ripetendo quello che avevo sentito nelle registrazioni di Lilith. «Ma solo se si tratta di qualcosa di veramente importante per me».

«Capisco». Il suo tono era privo di emozione, ma i suoi occhi brillavano come fiamme verdi. Era molto affascinante da osservare. «Immagino che sia per questo che il tuo linguaggio non è lo stesso di quando ci siamo incontrati per la prima volta».

La fissai, sorpreso da quell'affermazione.

«E anche perché sai usare un computer» continuò. «Devono essere delle abilità che consideravi importanti. Ma ti ricordi chi ti ha insegnato a destreggiarti con la tecnologia?».

«Perché dovrebbe essere rilevante?».

«Già, perché...» rispose, sempre senza che il suo tono lasciasse trasparire alcuna emozione, nonostante il fuoco che le danzava nello sguardo. «Cos'è che ha detto una volta Jace?». Pronunciò le parole successive in una lingua antica, e con una scioltezza che mi colpì.

La frase poteva essere tradotta più o meno come: "i ricordi sono le nostre fondamenta. Ma cosa succede quando ne abbiamo troppi?".

«Una sintesi accurata» mormorai. «Ma non è stato mio cugino a dire quelle parole. È stato mio padre».

«Cronus» confermò, con le pupille che si dilatavano.

«Sì». Studiai la sua espressione per qualche istante, tentando ancora una volta di capire cosa nascondesse. Sembrava quasi... sollevata. Ma non era solo quello. Per un attimo le lacrime le velarono lo sguardo, ma svanirono in men che non si dica, mentre si sforzava di ricomporsi.

«Mi sorprende che tu conosca queste parole» ammisi. «Non le sentivo da molto tempo». Da quando mio padre aveva scelto il riposo eterno. Ed era accaduto ben prima che prendessi Ismerelda.

«Mi hai detto tu questa frase, una volta. Mi sono solo confusa su chi fosse stato a pronunciarla». Il suo battito assunse per un attimo un ritmo caotico, facendomi aggrottare la fronte.

Significa che sta mentendo?

Ma perché avrebbe dovuto mentire su quello?

Forse mi sbagliavo e avevo frainteso completamente le sue reazioni.

O forse erano proprio quelle fluttuazioni ad allettarmi. *È per questo che ho eretto una barriera per separare le nostre menti? Perché mi piace che sia un mistero per me?*

Con tutti quei pensieri che mi rimbalzavano nella testa, aprii la app che mi avrebbe permesso di contattare le cucine. Cosa che non avevo mai fatto, da quando mi ero risvegliato. Ma Michael aveva preferito mostrarmi come funzionava, per ogni evenienza.

«Vediamo se hai ragione sui miei gusti, Ismerelda» dissi, cliccando su un pulsante. «Non vedo l'ora di assaggiare il *dessert*».

Izzy

È Cam. Il mio *Cam.*

Perché nessun altro avrebbe mai potuto sapere le ultime parole di Cronus.

Solo il *mio* Cam avrebbe riconosciuto quella frase.

Eppure, quell'uomo non era minimamente come il mio Cam.

«Uno di questi è la perdita dei ricordi più insignificanti, come i cibi preferiti o i dettagli sulle relazioni prive di importanza».

Le sue parole erano state come una pugnalata al cuore. In sostanza, aveva insinuato che non significavo nulla per lui, e che era per quello che non riusciva a ricordarsi di me.

Ma sotto sotto sapevo che non era vero. Doveva esserci un'altra spiegazione. Una che non coinvolgesse il *sonno*.

Tuttavia, era chiaro che pensava che fosse quella la causa. Non aveva idea di ciò che gli aveva fatto Lilith.

E la mia ipotesi sul lavaggio del cervello sembrava

corretta, vista la scarsa considerazione che aveva di me, nonostante fossi la sua compagna.

Almeno mi stava assecondando per quanto riguardava la cena. Una cena che, per fortuna, aveva ordinato già pronta.

Perché non ero assolutamente in grado di cucinare, neanche se ne fosse andato della mia stessa vita.

Okay, non era del tutto vero. Ero in grado di cucinare. Ma non bene. Un particolare che il *mio* Cam avrebbe saputo. I miei commenti sull'impossibilità di preparare un pasto come avrei fatto normalmente erano stati un modo per testare la sua memoria.

Mentre mettevo alla prova i suoi ricordi, però, mi ero resa conto che nemmeno un sosia di Cam sarebbe stato a conoscenza delle mie doti culinarie. Così, avevo scavato a fondo per trovare qualcosa che solo il mio Cam avrebbe potuto sapere.

E lui non aveva battuto ciglio.

Era proprio il mio Cam.

Ma senza nessun ricordo della nostra storia.

Eppure, non aveva né un linguaggio né un modo di fare antiquati, e possedeva una certa abilità con il computer, un qualcosa che gli avevo insegnato *io*. Era molto strano.

Perché significava che non era fermo al passato, quindi non poteva trattarsi di un semplice caso di amnesia.

Doveva esserci una ragione più specifica.

Incentrata su di me.

Per l'ennesima volta, mi ritrovai a chiedermi perché mi avessero portata lì. Se c'era qualcuno che poteva sbloccare la sua memoria, era la persona legata alla mente di Cam.

Ammesso che riuscissi a convincerlo ad abbattere la barriera che aveva eretto più di un secolo prima. Non sarebbe stato facile, considerato che quella versione di Cam mi riteneva una creatura inferiore.

«Se non ti dico qualcosa, è perché non sei degna di saperlo».

Quella frase aveva toccato un nervo scoperto. E molto pericoloso. Un nervo scoperto che avevo cercato di ignorare per più di cento anni.

Perché era colmo di risentimento verso l'uomo che amavo.

Che mi aveva lasciata all'oscuro di tutto, senza condividere con me i suoi piani per Lilith o dirmi come e quando sarebbe tornato da me. La mancanza di comunicazione mi aveva effettivamente fatta sentire inferiore. Come se non si fidasse di me, o non mi rispettasse abbastanza per parlarmi apertamente di qualcosa di così importante.

Avevo represso quei pensieri, fin dal giorno in cui aveva eretto il muro tra le nostre menti.

E lui aveva fatto tornare tutto alla luce con qualche parola priva di sensibilità.

Dovevo controllare la mia irritazione, prima di dire qualcosa che non avrei dovuto. In effetti, avevo già espresso un paio di volte la mia opinione sul suo comportamento, e nello specifico sul fatto che se ne fosse andato senza rendermi partecipe dei suoi piani. Ma Cam non aveva reagito alla mia schiettezza. Si era limitato a liquidare la cosa, sottolineando la mia mancanza di valore.

Lo osservai prendere posto di fronte a me al tavolo della cucina.

Era andato a farsi una doccia, mentre io apparecchiavo, ed era appena tornato, indossando un'altra camicia nera e pantaloni dello stesso colore. Aveva i capelli ancora umidi.

I suoi occhi azzurri esaminarono il cibo che avevo diviso in due piatti, per poi posarsi sul bicchiere di vino.

«L'hai addolcito con il tuo sangue?» chiese, con una voce profonda che mi fece correre un brivido lungo la schiena.

«Non ancora». Deglutii, incerta su come procedere. Non mi fidavo di lui e temevo che mi avrebbe uccisa di nuovo. Ma volevo seguire il nostro rituale. Perché forse avrebbe fatto riemergere uno di quei *ricordi insignificanti*. «Di solito, mi mordi il polso e correggi il vino tu stesso».

Il suo sguardo guizzò verso il mio collo, poi scese sulla mia mano e tornò al bicchiere. «Credo che prima assaggerò il vino, per vedere se conosci realmente i miei gusti».

«Non ho detto che non ti piacciono i vini francesi» gli ricordai. «Solo che, quando ti trovi in Italia, sei solito bere vino italiano».

Ma sapevo anche che quel vino in particolare era uno dei suoi preferiti di sempre.

Non mi aveva sorpreso che il membro dello staff, o chiunque fosse quell'umano dai capelli scuri che aveva consegnato la cena, fosse riuscito a trovarne una bottiglia.

Vampiri e licantropi erano affezionati agli agi. Per questo motivo, avevano relegato molti dei lavoratori dell'industria dei servizi, che non erano nient'altro che schiavi umani, in fattorie e vigneti, per assicurarsi di mantenere la stessa qualità a cui erano abituati nell'era precedente.

Quando aveva creato il nuovo ordine mondiale, Lilith aveva pensato a tutto. Aveva trovato un modo per mettere gli umani gli uni contro gli altri, costringendoli a lottare per l'immortalità, ed era riuscita a soddisfare vampiri e licantropi, offrendo loro figure e strutture adatte alle esigenze di ciascuna specie.

Harem e vergini di sangue per i vampiri.

Vittime per la caccia della luna e campi per la riproduzione dei licantropi.

Era disgustoso. Crudele. Profondamente sbagliato.

E il mio Cam sembra essere d'accordo con tutto questo, pensai, guardandolo mentre assaggiava il vino. *Peggio, se quelle registrazioni erano davvero per lui, potrebbe addirittura essere convinto di aver orchestrato tutta questa follia.*

«Mmh» mormorò, attirando la mia attenzione sulle sue labbra. «Questo vino è squisito, Ismerelda».

Non dissi nulla, in attesa del "ma" che sembrava indugiare sulla sua lingua. *È il suo vino italiano preferito*, mi dissi. *Se ora afferma il contrario, allora...*

«Ma...». *Eccoci qua.* «Hai ragione. Ha bisogno di essere addolcito».

Il cuore mi balzò in gola. Ero sollevata che non avesse negato la bontà del vino, ma anche terrorizzata che stesse per mordermi di nuovo.

Perché l'ultima volta che aveva affondato le zanne nella mia carne, mi aveva uccisa.

Assicurandosi che ne sentissi ogni doloroso istante.

Il mio braccio si alzò di sua spontanea volontà verso di lui, proprio come avrei fatto centodiciotto anni prima.

Solo che, stavolta, non ero piena di aspettative nate dalla routine. Perché non sapevo cosa avrebbe fatto. L'incertezza si insinuò nel mio stomaco, agitandomi ancora di più e facendomi rabbrividire. Mi ricordò quello che avevo provato la prima volta che mi aveva morsa, quando non avevo ancora la più pallida idea di come sarebbe stato.

Mi farà male?

Mi piacerà?

Sarà come prima?

Sarà qualcosa di nuovo?

Le sue lunghe dita si avvolsero intorno alle mie, tirando la mia mano sul tavolo, mentre il suo sguardo affamato non si staccava dal mio. Man mano che il mio polso si avvicinava alla sua bocca affascinante, fui attraversata da un altro brivido che mi fece stringere le cosce.

Potrebbe uccidermi di nuovo, ricordai a me stessa. *Ma se non lo facesse? Se…*

I suoi denti mi affondarono nella carne prima che potessi terminare quel pensiero, sprigionando nelle mie vene un'ondata di calore, destinata a sedurre e sottomettere. *Piacere.*

Fu così inaspettato che gemetti, chiudendo gli occhi, abbandonandomi alla sensazione che non provavo da troppo tempo.

Cam mugolò in risposta, un suono che mi colpì dritta tra le gambe. Era come se avesse il mio clitoride nella sua bocca, succhiandolo, mordicchiandolo, trascinandomi sempre più vicina all'orgasmo.

Ooh, come mi è mancato… Il mio ventre si serrò intorno un inferno di passione, portandomi sul limite, per poi dissolversi l'attimo dopo, quando Cam mi liberò il polso.

Sbattei le palpebre, e la realtà si stabilizzò lentamente intorno a me, mentre mi rendevo conto che erano passati solo pochi secondi.

I suoi occhi azzurri e affamati catturarono e trattennero i miei. L'anima di Cam sembrò parlarmi direttamente attraverso il suo sguardo, mentre lasciava che il mio sangue gocciolasse nel suo bicchiere.

Tentai di deglutire, sopraffatta da tutto quello che stavo provando. Il mio mondo aveva preso la direzione sbagliata, portandomi nel passato e facendomi desiderare di implorarlo per averne di più.

Ma quello non era il mio Cam. Non realmente. Non finché non fossi riuscita a distruggere la barriera che impediva alle nostre menti di comunicare, assicurandomi che si ricordasse di me. Che si ricordasse di *noi*.

Le sue dita si mossero con grazia sulla mia mano,

mentre allontanava il mio polso dal bicchiere, guidandolo verso la sua bocca. Lussuria e bisogno ribollivano nei suoi occhi ammalianti mentre leccava la ferita e la richiudeva, continuando a guardarmi.

Rabbrividii, il mio corpo era già pronto per averne di più. Avevo i muscoli tesi dal desiderio e i capezzoli rigidi, bramosi di ricevere un morso. *Lì. Sul seno. Ti prego…*

Come se mi avesse sentita, abbassò ancora di più lo sguardo. Il Cam che conoscevo raramente si era concesso di mordermi in quel punto. Preferiva il collo e i polsi, soprattutto perché temeva che in altri posti sarebbe stato doloroso.

Ciò rendeva piuttosto strano che mi fossi ritrovata a immaginare un morso nella zona sensibile tra le mie cosce. Non aveva mai fatto nemmeno quello, troppo preoccupato di farmi male.

Ma qualcosa mi diceva che a quella nuova versione di lui non importava del mio benessere.

Mi baciò l'interno del polso e mi lasciò andare.

«Più tardi farai di nuovo quel suono per me, mentre ti scopo la bocca» disse. «Sarà il tuo dessert». Il suo sguardo si spostò sul cibo. «Ammesso che tu abbia ragione su questi piatti. Altrimenti, faremo qualcosa di molto meno piacevole. Per te».

La sua minaccia mi fece rabbrividire, per non parlare dell'insinuazione che succhiargli il cazzo sarebbe stato il mio *dessert*, ma solo se mi fossi guadagnata la sua approvazione. *Cosa farà, se il cibo non gli piace?*

Cam prese la forchetta e la avvicinò al piatto con la caprese, uno degli antipasti che gli avevo proposto.

«Ti ho ricompensata per il vino». Lanciò un'occhiata al mio polso e poi alle mie labbra. «Vediamo se sarà lo stesso anche per il cibo».

Rimasi immobile mentre si portava un boccone di

pomodoro alla bocca, masticandolo poi con un'espressione assorta.

Quando ebbe deglutito, ne infilzò un altro pezzo, ma stavolta volle che lo provassi io.

Non ero sicura se fosse il suo modo di *ricompensarmi* o se voleva che assaggiassi il cibo con lui. Ma smisi di rimuginarci sopra quando l'esplosione di sapore mi toccò la lingua, strappandomi un gemito di approvazione.

«Mmm... penso che piaccia più a te che a me» commentò. «Il che è tutto dire, perché mi è piaciuto molto. Ma i suoni che stai facendo mi intrigano ancora di più».

Mi diede un'altra forchettata di quella delizia, poi passò alla bruschetta.

Ma invece di provarla per primo, ne tagliò un pezzo e me lo avvicinò alle labbra. «Apri».

Obbedii. Non solo perché stavo morendo di fame, ma perché la situazione mi ricordava quello che facevamo spesso io e il *mio* Cam.

Mi osservò mentre masticavo e deglutivo, seguendo con lo sguardo di zaffiro i movimenti della mia bocca e della mia gola. Solo allora assaggiò anche lui un pezzo di bruschetta.

«Preferisco l'altro piatto» ammise, quando ebbe finito. «Ma anche questo è buono».

Sorrisi. «Non è la prima volta che lo dici».

Inarcò un sopracciglio. «Ah sì?».

«Sì. Ma ogni volta ordini comunque anche la bruschetta».

«Chissà perché» mormorò, infilzando un altro boccone di caprese.

«Ti piace il modo in cui si abbina alle melanzane» gli dissi, lanciando un'occhiata alla portata principale.

La guardò anche lui, mentre si godeva un altro po' di

pomodoro. Poi tagliò una fetta di parmigiana per assaggiarla.

Mentre mangiava, la sua espressione non cambiò, e i suoi occhi azzurri rimasero fissi su di me, invece che sul cibo. Ma quando si infilò in bocca anche un pezzo di bruschetta, capii che era soddisfatto.

Per fortuna, avevo detto la verità sul suo cibo preferito. Avevo valutato l'idea di mentire, nel caso in cui chiedesse a me di preparare la parmigiana, visto che non ne ero minimamente in grado, ma per fortuna le cose erano andate per il meglio.

E avevo qualche risposta su Cam.

Il *mio* Cam.

Perché era lì. Davanti a me. A mangiare cibo italiano.

Il mio cuore mancò un battito mentre lasciavo che quella consapevolezza si posasse su di me, riscaldandomi le viscere.

Finalmente siamo insieme.

Non era il modo in cui pensavo che ci saremmo rincontrati, e di certo non era ideale, ma lo accettavo, se l'alternativa era non rivederlo più.

«Puoi mangiare la tua pizza, Ismerelda» mi disse, con lo sguardo ancora fisso sul mio.

«Grazie, mio signore» risposi, recitando la parte che si aspettava da me.

Perché Lilith gli ha fottuto il cervello, pensai acidamente, masticando un boccone di pizza.

Dovevo scoprire cosa gli aveva fatto, così avrei potuto tentare di invertirlo.

O forse è più semplice abbattere il muro mentale.

Beh, *semplice* era un eufemismo. Con Cam, non c'era mai nulla di *semplice*.

Il mio compagno era il vampiro più testardo che avessi

mai incontrato. Quando decideva qualcosa, era impossibile fargli cambiare idea.

E non avevo dubbi che valesse lo stesso anche per quella versione di lui.

Ciò significava che dovevo trovare un modo per fargli venire quell'idea da solo, invece che suggerirla apertamente.

Ci sarebbe voluto del tempo. Speravo che ne avessimo in abbondanza, ma ne dubitavo.

«Non sembra che la pizza ti piaccia quanto la caprese» disse Cam, abbassando gli occhi sulla mia bocca. «Non ha un buon sapore?».

Il sapore non è un problema, pensai. *Ma sono distratta dalla necessità di architettare un piano per farti tornare in te, e di conseguenza non mi importa nulla del cibo.*

Ma non potevo dirlo ad alta voce.

Così, quando ebbi deglutito, gli offrii un'altra verità. «È un po' secca, ma, a parte quello, è buona». Probabilmente era rimasta in forno troppo a lungo, o forse non era stata cotta nel forno giusto. Un peccato, visto che eravamo in Italia. Ma eravamo anche da qualche parte sottoterra, e non sapevo dove preparassero il cibo.

Cam mi osservò per qualche istante, poi afferrò il mio piatto e lo scambiò con quello con la caprese, posizionando quest'ultima davanti a me, e la pizza in mezzo al tavolo, accanto alla bruschetta. «Finiscila pure. Preferisco i tuoi gemiti al silenzio».

Le mie labbra minacciarono di incurvarsi in un sorriso, ma la fame oscura che gli incendiava lo sguardo mi trattenne dal mostrare apertamente le mie reazioni.

Perché sembrava pronto a divorarmi.

E non sapevo se fosse un bene o un male. Forse entrambe le cose.

Invece di abbandonarmi di nuovo ai miei pensieri,

sollevai la forchetta e mi dedicai alla caprese. Effettivamente, era molto meglio della pizza. Si vedeva che erano stati usati un buon olio d'oliva e basilico fresco.

«Molto meglio» mormorò Cam, fissandomi le labbra.

Avevo cercato di non gemere di nuovo, ma evidentemente avevo fallito. E, continuando a mangiare, non mi preoccupai di nascondere il mio godimento, cosa che lui sembrò apprezzare.

Quando finì il suo pasto, si limitò a guardarmi mangiare, con le pupille dilatate in modo inquietante e minaccioso. Somigliava a un predatore pronto a colpire.

Mi venne la pelle d'oca. *Cosa farà quando avrò finito anch'io? Mi obbligherà a succhiarglielo?*

Il pensiero mi fece rabbrividire.

Era passato così tanto tempo da quando ero stata toccata da quell'uomo.

Solo che non era realmente il mio Cam.

Era un vampiro a cui avevano fatto il lavaggio del cervello, convinto che fossi un essere inferiore. Non la sua compagna, ma una sacca di sangue. Per questo mi aveva prosciugata, il giorno prima. Uccidendomi.

Ed era anche il motivo per cui era entrato nello stanzino deciso a scoparmi, incurante di come mi sentivo o cosa desideravo.

Volevo davvero un uomo del genere nel mio letto?

Sarebbe stato sbagliato farlo? Cos'avrebbe pensato il mio Cam, quando avesse riacquistato la memoria? Si sarebbe sentito tradito?

Deglutii, la caprese faticava a scendere.

L'ultima domanda aveva evocato una risposta viscerale. Cam *avrebbe dovuto* sentirsi tradito.

Perché l'idea di essere presa da quella versione del mio compagno mi metteva a disagio… ma allo stesso tempo mi incuriosiva.

Come sarebbe stato essere toccata senza riguardi? Presa con tutto l'impeto di cui era capace? Morsa in punti in cui il mio Cam non lo avrebbe mai fatto, perché mi riteneva troppo fragile per accettarlo?

Pensare a quelle cose era profondamente sbagliato. *Un tradimento.* Perché quella non era la mia versione di Cam. Era... era una versione corrotta. L'ombra oscura dell'uomo che un tempo avevo amato.

Ma forse il sesso lo aiuterà ad abbassare gli scudi.

L'intimità ci aveva sempre avvicinati. Le nostre menti si sposavano nel più antico dei modi, mentre i nostri corpi consumavano l'amore che provavamo l'uno per l'altra. Nutriva le nostre anime, rinvigoriva il nostro legame e...

«Ismerelda». La voce vellutata di Cam mi strappò ai miei pensieri e mi riportò al presente. Posò il bicchiere vuoto sul tavolo e disse: «Sono pronto per il dessert».

CAM

Uno splendido rossore si impadronì dei lineamenti di Ismerelda, in un invito color cremisi che non vedevo l'ora di accettare.

Le cose stavano andando molto meglio. Il suo profumo era più dolce e attirava il mio predatore interiore, invece di respingerlo.

Inspirai profondamente, notando il sottile aroma di eccitazione che accompagnava la paura.

È perfetta, mi ritrovai praticamente a tubare.

Il pasto era stato sorprendentemente piacevole. Ismerelda aveva ordinato dei piatti che non ricordavo di aver mai mangiato, facendomi domandare quali altre pietanze potesse consigliarmi.

Prima, però, volevo ricompensarla. Mi aveva soddisfatto in un modo che non mi aspettavo, ed era probabilmente uno dei motivi per cui l'avevo tenuta con me così a lungo. Si era anche dimostrata deliziosamente sottomessa, nel corso del pasto, aspettando che le dessi il permesso di mangiare e ringraziandomi quando glielo avevo concesso.

E quei gemiti…

Cazzo, ero stato sul punto di buttare a terra i piatti, spingerla sul tavolo e affondare dentro di lei.

E ora il suo profumo mi diceva che sarebbe stata pronta ad accogliermi.

E stretta, pensai con un gemito mentale.

Ismerelda non veniva scopata da oltre cento anni. Sarebbe stato quasi come prendere una vergine, che pulsava intorno al mio cazzo, stritolandolo, mentre la sbattevo senza pietà.

Le avrebbe fatto male. Ma lo avrebbe accettato, perché doveva. Dopotutto, era mia.

E cazzo se quella consapevolezza non me lo faceva diventare ancora più duro.

Era passato troppo tempo dall'ultima volta che avevo provato il piacere di scivolare dentro una donna. Non riuscivo nemmeno a ricordarlo, sapevo solo che era stato esaltante. Incredibile. *Come una droga.*

Non appena avessi iniziato a scopare con Ismerelda, non sarei riuscito a fermarmi. Probabilmente sarebbe morta con il mio cazzo conficcato dentro di lei, implorandomi di rallentare o di concederle una pausa.

Ma non ne sarei stato in grado. Non con la fame insaziabile che si era impossessata del mio predatore.

Non con il suo dolce profumo che mi avvolge e con quel delizioso rossore che le lambisce il collo.

Un ringhio abbandonò la mia bocca, facendo rabbrividire la mia piccola *erosita.* Sapevamo entrambi quale dessert avevo intenzione di gustare.

Tuttavia, volevo ancora ricompensarla in qualche

modo. Magari concedendole un po' di piacere, prima di distruggerla per soddisfare i miei bisogni.

Forse, così, sarebbe tornata in vita correttamente.

«Libera il tavolo» le ordinai. «Poi ti divorerò, proprio come ti avevo detto».

Perché il gelato al cioccolato non mi attirava di certo quanto la sua dolce eccitazione.

Avrei spalancato quelle cosce atletiche, che mi ritrovai ad ammirare quando si alzò senza dire una parola per fare quello che le avevo chiesto, e l'avrei assaggiata per bene. Leccata a fondo. Morsa. Mescolando dolore e piacere, e bevendone fino all'ultima goccia.

Il suo profumo sembrò aumentare a ogni passo, il suo interesse era un aroma inebriante che impregnava l'aria.

Notai che aveva la pelle d'oca sulle gambe, uno spettacolo intrigante che confermava che era eccitata e spaventata al tempo stesso.

Una magnifica combinazione.

Si chinò sul tavolo per prendere i resti della pizza, facendo sì che la mia camicia le si sollevasse un po' sulle cosce.

Le mie dita fremevano dalla voglia di esplorare la sua pelle vellutata, ma riuscii a controllarmi, anche quando si raddrizzò e mi permise di scorgere i capezzoli che si indurivano sotto il tessuto sottile.

Aveva ragione sull'abbigliamento che preferivo. Perché la mia camicia le stava molto meglio che a me.

Osservai i suoi movimenti mentre recuperava gli ultimi piatti, mettendo le stoviglie sporche nel lavandino e riponendo gli avanzi nel frigorifero.

L'ultima cosa di cui si occupò fu il mio bicchiere di vino, che lavò a mano, per poi tornare accanto a me. Aveva gli occhi abbassati in segno di sottomissione, e le sue guance sfoggiavano ancora quella seducente tonalità di rosa.

«Siediti» le dissi, indicando con un cenno il tavolo davanti a me. «E apri le gambe».

Deglutì, e i suoi occhi guizzarono per un attimo sui miei, ma poi si abbassarono di nuovo. «Sì, mio signore» sussurrò. Sembrava che la sicurezza di prima l'avesse abbandonata.

Quella reazione suggeriva che era abituata alla mia brutalità.

Bene.

Perché ero affamato di lei e non mi sarei trattenuto, cosa che ovviamente sapeva e accettava.

Mi rilassai sulla sedia mentre Ismerelda si sistemava sul tavolo. Le sue gambe sembrarono ancora più lunghe quando le mise oltre il bordo del tavolo, lasciandole cadere ai lati delle mie cosce.

«Più aperte, Ismerelda. E solleva la camicia».

Il suo battito accelerò a dismisura al suono della mia voce, e i suoi occhi tornarono per un attimo sui miei, prima di riabbassarsi di nuovo. Invece di rispondere al mio ordine, risalì con le mani lungo le cosce e sempre più in alto, afferrando l'orlo della camicia e mostrandomi il suo sesso.

Lo avevo già visto prima, quando l'avevo spogliata per lavarla. Un compito che avrei dovuto affidare a qualche servitore, ma non volevo che nessun altro la toccasse. Non quando ero così affamato di lei.

Purtroppo, però, era rimasta incosciente durante tutta l'esperienza. Morta, a dire la verità.

Ma ora era decisamente viva.

Il che significava che potevo farle una domanda che mi premeva, ma che non ero stato in grado di formulare. Perché non era stata abbastanza viva per rispondere.

«Ti sei mantenuta così per me?». Non riuscivo a immaginare per chi altri si sarebbe preparata in quel modo, ma una parte possessiva di me sentiva il bisogno di confermarlo.

«No. L'ho fatto per me» rispose dolcemente, cogliendomi di sorpresa. «L'ho tenuta curata per secoli, ma rasare tutto è... liberatorio». Il suo bel rossore si diffuse lungo il collo, fino alla porzione di pelle che non era coperta dalla mia camicia. «Mi rende molto più sensibile».

«Mmm» mormorai, incuriosito dalla sua affermazione. Spalancò le gambe, concedendomi una visuale senza ostacoli del suo umido calore.

Così bagnata e pronta.

E così mia.

«Vediamo quanto sei *sensibile* allora, Ismerelda». Le afferrai le cosce e gliele aprii ancora di più, poi mi chinai e inspirai il suo profumo.

I suoi begli occhi incontrarono i miei, lasciandomi intravedere nelle sue pupille dilatate un barlume di incertezza mescolato al desiderio. Non aveva idea di cosa volessi farle. E io non avevo nessuna intenzione di precisarlo.

Era il mio campo da gioco. Le mie regole. *La mia cazzo di schiava.*

«Piegati all'indietro e reggiti sui palmi» le dissi, spostando la presa sui suoi fianchi. «E cerca di non...».

Il mio polso vibrò, c'era una chiamata in arrivo. Quell'interruzione mi fece ringhiare. Ismerelda tremò, con il suo sesso bramoso a mezzo centimetro dalle mie labbra.

Cazzo. «Sarà meglio che sia una cosa importante» sbottai, accettando la telefonata solo in modalità voce, non con il video. Non volevo che nessun altro vedesse la mia *erosita* in quelle condizioni. Era il *mio* dessert.

«Mi avete chiesto di avvisarvi quando i preparativi per

il rituale fossero stati portati a termine» rispose Mira in tono piatto. «Sono pronta a cominciare».

Mi raddrizzai, ma senza distogliere lo sguardo dalla deliziosa visione che avevo davanti. Non avevo scelta, anche se avrei preferito il contrario. Ma avevo sprecato la maggior parte della nottata sfogando la mia aggressività su vampiri inferiori e cenando con Ismerelda.

E ora stavo pagando il prezzo di aver ritardato la mia gratificazione.

Sospirai e chiusi gli occhi. «Sarò lì tra cinque minuti. Non iniziare senza di me». Terminai la chiamata prima che potesse rispondermi e tornai a concentrarmi su Ismerelda. I suoi occhi erano velati di lussuria, il suo interesse palpabile.

Ma in ritardo di qualche ora.

«Al mio ritorno, mi aspetto di trovarti nuda e bagnata sul mio letto» le dissi. «Non deludermi, Ismerelda». Mi mossi senza darle il tempo di replicare. Le mie labbra incontrarono la sua coscia e risalirono verso il suo clitoride, dove la morsi. *Forte.*

Lei gridò. I suoi recettori del piacere e del dolore furono sopraffatti dall'improvviso assalto di veleno misto a endorfine.

I vampiri potevano ferire gravemente le loro prede. Oppure condurre le nostre vittime nel regno dell'estasi.

Scelsi la seconda opzione, soprattutto perché volevo udire un altro dei suoi deliziosi gemiti, prima di andarmene. La mia schiava non deluse le aspettative. Il suo corpo iniziò a contorcersi con un orgasmo che le invidiai, e che non vedevo l'ora di concedermi.

Ahimé, avevo del lavoro da sbrigare.

Ma, non appena avessi finito, sarei tornato da lei.

E avrei fatto molto di più che morderla. L'avrei annientata.

«Torno presto» dissi sulla ferita che le avevo lasciato sulla carne rosata. Il sangue si mescolava alla sua eccitazione, offrendomi il dessert perfetto. Mi concessi un'unica, lunga leccata, che la condusse quasi all'orgasmo.

Ma la lasciai così, senza nemmeno curarla. Lo struggimento sarebbe stato simile al mio, punendola insieme a me, mentre ritardavo l'inevitabile.

Il mio sangue immortale che le scorreva nelle vene le avrebbe garantito una rapida guarigione; solo che non sarebbe stata immediata come se avessi rimarginato io stesso la sua ferita.

«Molto presto» mormorai, godendomi un altro rapido assaggio. Poi mi teletrasportai verso la soglia, allontanandomi da lei.

Non mi voltai per osservarla o assicurarmi che obbedisse al mio ordine di farsi trovare nuda nel mio letto. Dopotutto, era mia.

Gustai il suo sapore camminando lungo il corridoio, senza smettere di ordinare al mio cazzo di darsi una calmata. Ma avere la sua essenza in bocca non aiutava.

Volevo solo tornare indietro e divorarla. Scoparla per ore. Sfogare tutta quella lussuria su di lei e soffocarla con il mio seme.

L'avrei presa in tutti i modi possibili, a ripetizione, finché non mi fossi stancato di lei.

Poi avrei ricominciato da capo il giorno dopo.

Cazzo.

Mi passai la mano sul viso, l'aroma di Ismerelda era ancora fresco sul mio palmo. E non proveniva nemmeno dal suo sesso, ma solo dalla sua pelle.

Quello era il motivo per cui l'avevo tenuta con me così a lungo. Creava dipendenza.

Chiusi gli occhi e mi costrinsi a concentrarmi su quello che dovevo fare, poi mi teletrasportai davanti all'ascensore.

Dove trovai Michael che mi aspettava. Sembrava che non facesse altro.

Vattene via, avrei voluto dirgli. Non ero in vena di convenevoli. Volevo solo distruggere la mia *erosita*.

Ma inarcai un sopracciglio, in attesa che parlasse.

«Mio signore» mi salutò, piegandosi in un profondo inchino che mi fece alzare gli occhi al cielo. «I tecnici mi hanno informato che dovremmo riprendere il controllo del nostro sistema di comunicazione entro le prossime dodici ore».

Beh, almeno questa è un'informazione utile. «Hanno scoperto cos'è successo?».

«Non ancora, mio signore. Ma è molto probabile che si tratti di Damien, come ha detto Mira. Starà sicuramente cercando di rintracciare la sorella».

Una valida teoria, ma… «Se poteva già infiltrarsi nei nostri sistemi, perché non l'ha fatto subito dopo essersi impadronito del telefono di Lilith? Perché aspettare fino ad ora?». Non aveva alcun senso. Erano quasi due settimane che faceva di tutto per manomettere i nostri sistemi. Cosa gli aveva permesso di superare i nostri dispositivi di sicurezza proprio adesso?

«Non sono un esperto, ma penso che la domanda migliore sia: cos'è cambiato che gli ha improvvisamente permesso di hackerarci?» replicò Michael. «Sono d'accordo sul fatto che in un primo momento abbia avuto accesso attraverso il telefono di Lilith, ma non è stato in grado di violare il nostro sistema di comunicazione fino all'arrivo della vostra *erosita*».

Studiai la sua espressione e decifrai il vero significato delle sue parole. «Stai cercando di insinuare che Ismerelda abbia qualcosa a che fare con il successo di Damien?».

«Lei è uno dei cambiamenti» fece notare Michael. «Potrebbe essere stata l'ispirazione di cui aveva bisogno per spingerlo a impegnarsi. O, più probabilmente, ha fatto qualcosa che gli ha permesso di interferire».

Lo fissai. «Era morta e rinchiusa quando Damien ha violato i nostri sistemi, Michael. Non lo sta aiutando, se è questo che stai suggerendo».

«Beh, forse non consapevolmente o attivamente» riformulò. «Ma potrebbe averle impiantato un chip che…».

«Un chip?» ripetei.

«Sì, un piccolo dispositivo tecnologico che può essere impiantato sotto la pelle» chiarì. «E che potrebbe essere usato per rintracciarla, oppure per entrare nei nostri sistemi da remoto».

Come sapevo istintivamente tutto sui computer, sapevo anche che cos'era un chip. Non avevo ripetuto la parola per avere una definizione, si trattava di una domanda incredula.

«Dubito che suo fratello le abbia impiantato un *chip*, Michael. Ma se hai uno scanner o un qualche strumento con cui controllare, più tardi posso usarlo su di lei». E se ne avessimo trovato uno, lo avremmo rimosso. «Ora devo andare da Mira».

Mi voltai ancora una volta verso l'ascensore.

«O posso controllarla io stesso, mentre voi siete al lavoro con Mira?» suggerì Michael.

Lo guardai. «No».

Aggrottò la fronte. «Ma se ha davvero un chip sotto la pelle, dobbiamo rimuoverlo immediatamente. Altrimenti, Damien non farà altro che vanificare i nostri sforzi e continuerà a tenere in ostaggio il nostro sistema di comunicazione».

«Hai detto che il team non ha ancora scoperto quale sia la causa» gli feci notare. «Se puoi dimostrare che si tratta di Damien, allora controllare la mia schiava diventerà la mia priorità. Ma, fino ad allora, devo supervisionare il risveglio di Fen».

«Ma se ha un chip, allora sapremo con certezza che è stato Damien» ribatté. Il suo cambio di tono mi sorprese.

Stava mettendo in discussione la mia autorità. E per quanto non avesse tutti i torti, non era abbastanza per permettergli di vedere la mia *erosita* nuda. Una conclusione con cui il mio predatore interiore fu subito d'accordo.

«Chi è che comanda qui, Michael?» gli chiesi, mentre arrivava l'ascensore. Ignorai le porte che si aprivano e mi girai completamente verso di lui.

Che deglutì e chinò il capo. «Voi, mio signore». Lo disse a voce bassa, pronunciando le parole tra i denti.

«Esatto» dissi. «E ti ho ordinato di trovarmi un dispositivo da usare su Ismerelda quando avrò il tempo di farlo. Nel frattempo, torna a lavorare con i tecnici per individuare la causa della violazione dei nostri sistemi. Se puoi dimostrare che è stato Damien, valuterò di nuovo la tua richiesta».

Perché per nessun motivo al mondo gli avrei permesso di andare in camera mia e mettere le mani sulla mia *erosita*. Era a me che spettava divorarla.

«Hai capito?» insistetti. Le porte dell'ascensore cominciarono a richiudersi dietro di me, mentre lo fissavo. O meglio, mentre fissavo la sommità della sua testa, perché non aveva ancora avuto il coraggio di alzare lo sguardo sul mio.

Deglutì di nuovo. «Sì, mio signore».

«Bene». Digitai per l'ennesima volta il codice. «E ora torna al lavoro».

«Sì, mio signore» ripeté, con quel suono stridulo di denti stretti che sottolineava ancora ogni parola. Ma non me ne fregava un cazzo. Aveva messo in discussione i miei ordini. Era la *mia* progenie e il *mio* assistente. Avrebbe fatto meglio a ricordarsene e lasciare che mi occupassi da solo della mia *erosita*.

Entrai nell'ascensore e aspettai che si unisse a me. Non c'era nessun motivo per restare sul mio piano, visto che gli avevo detto di stare alla larga da Ismerelda.

E infatti mi seguì, ma muovendosi con riluttanza.

Per sua fortuna, non disse nulla, premendo i pulsanti per portarci ai diversi piani che dovevamo raggiungere. Quando uscì dall'ascensore, rimasi in silenzio, godendomi un ultimo momento di privacy con il dolce sapore di Ismerelda sulla lingua.

Poi, arrivato a destinazione, rivolsi tutta la mia attenzione al compito che mi attendeva.

Era giunto il momento di risvegliare un altro Benedetto.

Fen.

Izzy

Qualche minuto prima...

«Molto presto». Le parole mi vibrarono sul mio intimo, seguite dal bacio di una lingua rovente sul mio clitoride pulsante.

Poi il suono di una porta che si chiudeva riecheggiò nella stanza, il battito del cuore mi martellava nelle orecchie.

Oh...

Riuscivo appena a respirare. Non ero in grado di pensare. Esistevo e basta. Ero viva. Rabbrividii. E quasi venni di nuovo.

Era tutto così *caldo*.

Il bacio velenoso di Cam mi aveva resa delirante. *Quante endorfine mi ha iniettato con il suo morso?*

Mi tremavano le gambe. Le mie viscere erano

sottosopra per essere stata costretta a venire dalle zanne di un vampiro.

Come…?

Perché…?

Ooh… Strinsi le cosce mentre un'altra scarica di piacere mi travolse i sensi, l'agonia nel punto in cui mi aveva morsa danzava con l'estasi residua che mi scorreva nelle vene. Era una sensazione vertiginosa. Innaturale. Debilitante. *Pericolosa*.

Perché il *mio* Cam non aveva mai fatto nulla del genere. Oh, era un mago con la lingua, mi aveva condotta all'orgasmo un'infinità di volte.

Ma mai in quel modo.

Mai così velocemente. No, *immediatamente*. Aveva affondato le zanne nel mio clitoride e mi aveva gettata in un vortice di sensazione intense.

Non avevo mai sperimentato niente di simile.

E per questo una parte di me odiava il nuovo Cam. Mi aveva… mi aveva fatto conoscere un piacere che non potevo ignorare.

Mi ero sempre chiesta cosa si provasse a essere morsa lì, avevo riflettuto sull'idea di essere trattata come una persona indistruttibile, anziché una fragile creaturina…

E ora lo sapevo.

Solo che *non volevo* saperlo.

Volevo essere fedele al mio Cam. Alla sua memoria. Non volevo arrendermi a quella malvagia versione di lui.

Era sbagliato.

Mi faceva sentire sporca, come se gli avessi mancato di rispetto… perché mi era piaciuto. Ma non avevo avuto scelta. Non sapevo nemmeno cosa avesse intenzione di fare, non mi aveva concesso un attimo per pensare. Mi aveva semplicemente gettata nelle profondità più oscure, senza una scialuppa di salvataggio, e mi aveva lasciata lì ad annegare in un gorgo di estasi senza fine.

Le mie gambe si tesero ancora una volta, quando l'ennesima scarica elettrica percorse il mio essere, insinuandosi proprio tra le mie cosce.

Non mi ha guarita, capii. *Vuole che continui a sentire il dolore mescolato ai residui dell'orgasmo.*

No. Non "orgasmo". *Orgasmi.*

Ero venuta almeno due volte. Forse di più. E tutto nel giro di quelli che mi erano sembrati solo un paio di secondi.

Mi rannicchiai cautamente su me stessa, sopportando gli ultimi spasmi, con il cuore che palpitava.

Grazie al cielo Mira l'ha chiamato. Perché non sarei riuscita ad affrontare tutte quelle sensazioni, se avesse continuato a usarmi come aveva in mente di fare.

Morta di piacere, pensai. *Beh, non sarebbe la peggiore delle morti. Però…*

Sospirai.

Questo non è il mio Cam.

Dovevo trovare un modo per far riaffiorare i suoi ricordi.

E ciò significava agire, iniziando con lo scendere da quel tavolo. Solo che, per riuscirci, dovevo riprendermi in qualche modo. Non potevo continuare a essere una massa tremante, sopraffatta dalle sensazioni.

Gemetti quando il mio ginocchio mi sfiorò il petto, ogni parte di me era incredibilmente sensibile.

Respiri profondi, mi dissi. *Inspira. Espira. Ripeti.*

Oh, ma bruciava…

Il punto tra le mie gambe. I polmoni. La gola.

A causa delle urla, pensai. Chiusi gli occhi e mi concentrai sul calmare il respiro. Faceva male. Le mie viscere protestarono.

E il mio clitoride…

Mi morsi la lingua per evitare di gemere.

Dai, Ismerelda. Alzati. Prendi il laptop. Scopri qualcosa di più su Cam.

E il… il "rituale" di cui ha parlato Mira. Aggrottai la fronte. *Che rituale? Quali preparativi? Cosa stanno facendo? Perché Cam è…?*

Spalancai gli occhi, terminando il mio pensiero. «Perché è coinvolto?» sussurrai a me stessa, sbattendo le palpebre per schiarirmi la mente. *Ha qualcosa a che fare con il motivo per cui gli hanno fatto il lavaggio del cervello?*

Con uno sforzo notevole, mi misi a sedere, travolta da un'altra insopportabile scarica di dolore e piacere. La carne morsa da Cam pulsava, rappresentando il simbolo della sua brutale rivendicazione. Ma mi costrinsi a ignorarlo.

Stava succedendo qualcosa di importante.

Qualcosa che… che avevo bisogno… *di vedere.*

Lanciai un'occhiata al laptop. Lo aveva lasciato sul letto, ed era chiaramente visibile dalla telecamera.

Ma non mi aveva detto che non potevo usarlo. Anzi, si era bevuto la mia bugia sul non saperne nulla di computer, e quello era stato uno dei miei primi test. Se si fosse trattato del vero Cam, o di un Cam con i ricordi intatti, avrebbe riso a quelle parole.

Ma non lo aveva fatto. Era convinto che non fossi nemmeno riuscita ad accedere, nonostante fossi rimasta a digitare per un bel po', proprio davanti alla telecamera. Pensava che stessi tentando di indovinare la sua password?

O non mi aveva vista?

Osservai la telecamera, e poi di nuovo il computer.

Probabilmente era stato troppo impegnato per controllare i filmati della sicurezza. Forse sarebbe successo lo stesso anche in quel momento.

Ma perché avere una telecamera nella sua camera da letto, se è lui a monitorare i video?, mi domandai, accigliandomi. *È… strano.*

Certo, niente di ciò che stava accadendo aveva alcun senso. La perdita di memoria di Cam. Il fatto che mi avessero portata lì. Il motivo per cui Lilith aveva fatto il lavaggio del cervello a Cam. Il tradimento di Mira.

Scivolai giù dal tavolo, con una smorfia per il dolore causato dal morso. Mi sarebbe rimasto un livido. Ma almeno il mio legame con Cam mi avrebbe aiutata a guarire più in fretta.

Camminando goffamente, andai verso il letto e ci salii sopra, mentre la parte inferiore del mio corpo continuava a protestare.

Ahia, ahia, ahia, ripetei mentalmente. Ma, al tempo stesso, un gemito lasciò le mie labbra. Era una tale contraddizione, ma non riuscivo a impedire a tutte quelle sensazioni di attraversare il mio corpo.

Perché Cam non mi ha mai morsa lì?, mi domandai, sistemandomi sui cuscini. *Fa male, ma è anche…* Mi interruppi, contorcendomi, travolta da un'altra ondata di estasi che mi scorreva nelle vene. *È così bello…*

Deglutii, chiudendo per un attimo gli occhi e lottando contro il bisogno di venire di nuovo. Ormai, sarebbe stato molto più doloroso che piacevole. E mi sembrava sbagliato approfittare della situazione, soprattutto sapendo che Cam non mi avrebbe mai morsa in quel modo.

Ma ora, in un certo senso, vorrei che lo avesse fatto, ammisi a me stessa. *E questo probabilmente mi rende una pessima compagna.*

Mi schiarii la voce e afferrai il laptop, determinata a fare di meglio. A rendere orgoglioso il mio Cam. A rispettare i suoi ricordi. A essere la compagna che gli avevo giurato che sarei sempre stata.

Anche quando…

No. Non pensarci.

Inserii la password che aveva usato Cam, che avevo scorto mentre aveva fatto l'accesso per ordinare la cena.

Si aprì una schermata blu, seguita da una serie di applicazioni. Ne cercai una che potesse essere collegata ai video, sperando di poter trovare Cam e vedere dove fosse diretto e cosa stesse facendo.

Ma non sembrava esserci nulla legato a un sistema di sicurezza. Nessun programma di sorveglianza. Niente di relativo allo streaming. E nessuna icona video.

«Strano». Cliccai su ogni programma disponibile e li trovai non solo estremamente semplici, ma anche inutili.

Registrazioni fu uno degli ultimi che provai ad aprire, e trasalii quando il viso di Lilith apparve sullo schermo.

«Centododicesimo anno, primo giorno» disse una voce. Sembrava quella di Lilith, ma le sue labbra non si muovevano. Cominciarono a farlo solo quando aggiunse: «Salve, mio signore».

«No, grazie» borbottai, rimpicciolendo lo schermo. Per quanto quelle registrazioni potessero fornirmi qualche informazione sul comportamento di Cam, non erano ciò che stavo cercando.

Esaminai la lista di video presenti nella cartella. Erano tutti datati come quelli che avevo visto quando avevo fatto l'accesso in modalità amministratore, con l'unica differenza che questi avevano allegata l'immagine del viso di Lilith in miniatura.

Nulla sui video di sorveglianza. Mmh.

Uscii dall'applicazione e tentai con le poche rimaste, una delle quali consisteva in un pannello per vari tipi di comunicazioni. Sulla schermata scorrevano le parole "Non connesso".

Non veniva richiesta una password, così immaginai che si riferisse alla mancanza di una connessione esterna a qualsiasi rete utilizzata dal sistema.

Certo, se potessi chiamare Damien…

Cliccai su qualche pulsante per fare un tentativo, ma ogni volta compariva un messaggio di errore con le stesse parole: "Non connesso".

Sospirai e tornai a dedicarmi alla mia ricerca.

Okay, non sono qui. Strano, perché i video erano archiviati nella rete interna. Ne ero certa, visto che ero riuscita a visualizzarli su un dispositivo collegato al sistema.

Allora perché Cam non può vederli? Non ha l'accesso?

Forse era per quello che non aveva fatto commenti sul fatto che avessi usato il suo computer così a lungo: non lo sapeva, o non mi aveva vista usarlo. E ciò spiegava anche perché avesse una telecamera nella sua stessa stanza.

Sa che è lì? Lanciai un'occhiata al dispositivo sul soffitto.

Se avevo ragione e Cam non aveva accesso a quei filmati, probabilmente non sapeva nemmeno che esistevano.

E allora chi sei?, domandai all'osservatore sconosciuto, pur consapevole che non poteva leggermi nella mente. *Forse Mira?*

Beh, di chiunque si trattasse, non sembrava particolarmente interessato, o interessata, al fatto che usassi il computer di Cam. Forse perché pensava che potessi vedere gli stessi file che poteva vedere Cam.

E ciò suggeriva che il mio precedente accesso attraverso una backdoor non era stato rilevato.

O che a chiunque sia al comando di questa operazione non importa.

Lanciai un'ultima occhiata alla telecamera, poi mi strinsi nelle spalle e mi misi al lavoro. Se l'osservatore si fosse preoccupato, forse avrebbe rivelato la sua identità.

Nel frattempo, avrei investigato un po' su quel fantomatico *rituale* e avrei tentato di scoprire cosa stessero combinando Cam e Mira.

Un altro spasmo mi trafisse il sesso, facendomi stringere le cosce, mentre un'ondata di calore mi attraversava il corpo. Deglutii, per fortuna non era stato intenso quanto i precedenti. Forse perché stavo iniziando a guarire, grazie al mio legame con i geni immortali di Cam.

Era una benedizione e una maledizione al tempo stesso, perché accelerava il processo, che a volte poteva causare una maggiore agonia.

È per questo che non mi ha guarita?, mi domandai, mentre entravo ancora una volta nel suo laptop usando una backdoor. *Che sia un modo perverso di affrontare i preliminari?*

Cam era sempre stato gentile con me, le sue carezze più riverenti che appassionate. Ma quella versione di lui era molto più simile a un predatore. Anzi, a una bestia. Come se non stesse trattenendo i suoi istinti più animaleschi, permettendomi di vedere l'oscurità che lo abitava.

Sei sempre stato così? O è il risultato del tempo trascorso lontano da me? O del modo in cui ti hanno svegliato? In cui ti ha torturato Lilith? Così tante domande, così tante possibilità. E non avevo neanche mezza risposta.

Per non parlare della domanda più importante, quella che era sempre in cima ai miei pensieri. Quella a cui non ero certa di volere una risposta. *Questa versione di te è permanente?*

E se non fossi riuscita a fargli ricordare di me?

E se i suoi ricordi fossero perduti per sempre?

Cosa avrebbe significato per noi?

Rabbrividii, con la mente che continuava a sfrecciare impazzita tra tutti quegli "e se...". Era molto pericoloso. Mi costrinsi a smetterla e concentrarmi sulla schermata del pannello di amministrazione che era appena apparsa sul computer di Cam.

Il cursore lampeggiò, in attesa che inserissi un

comando. E le mie dita volarono sulla tastiera, fin troppo desiderose di distrarsi dalle mie montagne russe mentali.

Comparve una serie di nomi di file di backend, che mi condussero in una lista di filmati di sorveglianza. Li aprii uno per uno, alla ricerca di Cam.

A un certo punto, trovai anche me, proprio come la volta precedente. Ma ignorai l'immagine.

Dato che in quella stanza sembrava esserci una sola telecamera, era impossibile capire esattamente cosa stessi facendo sullo schermo, a meno che l'osservatore non tentasse di collegarsi al computer da remoto. E se ciò fosse accaduto, ne sarei stata informata, dal momento che avevo effettuato l'accesso in modalità amministratore.

Andando avanti, trovai altri filmati del famigerato quartier generale dell'Organizzazione. C'erano ragazze e ragazzi chiusi in diverse stanze; alcuni erano soli, altri in gruppo. Stavano avendo un assaggio di come sarebbe stato il loro futuro da schiavi.. Le immagini mi fecero rivoltare lo stomaco. Sentii la bile risalirmi la gola, mentre un vampiro dall'espressione sadica piegava una delle guardiane più anziane su un tavolo per fornire una dimostrazione pratica alla classe, che era composta solo di ragazze. Gli occhi neri del vampiro le osservavano tutte con malcelato interesse, mettendo in mostra le sue inclinazioni più oscure.

Mostro, pensai, memorizzando il suo viso. Se lo avessi incontrato, avrei fatto del mio meglio per conficcargli un paletto nel cuore.

Peccato che non avessi a portata di mano il famigerato pugnale di Lilith. A quanto sembrava, non era stato trovato sul suo cadavere, dopo che Ryder l'aveva uccisa. Probabilmente perché non voleva correre rischi, nella remota possibilità che lui potesse afferrarlo.

Purtroppo per lei, Ryder aveva improvvisato con un'ascia, tagliandole la testa.

Per me sarebbe stato molto più facile usare una lama avvelenata, dato che dubitavo di poter ripetere le azioni di Ryder. Quando si aveva a che fare con un immortale, erano necessarie una forza soprannaturale e una precisione millimetrica.

Tornai alla lista dei filmati e mi rimisi alla ricerca di Cam. Non volevo vedere come sarebbe andata a finire la dimostrazione.

Esaminai diversi corridoi in cui non c'era nessuno, a parte una guardia qui e là. Apparvero altre due camere da letto, ma erano entrambe vuote.

Nel feed successivo, invece, c'erano molte persone. Anzi, una montagna.

Umani morti, capii, trasalendo.

Feci per cambiare filmato, ma mi bloccai, cogliendo qualcosa sulla parete dietro ai cadaveri mutilati.

Sembrava si trattasse di un messaggio scritto con la vernice rossa. *No, è… è sangue.* Ma non riuscii a decifrarlo. Doveva essere in una lingua arcaica, che forse Cam sarebbe riuscito a comprendere.

O scrivere…

È… è stato lui?, mi domandai. *A che scopo? C'entra con il rituale?*

Le mie labbra si incurvarono all'ingiù mentre esaminavo la stanza, che sembrava più che altro una cella, alla ricerca di qualsiasi segno di Cam. *C'è un'altra angolazione? Un altro punto di vista?*

Selezionai il feed successivo e trovai l'ennesimo corridoio.

Mmh.

Continuai a scorrere i video, domandandomi se prima o poi sarebbe…

Spalancai gli occhi. *Oh. Oh, no…*

Quello che vidi mi lasciò a bocca aperta, in preda allo

shock più totale. C'erano due uomini nudi incatenati a quelli che parevano troni fatti di… *carne e ossa umane*.

Mi portai il dorso della mano alle labbra per non vomitare. Non avevo mai visto nulla di simile.

Stavano chiaramente morendo di fame. Eppure, due persone li stavano nutrendo, offrendo loro sacrifici umani da divorare.

«*Ma cosa…?*» borbottai, con le parole mezze soffocate dalla mano. «Perché? *Perché?*». E chi erano quei due uomini insaziabili?

Un frammento della scritta sul muro mi disse che si trattava della stessa stanza di prima, e probabilmente la pila di cadaveri era opera loro. Tuttavia, non sembravano neanche lontanamente soddisfatti. Anzi, sembravano quasi impazziti dalla fame. Glielo leggevo negli occhi, nel modo in cui brillavano di follia, mentre affondavano le zanne nel collo delle loro nuove vittime.

Non potevo sentire nulla, ma sospettavo che stessero ringhiando come bestie.

E i vampiri che li nutrivano… stavano… *sorridendo?*

Quello spettacolo li divertiva.

Ma perché? Che cos'è tutto questo? Chi sono?

Cercai di capire di chi si trattava, studiandone i lineamenti. La pelle grigiastra e i lunghi capelli bianchi non mi erano familiari, e non erano decisamente umani. Le creature avevano le mani libere, che consentivano loro di afferrare meglio le vittime. Le unghie, troppo cresciute e poco curate, assomigliavano a degli artigli. Anche se sembravano quasi fragili.

In realtà, il loro aspetto in generale appariva in qualche modo fragile. Come se fossero troppo deboli per essere realmente vivi.

Come delle mummie, pensai, con le sopracciglia che prima

si aggrottarono, e poi schizzarono in alto. *Come. Delle. Mummie.*

«No» sussurrai. Un'idea inquietante si fece strada nella mia mente. «No, cazzo. No, è impossibile».

Ma la prova era lì sullo schermo, con ciglia che somigliavano a cenere, iridi prive di colore e una pelle che chiaramente non aveva visto il sole o qualsiasi altro elemento da un'infinità di tempo.

«Antichi» boccheggiai.

Eravamo nella Città del Vaticano. *No, siamo sotto la Città del Vaticano… dove riposano i Benedetti.*

I Benedetti che potevano essere risvegliati solo attraverso un rituale.

Un rituale che richiedeva sangue reale.

E c'era un vampiro il cui sangue poteva essere usato per risvegliarli tutti.

Il più antico della sua specie.

Cam.

Izzy

È questo il motivo per cui sta succedendo tutto ciò? Per cui Lilith ha fatto il lavaggio del cervello a Cam? Per convincerlo a prendere parte a questa follia?

Ma allora perché sono qui? Qual è il mio scopo?

E perché stanno dando sacrifici umani ai Benedetti?

I Benedetti non bevevano sangue. Non avevano bisogno di nutrirsi di mortali per mantenere la loro immortalità. Tutti i vampiri lo sapevano. Eppure, quei due stavano divorando gli umani come se non ne avessero mai abbastanza.

Che cazzo sta succedendo?

Cercai un modo per zoomare, per provare a riconoscere chi fossero quelle povere anime.

Al mondo c'erano venti Benedetti.

Erano tutti maschi.

E, dopo essere stati risvegliati, somigliavano sempre a delle mummie.

Certo, esistevano anche dei vampiri che avevano scelto il sonno eterno, come ad esempio il fratello di Cam, Cane. Quindi, forse, quei due erano vampiri, non Benedetti.

No. Impossibile. Se fossero stati vampiri, si sarebbero già ripresi, dopo aver bevuto il sangue di tutti quegli umani.

Ma allora, perché stanno dando sangue ai Benedetti?, mi domandai di nuovo, aggrottando la fronte.

Ero stata presente al rituale durante il quale Cane aveva scelto di dormire. Non aveva richiesto nessun sacrificio umano, solo l'essenza di un reale di alto rango o di un Benedetto. Dal momento che Cam era il più antico vampiro vivente, il suo sangue era stato più che sufficiente per portare a termine la cerimonia.

E lo sarebbe anche per il rituale di risveglio. Almeno per quanto ne sapevo. Cam mi aveva detto che erano delle procedure molto simili, e mi aveva anche insegnato le formule, nel caso avessi dovuto orchestrare qualcosa di simile.

Il mio sangue non sarebbe bastato.

Ma quello di un reale sì.

Tuttavia, nel corso di quella conversazione Cam non aveva mai parlato di quello che stava accadendo ora.

Perché…

Le luci si spensero di colpo, gettandomi nell'oscurità. L'unica fonte di illuminazione era lo schermo del laptop.

Cosa…

Un allarme mi perforò i timpani.

«Ahia» mormorai, portandomi le mani alle orecchie, mentre lo schermo assunse una strana tinta di rosso. Poi diventò nero. Poi rosso. Di nuovo nero. Altro rosso.

Fissai la scena, cogliendo solo qualche movimento. Le due creature antiche scesero dai loro troni e uscirono dalla visuale della telecamera.

Non erano incatenati?, mi chiesi, cercando di mettere a fuoco l'immagine. Ma la luce che continuava a mutare rendeva difficile individuare qualsiasi dettaglio.

Sobbalzai quando un cadavere attraversò lo schermo. Una scena grottesca, accentuata dal cremisi che pervadeva ogni cosa. Comparvero altri pezzi di corpi, facendomi venire la nausea.

Okay, ne ho abbastanza. Scelsi un altro feed, con le orecchie che mi fischiavano ancora a causa dell'allarme. Altre luci rosse e stroboscopiche illuminarono lo schermo, facendomi venire le vertigini.

Non posso continuare a guardare al buio.

Uscii rapidamente dalla modalità amministratore, assicurandomi anche di avere fatto il logout dal profilo di Cam. Ma non chiusi lo schermo; era la mia unica fonte di luce.

Quindi l'allarme è collegato anche qui, ma non le luci rosse.

Forse perché era la stanza di Cam e non una delle zone principali? Certo, la gabbia che conteneva gli antichi era più una cella che uno spazio pubblico. Proprio come alcune di quelle classi somigliavano a delle prigioni.

Scossi la testa, cercando di liberare la mente da quelle immagini raccapriccianti. Dovevo concentrarmi. *Cam è qui per risvegliare i Benedetti.*

Mi domandai per la milionesima volta perché fossi lì. Nonostante conoscessi le procedure, il mio sangue era del tutto inutile. Quindi, non poteva essere per quello.

Forse chi è al comando dell'operazione mi ha portata qui per controllare Cam?

No, impossibile. Non si ricordava nemmeno di me. E il muro tra le nostre menti gli impediva di riuscire a farlo.

Forse era quello il punto. Temevano che potesse tentare di rintracciarmi attraverso il nostro legame, se non fosse riuscito a parlarmi di persona.

Aggrottai la fronte. *Allora perché non uccidermi e basta?* Ero l'unica persona che avrebbe potuto spingere Cam a ricordare tutto. Di sicuro ciò andava contro...

Il suono della porta che si apriva mi fece irrigidire. La schermata di accesso al computer di Cam continuava a essere l'unica illuminazione presente nella stanza.

Merda... Deglutii, il respiro mi si strozzò in gola. Non ci fu nessun altro rumore. Niente passi. Nessun fruscio di vestiti. Nemmeno il vago accenno del respiro di qualcun altro.

Ma i predatori sapevano essere molto silenziosi. E non avevano bisogno di luce.

Aspettai. *È tutto così silenzioso. Troppo silenzioso. E buio*...

I miei polmoni cominciarono a bruciare per il bisogno di ossigeno, costringendomi a inspirare bruscamente. Mi venne la pelle d'oca, mi sentivo braccata. Un terrore viscerale che mi tenne bloccata sul letto.

«Cam?» sussurrai, domandandomi se fosse tornato durante il blackout.

Nessuna risposta.

Solo un inquietante silenzio, che mi fece formicolare gli arti.

Lo schermo del computer andò in modalità riposo, gettandomi nella più completa oscurità. Non mi mossi. Una parte di me pensò che forse questo mi avrebbe resa una preda meno allettante.

Ridicolo.

Ero un'umana. Il mio sangue era allettante per qualsiasi mostro si aggirasse nel buio sotto il Vaticano.

Smettila di stare seduta qui e fa' qualcosa, mi dissi, irritata dalla mia reazione istintiva. In grembo avevo una luce perfettamente funzionante, che avrebbe potuto confermare se nella stanza ci fosse o meno qualcun altro. Dovevo solo usarla.

Premetti un pulsante e girai il computer verso la porta aperta. *Niente.* Un rapido giro intorno alla camera da letto mi mostrò che non c'era nessuno nemmeno lì. Certo, avrebbero potuto essere nascosti da qualche parte, visto quanto ci avevo messo a reagire, ma un misero laptop non si sarebbe comunque dimostrato chissà quale difesa.

Costringendomi a smettere di rimuginare sulla situazione, scivolai giù dal materasso tenendo il computer stretto al petto, con lo schermo rivolto in avanti, come una sorta di grossa torcia.

Andai verso la porta, tentando di cogliere anche il minimo suono, e mi fermai sulla soglia.

Che sia una specie di test?

Aggrottai la fronte. Un test non avrebbe spiegato quello che avevo visto accadere con i Benedetti nelle catacombe.

A meno che non si fosse trattato di una bizzarra montatura. Ma a quale scopo? Perché farmi vedere qualcosa di così grottesco?

No, non si trattava di un test. Stava succedendo qualcosa. Qualcosa di cui non avrei dovuto essere a conoscenza. Qualcosa che richiedeva che Cam pensasse di esserne l'artefice.

Qualcosa che coinvolge il risveglio di creature antiche.

Uscii in corridoio e premetti un pulsante per mantenere lo schermo acceso. Non era molto luminoso, ma era sufficiente per poter vedere davanti a me.

Purtroppo, quel bagliore rendeva le pareti di pietra minacciose e inquietanti. *Come se mi trovassi in una caverna.* Anche se sembravano abbastanza lisce, ricordandomi più il cemento che normali massi.

Insomma, una prigione, conclusi, girando a destra e continuando a camminare.

Non c'erano altre porte lungo il corridoio, solo pareti spoglie. Giunta in fondo, mi voltai e procedetti nella direzione opposta, passando vicino all'alloggio di Cam e raggiungendo un atrio con una serie di ascensori. E un unico ingresso.

Usai il laptop per sbirciare e vidi che conduceva a una rampa di scale. Inarcai le sopracciglia. *Okay, ora sembra proprio un test.*

Ma non ne capivo lo scopo.

E anche se avessi preso le scale, dove sarei finita?

Quando Cane aveva deciso di dormire per sempre, ero stata nelle catacombe, ma non le avevo esplorate. E poi, ormai erano trascorsi centinaia di anni. Sarei riuscita a orientarmi laggiù?

O lassù?, mi domandai, notando che le scale andavano in entrambe le direzioni.

Non avevo la più pallida idea dei cambiamenti apportati da Lilith. Dopotutto, aveva creato un alloggio per Cam. *È qui che lo ha tenuto prigioniero per tutti questi anni?* Ne dubitavo. Era tutto troppo lussuoso.

Ma allora, che l'abbia tenuto di sopra o di sotto?

Ripensai al giorno in cui avevo assistito al rituale di Cam, ricordando quanto ci fossimo avventurati in profondità.

Le catacombe erano delle vere e proprie caverne tenebrose. Le cripte erano costruite con rocce antiche ed erano rivestite con metalli preziosi. Si trattava di una tomba progettata per dei reali, ma senza la consueta manutenzione. Almeno non allora. Probabilmente Lilith l'aveva trasformata in una gloriosa sala del trono, incentrata sul suo ego.

Stronza, pensai con una smorfia. Per fortuna che Ryder l'aveva uccisa. Anche se mi sarebbe piaciuto poter assistere.

Allora, meglio salire o scendere? Perché, che si trattasse di un test o meno, volevo continuare con la mia esplorazione. Se Cam mi avesse trovata gli avrei detto che lo stavo cercando, spaventata dal blackout improvviso.

Con una scrollata di spalle, feci un passo sul pianerottolo. Il pavimento duro e gelido mi ricordò all'istante che ero a piedi nudi. Una leggera corrente d'aria mi solleticò la pelle sotto la camicia di Cam. E fui attraversata da un'altra scossa elettrica, regalo del suo morso.

Mi sforzai di ignorarla, avvicinandomi ai gradini.

Giù, decisi, camminando in punta di piedi e tenendo il portatile rivolto verso l'esterno.

Scesi per due piani, dove trovai un'altra porta aperta. Oltre, c'era un corridoio simile a quello che avevo appena lasciato.

Probabilmente si trattava degli alloggi di qualcun altro, visto che quelli di Cam coprivano circa due piani. Sembrava probabile che tutte le stanze fossero altrettanto grandi. Non che avesse molto senso, vista la mancanza di finestre e di arredi.

Mi strinsi nelle spalle e continuai a scendere; dopo altri due piani, trovai un altro corridoio uguale al precedente.

Mmh. Feci qualche altro passo, poi mi fermai ad ascoltare. *Quanto scendono in profondità queste scale?*

Le mie orecchie non mi dissero nulla.

Nessun allarme che riecheggiava in lontananza. Niente passi. Nessun brusio che potesse tradire la presenza di qualcuno.

Sporgendomi oltre la balaustra, illuminai la scalinata, cercando di vedere dove finisse. E sobbalzai quando due occhi rossi ricambiarono il mio sguardo.

Il laptop quasi mi cadde dalle mani, ma riuscii a stringerlo al petto all'ultimo secondo.

Un grido mi si strozzò in gola quando la creatura mi

comparve davanti. La sua velocità tradiva la sua appartenenza alla schiera degli esseri soprannaturali.

È un vampiro, capii. *I licantropi hanno gli occhi gialli.*

Anche se, ora che si era avvicinato, riuscii a scorgere i suoi lineamenti nella luce soffusa emessa dallo schermo del computer. I suoi occhi non erano più rossi, ma verdi. E aveva lunghi capelli biondi che gli ricadevano sulle spalle.

Le mie labbra si incurvarono all'ingiù. «Michael?». Lo avevo incontrato una volta soltanto, poco prima che *morisse*. Doveva essere trascorso almeno un secolo.

«Ismerelda» rispose in tono piatto. «Stai cercando di scappare?».

Lo fissai, stranita. «Cosa?». *Perché dovrei cercare di scappare?* Ma quella non era la domanda più importante. «Come fai a essere qui?». *Dovresti essere morto.* Gli umani lo avevano ucciso. Era parte del motivo per cui Lilith aveva deciso di schiavizzarli tutti.

O almeno, era quello che si diceva.

Ma se Michael è vivo…

«Vedo che il nostro signore non ha ancora eliminato le tue volgari abitudini» disse con un tono arrogante che mi ricordava quello di Lilith. Mi strappò di mano il laptop e chiuse lo schermo, facendoci piombare nel buio.

Provai istintivamente a recuperarlo, ma trovai soltanto aria. E, con il movimento, persi l'equilibrio. Le mie mani cercarono inutilmente qualcosa a cui aggrapparsi.

Feci un tentativo alle mie spalle, agitando le braccia, mentre i miei piedi si sforzavano di restare sui gradini. Ma non vedevo nulla.

Cazzo!

Il mondo si inclinò.

Abbassai il mento e mi coprii la testa, abbandonandomi alla caduta, consapevole che ormai non c'era modo di evitarla. Il cemento colpì per prime le mie ginocchia e poi i miei gomiti, strappandomi un grido mentre rotolavo e rotolavo, finché non atterrai rovinosamente sulla schiena.

L'aria mi rimase incastrata nei polmoni, il mio petto era momentaneamente stordito e aveva dimenticato come funzionare. Poi, con un rantolo, mi rannicchiai in una palla di agonia. Sentii una fitta tra le cosce, che risalì lungo la mia spina dorsale, unendosi alla cacofonia di sensazioni intense che mi attraversavano le terminazioni nervose.

Dovevo aver riaperto la ferita che mi aveva lasciato Cam, solo che ora non c'era alcun residuo di piacere rimasto. Solo dolore.

Così. Tanto. Dolore.

«Oh, come mi dispiace. La mortale piena di sé è caduta dal piedistallo?» mi provocò una voce troppo vicina al mio orecchio. «Che peccato».

Una scarica di agonia si irradiò dalla mia caviglia quando qualcosa di molto pesante la compresse.

È la sua mano o il suo piede? La sensazione della gomma nella carne rispose alla mia domanda. *Okay, un piede. Coperto da uno stivale.*

Sussultai, e la fitta di dolore si trasformò in una sensazione di schiacciamento, che mi fece dimenticare tutte le altre ferite, concentrando la mia attenzione sull'arto inferiore.

«Gli umani non hanno diritti in questo mondo. Nemmeno quelli di proprietà dell'essere supremo della nostra specie. Se vuoi sopravvivere, devi impararlo in fretta».

Premette con più forza sulla mia caviglia, e un urlo mi arpionò la gola.

«Altrimenti, sarai rimpiazzata. Soprattutto visto che siamo in un bunker pieno di vergini di sangue. Dubito che

Cam sentirà la tua mancanza. Voglio dire, non è che si ricordi qualcosa di te».

Torse lo stivale, provocandomi l'ennesima fitta lancinante. Ma le sue parole mi fecero ancora più male, così come ciò che implicavano.

Sono sacrificabile, perché Cam non si ricorda di me.

Potrebbe… potrebbe sostituirmi.

«Ah, finalmente» disse Michael. «Stai cominciando a capire. Bene. E ora fai la brava schiava e dimmi come stai aiutando Damien a infiltrarsi nei nostri sistemi».

Il suo stivale affondò nella mia carne, costringendomi a mordermi il labbro per non urlare. Non volevo dargli quella soddisfazione. E non volevo nemmeno parlargli. Non gli dovevo nulla, men che meno una spiegazione.

Anche se mi sarebbe piaciuto sapere come faceva a essere ancora vivo.

La pressione sulla mia caviglia aumentò fino a diventare insopportabile, spingendo un altro grido a risalirmi la gola.

Non lasciare che vinca. Non url…

«Dimmi come stai aiutando Damien. Se la tua risposta mi piace, potrei perfino lasciarti strisciare su per le scale e tornare nell'alloggio di Cam tutta intera».

Mi liberò la caviglia, facendomi venire voglia di rannicchiarmi ancora di più su me stessa, mentre una nuova ondata di agonia mi scorreva nelle vene. Ma le sue dita che mi strattonavano i capelli catturarono improvvisamente la mia attenzione.

«Parla». Sentii il calore del suo respiro sul viso, a conferma della sua vicinanza.

Sbattei le palpebre, cercando di vedere nel buio, salvo poi chiudere di scatto gli occhi, quando si accesero improvvisamente le luci. Una sensazione accecante, crudele e inaspettata.

Ma Michael non mi concesse nemmeno un attimo per abituarmi, le sue dita mi diedero un altro feroce strattone ai capelli. «Rispondimi, Ism…».

Mi liberò improvvisamente, facendo ruotare tutto ancora una volta, quasi come se mi avesse buttata giù da una rampa di scale. Ma mi sembrò che fosse solo la mia testa a girare, non il mio corpo.

E il mio stomaco si ribellò. *No, no. Non adesso.* Mi coprii la bocca, costringendomi a deglutire, mentre il dolore minacciava di sopraffarmi.

Mi sentivo a pezzi.

Ammaccata.

Ferita.

«Cosa sta succedendo qui?». La voce di Cam si insinuò nella mia mente, riempiendomi con un fiotto di conforto, facendomi sentire al sicuro.

Finché non colsi anche il tono tagliente con cui pronunciò quelle parole.

Era irritato. No, peggio. Nella sua domanda si nascondeva un'intenzione letale. Ed esigeva una risposta.

Solo che ero troppo disorientata per dargli una spiegazione.

«Mio signore» mormorò Michael in tono ossequioso, nulla in confronto alla voce sinistra di qualche attimo, *o minuto?*, prima. «Stavo tentando di risalire all'origine dei nostri problemi con il sistema di comunicazione, e ho trovato la vostra *erosita* che stava cercando di scappare».

Aggrottai la fronte. «Non stavo scappando». Lo dissi con una voce roca e quasi estranea, tutto mi sembrava confuso e sbagliato. Cercai di aprire gli occhi, di trovare Cam, ma la luce mi provocò un immediato mal di testa, gettandomi ancora una volta in una spirale di sofferenza.

Non ha alcun senso. Non ho sbattuto la testa, cadendo.

A meno che…

L'ho sbattuta?

Ah, non lo so. Fa solo tanto male.

«Perché la mia *erosita* sta sanguinando?» chiese Cam, con lo stesso tono tagliente di prima.

«È inciampata ed è caduta dalle scale» disse Michael. «A quanto pare, nella fretta di fuggire, ha dimenticato di essere una mortale, incapace di vedere al buio».

La sua spiegazione mi fece venir voglia di ringhiare. «Non stavo scappando» ripetei a denti stretti, cercando ancora una volta di aprire gli occhi.

«E perché hai il mio laptop?» chiese Cam, ignorandomi completamente.

«Perché è la fonte del problema. Ce l'aveva la vostra *erosita*, e questo conferma che sta collaborando con Damien. Sono stati loro a violare i nostri sistemi di sicurezza».

Cosa? Non ha alcun senso. Avevo tentato di accedere a una rete esterna, fallendo. Funzionava soltanto quella interna. Come facevo a comunicare con Damien?

E perché mai lui avrebbe voluto infiltrarsi nel loro sistema?

Beh, forse per rintracciare me e Cam. Ma…

«Capisco». La voce di Cam penetrò tra i miei ragionamenti, la facilità con cui aveva accettato le parole di Michael mi fece accigliare. «E hai le prove che il problema risiede proprio nel mio laptop?».

Okay, forse non era del tutto convinto della sua spiegazione.

«Le avrò non appena lo porterò ai nostri tecnici» rispose Michael.

«E loro saranno in grado di confermare che è Ismerelda ad aver aiutato Damien ad accedere?» insistette Cam. Una sfumatura gelida sottolineò le sue parole, facendomi correre un brivido lungo la schiena.

Aprii la bocca per ribattere all'accusa, ma Michael stava già dicendo: «Non ne sono sicuro, mio signore. La stavo interrogando, quando è caduta. E non ha mai risposto».

«Quindi è possibile che non abbia fatto nulla di sbagliato».

«Sì, è possibile. Ma improbabile, visto che stava fuggendo con il vostro computer» replicò Michael, rinnovando il mio desiderio di ringhiargli contro.

«Perché mai dovrei scappare, andando ancora più sotto terra?» sbottai. I miei occhi stavano finalmente mettendo a fuoco quello che mi circondava.

Era tutto ancora un po' confuso, e molto luminoso, ma almeno riuscii a scorgere abbastanza chiaramente Cam, che era in piedi sul pianerottolo a mezzo metro da me. Michael era qualche gradino più in basso, il suo corpo era nascosto dalla figura massiccia di Cam.

«Siamo sotto al Vaticano» continuai, prima che decidessero di ignorarmi di nuovo. «Se avessi voluto fuggire, avrei *salito* le scale».

Nessuno dei due rispose, ma percepii un cambiamento nell'atmosfera. Qualcosa di sottile. Qualcosa che mi mise a disagio.

«Non ha tutti i torti, Michael» mormorò Cam, girandosi verso di me e mettendosi le mani in tasca. «Cosa stavi facendo, allora, Ismerelda? Perché stavi portando il mio laptop giù per le scale?».

CAM

Mi ci volle un immenso autocontrollo per non reagire davanti alla donna ferita stesa a terra.

Il mio naso mi aveva portato da lei nel momento in cui ero sceso dall'ascensore al mio piano. Per qualche motivo, aveva cominciato a funzionare prima che le luci si riaccendessero.

Stavo andando a controllare la porta del mio alloggio, quando il profumo seducente di Ismerelda mi aveva condotto verso la tromba delle scale.

Il suo sangue era stato come un faro per il mio predatore interiore, e mi aveva spinto a scendere.

L'avevo trovata rannicchiata sul pavimento, con la camicia sollevata e il sedere in bella vista.

Ma non sembrava essersene accorta. Era bloccata in posizione fetale, il dolore che provava era evidente.

Le ginocchia e i gomiti scorticati diffondevano la sua

essenza nell'aria, ma non era quello il cuore dell'aroma che mi aveva portato da lei.

No. La fonte del mio interesse giaceva tra le sue cosce, nel sangue che colava dal morso che le avevo dato poco prima. La sua caduta dalle scale, dovendo credere alla descrizione offerta da Michael, aveva probabilmente aggravato la ferita.

«All'improvviso, si sono spente tutte le luci e la porta della tua stanza si è aperta» disse Ismerelda, attirando la mia attenzione sulle sue labbra. «Ho preso il laptop per usarlo come torcia e sono venuta a cercarti. Ma sul piano non c'era nulla, a parte le scale, così ho iniziato a scendere».

Pronunciò quelle parole con la convinzione di una regina, e il suo dolore sembrò passare in secondo piano rispetto al bisogno di spiegarsi. Mi rese quasi orgoglioso. Che strana reazione. La sua schiettezza innata era un qualcosa che dovevo spezzare, non elogiare.

Eppure, in quella situazione mi tornò utile.

«Quindi non sei caduta al buio?» chiesi, inarcando un sopracciglio.

Sospettavo che Michael non fosse stato del tutto sincero, anche perché solo un'ora prima voleva interrogare Ismerelda. E nonostante gli avessi detto di stare alla larga da lei, li avevo trovati da soli nella tromba delle scale.

«L'ho fatto» rispose, sostenendo audacemente il mio sguardo. «Sono caduta dopo che Michael mi ha tolto bruscamente di mano il computer, lasciandomi completamente al buio sulle scale».

«Perché volevo porre fine al gioco che stavi facendo con tuo fratello» affermò la mia progenie. «Cosa che evidentemente ha funzionato, visto che la luce si è accesa meno di cinque minuti dopo che ho chiuso il portatile».

Una prova degna di considerazione. *Tuttavia…* «I

tecnici hanno confermato che l'intruso ha perso la connessione? Oppure sono riusciti a rimuoverlo?». Mi voltai ancora una volta verso Michael. «E hanno confermato che si tratta effettivamente di Damien? Che è proprio lui che sta violando il nostro sistema?».

Il muscolo che si contrasse nella mascella di Michael mi diede la risposta che cercavo prima ancora che potesse pronunciarla ad alta voce. «No, mio signore. Ma mi hanno mandato qui per rintracciare la fonte usando questo». Tirò fuori dalla tasca un dispositivo quadrato. «E mi ha condotto al vostro laptop».

«È uno scanner?» chiesi, osservando l'oggetto che aveva in mano.

«È un localizzatore con una luce pulsante» spiegò. «I tecnici mi hanno detto da quale piano sembrava provenire il segnale dell'hacker e mi hanno mandato qui a investigare. Più mi avvicinavo al vostro laptop, più diventava luminoso».

«Ora non lo è, però» dissi, senza distogliere lo sguardo dall'anonima scatola nera che teneva nel palmo.

«Si è spento quando ho chiuso il computer».

«Capisco». Spostai la mia attenzione sul computer in questione. «Allora ti suggerisco di portarlo ai tecnici per un esame approfondito».

«Sì, mio signore». Cercò di sbirciare oltre le mie spalle. «E lei?».

«Sarò io a occuparmi di Ismerelda» dissi con un tono che non ammetteva discussioni.

«Ma questa è la prova che sta lavorando con Damien, mio signore».

«Non vedo come il fatto che usi il mio portatile come torcia sia prova di qualcosa. Al massimo, dimostra che sa essere ingegnosa, mentre esplora delle aree a cui non dovrebbe avere accesso». E, tecnicamente, era colpa mia.

Perché non le avevo detto di restare nella mia stanza. Lo avevo solo dato per scontato.

«Forse non sa che lo sta aiutando» suggerì Michael. «Ho trovato uno scanner, mio signore. Posso portarvelo. Almeno potrete accertarvi che Damien non le abbia impiantato un chip».

Doveva essere realmente convinto dei suoi sospetti, per essere riuscito a trovare uno scanner in così poco tempo.

Beh, non aveva tutti i torti a fare quelle supposizioni. Voleva proteggere l'operazione. E qualcuno, probabilmente il fratello di Ismerelda, stava creando un sacco di problemi.

Chiunque avesse hackerato il sistema, aveva permesso ai Benedetti di fuggire dalle loro gabbie, oltre che ad almeno un'altra decina di soggetti di ricerca.

Mira e gli altri erano ancora sotto terra a dare loro la caccia.

Avevo lasciato che se ne occupassero i miei sottoposti, visto che erano stati i *loro* sistemi difettosi ad aver permesso che accadesse quella catastrofe. Perché se un singolo hacker era in grado di causare un caos del genere, allora il team di inetti che aveva costruito quella struttura meritava una bella lezione.

Le mie ultime parole a Mira erano state: «Vieni da me quando sarà tutto in ordine per continuare con i nostri esperimenti. Solo allora sveglieremo Fen».

L'ultima cosa di cui avevamo bisogno era aggiungere anche il padre dei licantropi a quel casino.

«Mio signore...» cominciò a dire Michael, strappandomi ai miei pensieri. «Non...».

«Consegna il mio portatile ai tecnici per farlo esaminare e portami lo scanner. Se Ismerelda ha un chip impiantato da qualche parte, lo troverò e agiremo di conseguenza» lo interruppi. «Ma voglio comunque una prova che si tratti davvero di Damien».

E forse il chip lo avrebbe dimostrato.

Tuttavia, dubitavo che avremmo trovato qualcosa. Soprattutto perché nessuno si aspettava che Ismerelda venisse portata lì. Impiantare un chip richiedeva un minimo di preparazione.

«Ma certo, mio signore» rispose Michael con un profondo inchino. «Sarò di ritorno tra poco».

Se ne andò senza aggiungere altro, ma colsi nell'aria un accenno di compiacimento.

Ignorai quell'odore irritante e mi girai verso un aroma di gran lunga più interessante, il sangue di Ismerelda.

Si era spostata, appoggiando la schiena al muro, con le gambe rannicchiate in modo strano. I suoi splendidi occhi brillavano di lacrime, e aveva la mascella serrata.

Una combattente, pensai, colpito dal modo in cui rifiutava di lasciar trasparire quelle emozioni traditrici, nonostante la sofferenza di cui era così chiaramente preda.

La osservai, notando ancora una volta le ginocchia e i gomiti sbucciati. Aveva anche delle ferite sugli avambracci, ma la fonte principale della sua dolce fragranza proveniva dalle sue cosce.

E ciò attirò la mia attenzione sulle sue gambe, con la bestia dentro di me che bramava di spalancarle e godersi uno splendido pasto di sesso e sangue.

Solo che le ferite distrassero momentaneamente il mio predatore interiore, suscitando un ringhio di natura ben diversa. Primordiale. Feroce. *Furioso*.

Mi accovacciai davanti a lei per esaminarla meglio, e mi accorsi dei lividi sulla caviglia. Il resto delle ferite era chiaramente dovuto alla caduta. Erano piccole. Circolari. Punteggiate di sangue.

Ma quella che aveva sulla caviglia… Quella era di

forma più allungata. E sembrava che qualcosa le avesse scavato nella carne. *Qualcosa che assomiglia alla suola di uno stivale…*

«Cosa ti è successo qui?» le domandai, con le dita che fremevano dal bisogno di toccare la sua pelle delicata. La ferita le avrebbe lasciato un brutto livido.

Solo io posso marchiarla, pensai. *E mai così.*

Rimasi di stucco per quella strana reazione, al punto che riconobbi appena la mia voce mentale.

Ma Ismerelda non mi diede il tempo di rifletterci sopra, perché subito rispose: «Michael voleva ricordarmi qual è il mio posto nel nuovo mondo».

«Cosa?». Oh, l'avevo sentita bene. Ma avevo bisogno che lo dicesse di nuovo.

E, con un sospiro, fu proprio quello che fece. «Michael ha usato la mia caviglia come promemoria della mia mortalità. O forse per dimostrare la sua immortalità, chissà». Sollevò una spalla e fece una smorfia. «L'ultima volta che l'ho visto, era un umano. Ed ero convinta che fosse morto. Immagino che non abbia apprezzato la mia curiosità».

Allungai la mano verso la sua caviglia, cedendo al bisogno di toccarla.

E me ne pentii immediatamente, perché si allontanò di scatto con un sibilo, per poi affondare i denti nel labbro inferiore.

La sua essenza scaldò ancora una volta l'aria, tentando le mie papille gustative e facendomi desiderare di leccarle via il sangue dalla bocca.

Ma una parte più potente di me aveva bisogno di guarirla.

Di prendersi cura di lei.

Di *vendicarla.*

Perché come cazzo si permetteva Michael di toccarla. E dopo quello che gli avevo detto solo un'ora prima!

Spettava a me punire Ismerelda. Controllarla. *Proteggerla.*

Deglutii e scacciai l'ultimo pensiero. Quella necessità di possederla, di *reclamarla*, proveniva dal legame che ci univa.

Era per questo che avevo incaricato Lilith di trovare un'alternativa migliore dell'avere un'*erosita*. Quegli istinti possessivi erano pericolosi. E rappresentavano un'inutile distrazione.

Ma non potevo negare il desiderio di guarire Ismerelda.

Non volevo rischiare che morisse di nuovo, per non parlare di quello che sarebbe successo al suo risveglio. Dovevo ancora scoparla a dovere.

Era il mio giocattolo.

La mia principale fonte di cibo.

E non potevo godermela appieno in quelle condizioni.

Invece di continuare a rimuginarci sopra, la presi tra le braccia, riuscendo a stento a ignorare il modo in cui inspirò bruscamente. Poi teletrasportai entrambi verso il mio piano e nella mia stanza.

Il tragitto era durato non più di un paio di secondi, ma fu sufficiente a spingerla a mordersi di nuovo il labbro, che sanguinò, per lottare contro il bisogno di reagire alle sue ferite. *E al dolore lancinante tra le cosce.*

Le avevo morso il clitoride per mantenerla in un continuo stato di eccitazione.

Chiaramente, ciò mi si era ritorto contro.

Lo avrei tenuto a mente per il futuro.

«Non avresti dovuto andartene in giro» le dissi, sistemandola sul mio letto. «Se dovesse succedere ancora qualcosa di simile, aspettami qui».

Lei abbassò lo sguardo. «Sì, mio signore».

Le mie labbra minacciarono di incurvarsi all'ingiù per quel segnale di sottomissione. Strano, perché era giusto che si sottomettesse a me, proprio come tutti gli altri. Ma mi era piaciuto il modo in cui aveva tenuto testa al dolore nella tromba delle scale, con un atteggiamento da combattente. Era molto più attraente della docilità che stava dimostrando ora.

Interessante. La donna che avevo visto sul pianerottolo era una di quelle che avrei valutato di trasformare in vampiro, se non altro perché il suo spirito era superiore a quello della maggior parte degli umani.

La versione di lei che giaceva sul letto, invece, era debole. Esattamente quello che mi aspettavo da un essere inferiore.

Forse è per questo che ho preferito averla come schiava, invece di renderla la mia regina, pensai. *E forse l'ho tenuta con me per tutti questi anni perché ho scorto in lei il potenziale per diventare qualcosa di più.*

Eppure, quello che avevo davanti provava che non sarebbe stata in grado di gestire la vera immortalità.

Perché una regina non si sarebbe mai piegata così facilmente. Nemmeno al suo re.

Con un sospiro, mi portai il polso alla bocca e lo morsi. «Bevi» le dissi, posando la ferita sulle sue labbra.

Due occhi verdi e scintillanti mi guardarono, colmi di un'emozione coperta da un velo di lacrime inespresse. Per un attimo, pensai di aver colto un accenno di sorpresa nel suo sguardo acquoso, ma un attimo dopo era già sparito, mentre lei obbediva al mio ordine.

Le posai l'altra mano sulla testa, tenendola stretta al mio polso. Se inizialmente lo feci per assicurarmi che non bevesse troppo sangue, dopo solo qualche istante le sue ciocche arruffate mi distrassero dal mio proposito.

Aveva i capelli scompigliati. *Molto* scompigliati. Come se le dita di qualcuno li avessero strattonati.

O le mani di un altro uomo. «Michael ti ha toccata qui?».

I suoi begli occhi trovarono ancora una volta i miei mentre abbassava appena il mento in segno di conferma.

Allontanai il polso dalle sue labbra. «Perché le sue dita erano tra i tuoi capelli?».

Deglutì quello che aveva ancora in bocca. Aveva le guance arrossate. Non per l'imbarazzo, ma per la sensazione elettrizzante provocata dal bere direttamente dalla vena di un vampiro.

«Mi stava interrogando su Damien» disse, con voce di nuovo sicura. «Mi ha chiesto come stessi aiutando mio fratello».

«E tu cos'hai detto?».

«Non ho avuto la possibilità di rispondere». Mi fissò. «Ma, per la cronaca, non sto aiutando Damien a fare un bel niente. Per poterci riuscire, dovrei avere accesso a una rete esterna».

«Però avevi il mio laptop» le feci notare, studiandola, mentre lei continuava a sostenere audacemente il mio sguardo. «E, stando a quello che ha detto Michael, i tecnici sono riusciti a risalire all'interferenza, e proviene proprio da lì».

Lei si strinse nelle spalle. «Non ne ho idea. E non saprei spiegarti nemmeno che senso avrebbe aprire tutte le porte e spegnere tutte le luci mentre ero sotto terra. Non sono in grado di vedere al buio. Ovviamente».

Non aveva tutti i torti.

Inoltre, non riuscivo a capire cosa ci avrebbe guadagnato a far uscire i Benedetti dalle loro gabbie. Probabilmente non sapeva nemmeno che fossero svegli.

Ma sapeva che eravamo sotto il Vaticano, visto che ne aveva parlato nella tromba delle scale.

«Sei già stata qui?». Se così fosse stato, avrebbe saputo come muoversi.

Tuttavia, era scesa, invece di salire.

Che, come aveva detto anche lei, non avrebbe avuto alcun senso, se stava realmente cercando di fuggire.

E perché mai avrebbe dovuto voler fuggire? Ero la sua connessione con l'immortalità. Il suo compagno. Era letteralmente corsa verso di me, sulla pista di atterraggio.

Le sue pupille si dilatarono mentre rispondeva: «Sì. Con te. Quando Cane ha scelto il riposo eterno».

«Mmh». Non me lo ricordavo affatto. «Abbiamo assistito entrambi alla cerimonia». Non era una domanda, ma un'affermazione.

Perché era ovvio che avessi partecipato al rituale, aiutando mio fratello a scivolare nel sonno. Ma ero sorpreso di scoprire che ci fosse stata anche lei.

«Quanto tempo è passato da quando mio fratello ha scelto la notte eterna?». Non avevo trovato nulla al riguardo nei file. Ma probabilmente non era rilevante, per quanto riguardava il nuovo mondo.

«Circa quattrocentocinquant'anni. Quindi ho visitato solo le catacombe dove riposano gli antichi. Non…». Agitò una mano, indicando la stanza. «Non tutto questo».

«E tu hai assistito a tutta la cerimonia?» insistetti, ancora colpito dal fatto di averla portata con me.

«Sì».

Socchiusi gli occhi in un'espressione sospettosa. «Dimostralo. Dimmi parte del…».

Ma qualcuno bussò, interrompendomi. *Michael.*

Le mie dita lasciarono i capelli di Ismerelda. Non mi ero nemmeno reso conto che fossero ancora lì. La mia mente era troppo rapita dalla conversazione per considerare le azioni della mia mano. Toccarla mi era sembrato normale. Addirittura rilassante.

Scuotendo la testa, mi allontanai dal letto e andai verso la porta.

«Lo scanner, mio signore» disse Michael a mo' di saluto, con il capo chino.

Lo osservai per un lungo istante. La bestia che si annidava dentro di me era in conflitto con lo stratega che dominava la mia mente.

Ha toccato la mia donna.

È il mio assistente.

Ha fatto del male a Ismerelda.

Vuole solo proteggere la nostra missione. Se avesse interrogato qualcun altro, non mi sarebbe importato.

Ismerelda non è "qualcun altro".

«Mio signore?» mi esortò, quando non risposi. «Volete che vi mostri come funziona?».

Mmh. Una parte di me voleva strappargli il dispositivo di mano e usarlo per colpirlo.

Ma quella più intelligente ebbe un altro pensiero.

Una sorta di idea.

Che si sviluppò in un piano che non placò del tutto l'animale che ruggiva nella mia mente, ma lo calmò abbastanza da permettermi di procedere. «Immagino che basti far scorrere il dispositivo sulla sua pelle, no?».

«Esatto, mio signore. Basta premere questo interruttore…». Indicò una piccola leva sul lato. «E procedere. Vi consiglio di controllare ogni parte di lei, nel caso in cui Damien abbia scelto una posizione… ehm… *fantasiosa* per il chip».

Annuii, capendo cosa intendeva. Stava dicendo che Ismerelda avrebbe dovuto essere nuda.

Lo avevo previsto.

«Puoi restare mentre la esamino, Michael» gli dissi, facendo ringhiare di disapprovazione il mio predatore interiore. Ma sapere perché intendevo consentire a

Michael di assistere a una procedura così intima placò la maggior parte dei miei istinti possessivi.

Le labbra di Michael si incurvarono, ed emanò un'altra zaffata di quell'odore compiaciuto. «Ma certo, mio signore».

Mi feci da parte per permettergli di entrare nella stanza.

Poi mi voltai verso la mia *erosita*.

Era giunto il momento di scoprire se il mio istinto era corretto. O se ero stato in qualche modo accecato dal legame che ci univa da più di mille anni.

Izzy

«Togliti la camicia, Ismerelda» disse Cam, prendendo il dispositivo.

Rabbrividii, mentre il significato delle sue parole si insinuava dentro di me. *Vuole che mi spogli. Che sia nuda. Esposta. Vulnerabile. Davanti a un altro uomo.*

Il *mio* Cam non lo avrebbe mai permesso, anzi, non lo avrebbe nemmeno preso in considerazione. Ma nel nuovo mondo, quello creato da licantropi e vampiri assetati di sangue, gli umani non valevano nulla.

E *questo* Cam voleva ricordarmelo.

Proprio come aveva cercato di fare Michael sul pianerottolo.

Okay. Se quelle due creature potenti volevano che mi sottomettessi, sarei stata al gioco. Come ogni volta che chiamavo Cam "mio signore".

Devo solo far sì che si ricordi di me, pensai, cominciando a sbottonare la camicia. *Ma non davanti a Michael.*

Dovevo assecondare il suo comportamento, fingendo che si trattasse di un gioco, finché non fossi riuscita a trovare il suo cuore vulnerabile sotto tutta quella scorza da vampiro crudele.

E se non funzionasse?, si domandò una parte di me. *Cosa potrei fare, allora?*

Lo farò innamorare di nuovo di me, decisi. *Dopotutto, è la mia anima gemella. Un legame del genere non può svanire e basta, no?*

Impedii alla voce più cinica che mi risuonava nella testa di rispondere e finii di sbottonare la camicia.

Mentre la sfilavo, gli occhi di Cam accarezzarono ogni centimetro del mio torso. Invece di lasciarla cadere a terra, la piegai e la sistemai sul letto. Poi rimasi in attesa di ordini.

Mi chiederà di alzarmi? Non ero sicura che ci sarei riuscita. Nonostante avessi bevuto abbastanza sangue da avviare il processo di guarigione, era solo all'inizio, come dimostrato dalla sensazione di formicolio alla caviglia. Mi ci sarebbero volute un altro paio d'ore per riprendermi completamente. Forse anche di più.

Mi morsi il labbro inferiore, il dolore tra le cosce aveva ricominciato a farsi sentire. *Non mi piace affatto essere morsa lì*, decisi. All'inizio era stato bello, addirittura esaltante, ma ora… ora non più.

E non voglio alzarmi in piedi. Ma se Cam me lo avesse ordinato, non avrei avuto scelta.

Tuttavia, lui si limitò ad ammirare il mio seno per qualche altro istante, per poi abbassare lo sguardo sul marchio che mi aveva lasciato tra le cosce. Le sue narici si dilatarono mentre si avvicinava, con lo scanner stretto nel palmo.

Senza dire nulla, si sedette accanto a me sul letto e usò la mano libera per scostarmi i capelli dal viso.

«Sarebbe più facile se si alzasse in piedi, mio signore»

disse Michael, facendo un passo verso di noi. «Per assicurarci che possiate controllare ogni parte di lei».

Cam mi osservò per un attimo, con lo sguardo che saettava tra la mia bocca e i miei occhi. Trattenni il respiro, aspettando che mi ordinasse di alzarmi e sperando di riuscire ad avere la forza di obbedire.

«Sì, sarebbe più semplice» mormorò, con gli occhi azzurri colmi di un'oscurità che mi fece rabbrividire. «Ma io amo le sfide».

«Ma certo, mio signore» rispose Michael.

Cam continuò a studiare il mio viso, pettinandomi delicatamente i capelli con le dita. Il suo sguardo sembrava ardere nel mio, il suo potere era come una frustata ai sensi che mi rinvigorì e mi fece battere forte il cuore.

C'era qualcosa di pericoloso nel suo atteggiamento.

Ipnotico.

Terrificante, eppure eccitante.

Il suo scanner non avrebbe rivelato nulla. Lo sapevo. Ma c'era un sottofondo di violenza nei suoi movimenti che mi lasciò incerta su cosa sarebbe successo dopo.

Ho paura di questa versione di Cam, capii. Aveva senso, considerato tutto quello che aveva fatto. Ma sentirmi in quel modo nei confronti del mio compagno, dell'amore della mia vita, era sconcertante. Era sconvolgente e allo stesso tempo stimolante.

Perché non ero in grado di prevedere la sua prossima mossa.

Non era la versione che conoscevo e di cui mi fidavo. Era un essere antico, la cui umanità era stata riprogrammata. O era completamente assente. Non gli importava di me, né dei mortali.

Eppure, continuava ad accarezzarmi con una tenerezza che mi ricordava il mio Cam. Solo che l'uomo che amavo non avrebbe mai permesso a un altro maschio di vedermi così. Non avrebbe mai ignorato il mio pudore. Non mi avrebbe mai costretta a sottomettermi in quel modo.

Deglutii quando le sue dita si avventurarono verso il mio collo, con il pollice che lambiva il punto in cui il mio battito pulsava. «Mmh… hai paura». Piegò la testa di lato. «È perché sto per scoprire che mi hai mentito su tuo fratello?».

«No». Ero certa che non avrebbe trovato nulla.

«Allora perché il tuo cuore batte così forte, topolino?» domandò, con la voce ridotta a un sussurro, eppure pregna di un intento letale.

Ma ero troppo colpita dal nomignolo che aveva usato per permettere al suo tono minaccioso di turbarmi. *Topolino?*, ripetei mentalmente, e le mie labbra si incurvarono all'ingiù. «Di solito, mi chiami "piccolo cigno"».

Mi fissò per un attimo. «Piccolo cigno?».

«O dolce cigno» dissi.

Il suo sguardo si abbassò sulla mia bocca, e avvolse il palmo intorno alla mia nuca. «Suppongo che tu abbia delle caratteristiche simili a quelle di un cigno». La sua attenzione si spostò sul mio collo, a cui diede una piccola stretta. «Se mi dici dove controllare e mi aiuti a velocizzare la procedura, potrei essere incline a punirti meno severamente».

Il mio sguardo si indurì. «Dovrai controllare ogni parte di me, mio signore. Perché non sto nascondendo nulla».

Beh, non era del tutto vero. Gli stavo nascondendo un'intera storia. Ma non era colpa mia. Lilith aveva danneggiato in qualche modo la sua mente. Era *lei* a essere colpevole, non io.

E non potevo dirgli la verità. Non in quelle circostanze.

Non mi avrebbe mai creduta. Per lui non ero nient'altro che un giocattolo.

Un giocattolo a cui al momento sembrava particolarmente interessato. Il suo sguardo mi accarezzò di nuovo dalla testa ai piedi, le sue labbra si incurvarono appena nell'ombra di un sorriso. «Hai sentito, Michael? Insiste nel dire che non ha fatto nulla di male».

Michael grugnì. «I nostri problemi tecnici suggeriscono il contrario».

«È per questo che hai cercato di interrogarla?». Cam lanciò un'occhiata all'uomo in piedi dietro di lui, accanto al letto. «Perché non mi pare che tu mi abbia ancora dimostrato che i problemi siano stati causati da Damien».

«Le ho fatto qualche domanda, mio signore. Dopo aver sventato il suo tentativo di fuga. È stata una reazione dettata dalle sue azioni».

Strinsi i denti, ma non persi tempo a correggerlo di nuovo. Michael sapeva che non stavo cercando di scappare. Voleva solo ostentare la sua immortalità.

«Allora presto vedremo se la tua *reazione* era giustificata» rispose Cam. Il suo sguardo tornò a posarsi su di me, mentre la sua mano scivolava dalla mia nuca alla gola. La violenza danzava nei suoi occhi color zaffiro, facendomi deglutire a fatica sotto il suo palmo.

Si aspettava di trovare qualcosa.

Era ovvio dal modo in cui mi scrutava, come se non vedesse l'ora di spezzarmi il collo per averlo sfidato.

Quello era un lato di Cam che non avevo mai visto, il vero predatore che si annidava sotto la pelle. Di solito, lo teneva nascosto, preferendo mostrare ciò che era rimasto della sua umanità.

Ora sembrava più feroce. In contatto con la sua fame. Incurante del fatto che i mortali intorno a lui potessero essere spaventati dalla sua vera natura. Esigendo che tutti quelli che gli erano inferiori si inchinassero a lui.

Ma da qualche parte, dentro di te, c'è il mio Cam, pensai, sostenendo il suo sguardo. *Troverò un modo per riportarlo in vita. Lo giuro*.

Un mezzo sorriso gli comparve sulle labbra, come se fosse incuriosito dalla mia promessa. Ma sapevo che non poteva sentirmi. Tra le nostre menti c'era una barriera che soltanto lui poteva controllare.

Tuttavia, se l'avesse abbattuta, me ne sarei accorta. Perché avrei potuto ascoltare ciò che alimentava l'espressione pericolosa che incupiva il suo splendido viso.

«Un cigno, eh?» commentò, accarezzandomi il collo con il pollice. «Interessante. Presumo sia in linea con i tuoi tratti più delicati. Ma ora i tuoi occhi mi ricordano molto di più quelli di un felino».

Mi diede una stretta alla gola, impedendomi di parlare, e poi mi lasciò andare bruscamente.

«Solleva i capelli» mi ordinò, spostando la levetta sul lato dello scanner. «Inizio dal collo».

Mi raccolsi le ciocche scarmigliate nel pugno, con il mio sguardo *felino* fisso sul suo.

Da quando gli ricordo un felino?, mi domandai. *Cam mi ha sempre vista come un cigno*.

«Così fragile, eppure così bella» diceva spesso.

Non mi aveva mai descritta come un felino.

Né mi aveva mai dato del topo.

Sentire uscire dalla sua bocca quei nomignoli, o forse quegli *insulti*, mi diede l'impressione che fosse posseduto.

O forse non ho mai conosciuto davvero Cam.

Ma non era vero. Eravamo stati insieme per mille anni, prima che venisse catturato. Lo conoscevo meglio di chiunque altro.

Eppure, questa versione…, pensai, mentre premeva lo

scanner sulla mia gola. *Non riconosco affatto questa versione di lui.*

Le sue pupille si dilatarono mentre si concentrava sul dispositivo che mi scivolava sulla pelle, il lieve ronzio dell'elettricità era l'unico suono presente nella stanza.

Lo mosse lentamente, controllando in modo scrupoloso ogni centimetro del mio collo, per poi risalire verso la nuca e tra i miei capelli.

Li tenevo ancora stretti nel pugno, rigida sotto il suo tocco. Lui aggirò la mia mano, esaminando la sommità della mia testa e i lati. Poi disse: «Lascia andare i capelli e metti i palmi sulle cosce».

Obbedii, pur continuando a studiare la sua espressione tetra, mentre lui proseguiva scendendo lungo la parte posteriore del mio cranio.

Il ronzio elettrico mi fece vibrare le orecchie, provocandomi un brivido lungo la schiena. Poi Cam si dedicò al mio viso.

Rifiutai di chiudere gli occhi. Non che me lo avesse chiesto. Sostenne il mio sguardo per un lungo istante, in cui scorsi di nuovo quel piccolo fremito delle labbra. E si concentrò sulle mie spalle e sulla parte superiore della schiena.

Usò la mano sulla nuca per spingermi in avanti, e mi ritrovai con il suo petto premuto sul mio braccio nudo. Con la mano libera, invece, passò lo scanner lungo la mia spina dorsale, fino a raggiungere il sedere.

Mi aspettai che mi ordinasse di mettermi a quattro zampe, come aveva fatto quando voleva scoparmi, ma non disse nulla. Invece, mi tenne stretta a lui mentre mi esaminava, usando la mano sulla mia nuca per spostarmi in base alle sue necessità.

Mi ispezionò i fianchi e le braccia, poi continuò sul torso e risalì verso il seno.

Tutta la situazione sembrava molto rigorosa, quasi clinica. Eppure c'era qualcosa di innegabilmente sensuale nel modo in cui muoveva il mio corpo a suo piacimento. Il suo tocco non era brutale, semmai era deciso.

Ma quando raggiunse le gambe, ebbi l'impressione che la sua sicurezza vacillasse. Soprattutto quando avvicinò lo scanner alle mie cosce.

Il sangue colato dalla ferita che mi aveva inflitto si era seccato. Grazie alla sua essenza che mi scorreva nelle vene, il mio corpo era quasi completamente guarito.

Osservò per qualche istante il segno del morso, con la fame che gli velava lo sguardo, e i suoi occhi assunsero una sfumatura blu scuro. Mi domandai se volesse pulirmi con la lingua, e non riuscii a evitare di immaginarlo.

La sua lingua sul mio clitoride. La sua bocca che scalda la parte più intima di me. Le sue dita…

Deglutii, quei pensieri mi avevano fatto serrare le cosce, proprio mentre il dispositivo vi si insinuava in mezzo. Ma non era il metallo che desideravo. Né ciò di cui avevo bisogno.

E il quasi impercettibile incresparsi delle labbra di Cam mi disse che lo sapeva anche lui.

Controllò lentamente la mia carne umida, trascinandomi ancora più a fondo in quello strano stato di necessità.

Questo non dovrebbe eccitarmi… Non… non voglio che mi piaccia…

La mia mente si spaccò tra la volontà di rimanere ancorata alla realtà e il bisogno di perdermi nel tocco del mio compagno.

Ma non è il mio Cam. È… è qualcuno… Qualcosa…

Il suo palmo mi afferrò il fianco, prima di scivolare lungo la gamba, continuando a muovermi come una bambola. Ogni gesto era mirato ed efficiente. Ma quando si avvicinò alla mia caviglia ferita, allentò la presa.

Mi sfiorò la pelle con le dita, facendomi trasalire per il solletico provocato dal suo tocco leggero come una piuma. «Ti fa male?» chiese. La sua voce era ingannevolmente dolce.

Mi concentrai sulla caviglia, sorpresa di scoprire che non mi faceva più male. «No, è praticamente guarita» ammisi. Ciò significava che l'esame durava da molto più a lungo di quanto pensassi.

Considerando quanto era stato scrupoloso, aveva senso. Ero più che altro sconcertata dalla facilità con cui mi ero lasciata trasportare, soggiogata dal suo incantesimo, dimenticando quello che stavamo facendo.

Invece di rispondere verbalmente, annuì e finì di scandagliare anche il resto delle gambe.

Il dispositivo non aveva emesso alcun suono, proprio come mi aspettavo. E ciò rese ancora più soddisfacente sostenere il suo sguardo, quando lo rialzò sul mio.

«Mettiti a cavalcioni su di me, leonessa» disse. Il nomignolo mi stupì almeno quanto il suo ordine. «Adesso».

Si allontanò da me, appoggiando i piedi sul pavimento.

Fui costretta a strisciare intorno a lui per sistemarmi sul suo grembo. Normalmente, non mi sarebbe dispiaciuto. Ma mi obbligò a ricordarmi della presenza silenziosa di Michael. Era in piedi a un metro dal letto, e dovetti offrirgli una chiara visuale del mio corpo nudo, mentre aprivo le gambe per salire sulle cosce muscolose di Cam.

Mi venne la pelle d'oca, il mio sedere era totalmente esposto all'altro maschio.

Ma poi Cam mi afferrò di nuovo la nuca e improvvisamente non vidi nessun altro. Solo lui. Solo i suoi splendidi occhi. La mascella scolpita. Le labbra dal taglio crudele, così carnose e perfette. Gli zigomi affilati. I folti capelli neri.

Sentivo la sua forza sotto di me, la sua anima legata alla mia.

Sono al sicuro.

Solo che non era vero. Praticamente trasudava pericolo, annegandomi in un mare di malvagità.

Non capivo. Avevo passato il test. Non avevo fatto nulla di sbagliato.

Eppure, percepivo chiaramente la sua intenzione di punire. Di fare del male. Di *uccidere.*

Serrò la presa, tirandomi verso l'alto e costringendomi a restare in equilibrio sulle ginocchia, mettendo il mio sedere completamente in mostra per Michael.

Fui attraversata da un brivido che mi ancorò alla realtà, e mi fece domandare cosa volesse fare ora. *Offrirmi all'altro uomo? Permettergli di picchiarmi? Cos'ho fatto di sbagliato? Perché mi…*

Il metallo toccò la parte posteriore della mia coscia.

Lo scanner. Mi sta controllando il sedere.

Oh.

Quello era l'ultimo posto rimasto da esaminare. *Ovviamente.*

Feci un respiro profondo, tentando di calmarmi, e mi concentrai sui contorni affilati del suo viso. La sua ira era palpabile, l'espressione minacciosa risaltava sui suoi lineamenti. Sembrava che volesse punirmi, eppure il dispositivo non aveva ancora trovato niente.

Perché sono innocente. Almeno in parte.

Se fossi stata in grado di contattare Damien, lo avrei fatto. Ma non avrei avuto alcun motivo di far scattare gli allarmi o aprire le porte o qualsiasi altra cosa fosse accaduta in quel breve lasso di tempo. Cosa ci avrei guadagnato?

E perché avrei dovuto cercare di scappare?

Avevo passato più di un secolo a struggermi per il mio compagno perduto. Forse non era più l'uomo che conoscevo, ma era ancora Cam. Ora avevo la responsabilità di salvarlo e di fargli ricordare chi fosse. Andare via non avrebbe portato a nulla.

Mi lasciò andare il collo e gettò lo scanner sul letto. «È pulita, Michael». Le mani di Cam si spostarono sui miei fianchi. Mi tolse da sé e mi sistemò sul materasso, accanto al dispositivo. I suoi gesti bruschi mi strapparono una smorfia, ma fu il suo tono a catturare la mia attenzione.

Perché sembrava incredibilmente calmo. Non corrispondeva all'oscurità che turbinava nel suo sguardo, o alla rigidità dei movimenti con cui si alzò in piedi.

Sta per succedere qualcosa, mi sussurrò l'istinto. *Qualcosa di brutto*.

«Ciò non la rende innocente, mio signore» rispose Michael, il cui lungo viso era privo di emozione. O era ignaro dell'ostilità che ribolliva sotto l'espressione pacata di Cam, o sapeva che non era destinata a lui.

Rabbrividii. *Riesco a percepire la sua furia a causa del legame?*

Cam non era mai stato un uomo irascibile, nemmeno quando aveva dovuto affrontare i cambiamenti proposti da Lilith. Era sempre stato lucido e composto, aveva sempre preferito usare le parole per risolvere i conflitti.

Ma quella versione di lui non sembrava contraria alla violenza, anzi.

A meno che non abbia frainteso la situazione, pensai.

«Potrebbe comunque lavorare con Damien» continuò Michael. «L'interferenza proveniva dal vostro portatile. È possibile che Damien le abbia insegnato come mettersi in contatto con lui, o come architettare la violazione dall'interno. Deve essere interrogata in modo approfondito».

«È per questo che hai deciso di iniziare a farlo?» gli chiese Cam. Le sue parole erano ancora intrise di quella calma inquietante.

«Ho iniziato a interrogarla quando l'ho trovata a vagare per le scale con il vostro portatile, mio signore. Non si è dimostrata collaborativa».

«Forse perché hai scelto di usare la violenza». Cam infilò le mani in tasca e si mise davanti a me, impedendomi di vedere Michael. «È per questo che hai deciso di frantumarle la caviglia, no?».

Michael sbuffò. «Si era già fatta male cadendo. Ho solo premuto un po' per farla parlare».

«E ha funzionato?».

«No. Si è rifiutata di rispondere, e ciò dimostra ulteriormente la sua colpevolezza. O almeno che sta nascondendo qualcosa».

Beh, su quello non aveva tutti i torti.

«Quindi pensi che sia in grado di usare un computer e di mettere fuori uso i nostri sistemi di sicurezza?» insistette Cam. «Pensi che sia stata lei a liberare Sota e Troph?».

Fissai la sua schiena, ripetendo mentalmente quei nomi. Erano due Benedetti. I padri di Sahara e Lajos. *Sono loro quelli che ho visto nei filmati?*

«Cosa ci guadagnerebbe, interrompendo la loro punizione?» aggiunse Cam, con un tono che cominciava a rivelare la violenza che gli ribolliva dentro. «Stai suggerendo che è qui per smantellare la nostra operazione? Ciò implicherebbe che sappia cosa stiamo facendo. È di dominio pubblico?».

«Beh, no, ma...».

«Perché la mia *erosita* dovrebbe scegliere di mettersi contro di me, il suo signore e padrone?». Fece un passo avanti. «Stai dicendo che non l'ho addestrata bene?».

«Certo... certo che no, mio...».

«Te lo chiedo di nuovo, Michael. Cosa ci guadagnerebbe in questa situazione? Perché dovrebbe cercare di distruggere la nostra operazione?».

«Perché non vuole essere rimpiazzata» disse rapidamente Michael. «Stiamo cercando di creare delle sacche di sangue immortali. Quando la procedura sarà finalmente ultimata, non avrete più la necessità di essere legato a lei».

Schiusi le labbra, sconcertata. *Cosa? È... è questo che...? Ma... come?*

Sbattei rapidamente le palpebre, e la mia mente mi fornì la risposta, grazie a quello che aveva appena detto Michael. *Creando altri Benedetti.*

I Benedetti non avevano bisogno di sangue per sopravvivere, a differenza dei loro figli. Eppure, i Benedetti erano immortali.

Ciò li rendeva la fonte di cibo perfetta per i vampiri.

Perché non possono morire.

E allora... *allora Cam non avrà più bisogno di me.* La sua *erosita.* La sua compagna. La sua eterna fonte di sangue, con cui aveva un legame spirituale.

Oh, merda...

CAM

Il modo in cui la sentii inspirare bruscamente alle mie spalle mi disse tutto quello che c'era da sapere. Ma mi voltai comunque, osservando il miscuglio di shock e tradimento che tingeva i lineamenti della mia *erosita*, soprattutto per assicurarmi che lo facesse anche Michael.

«Ti sembra l'espressione di qualcuno che era già a conoscenza dei nostri piani, Michael?» gli chiesi in tono piatto. «Perché a me sembra decisamente sorpresa».

Michael si schiarì la voce. «Forse sta fingendo».

«Ne dubito». Le lacrime che le riempivano gli occhi erano troppo sincere per essere una recita, e lo sapevo per il modo in cui mi strattonavano l'anima.

E, ironicamente, rappresentavano il motivo per cui dovevo spezzare ogni legame con quella donna.

Ismerelda suscitava in me dei desideri irrazionali, come quello che, anche allora, mi infiammava lo spirito. Quello che mi esortava a uccidere Michael per aver toccato la mia *erosita*.

«Stai… creando… e sostituendo…». Ismerelda si interruppe, sbattendo più volte le palpebre, come a voler trattenere le sue emozioni.

Inarcai un sopracciglio, in attesa di vedere se avrebbe aggiunto qualcosa. Ma la mia leonessa era svanita in una nuvola di dubbio, il felino determinato non era più al comando.

Un vero peccato.

Ero rimasto colpito da quella parte di lei, mentre usavo lo scanner. Era stata coraggiosa e risoluta, sostenendo il mio sguardo senza battere ciglio, affermando senza dover parlare che non mi aveva tradito.

E poi, qualche parola pronunciata da Michael aveva scacciato la leonessa, lasciandosi dietro solo il *cigno*.

Che enigma affascinante, pensai, continuando a osservarla. *Probabilmente è per questo che l'ho tenuta con me. Per la sua complessità.*

Beh, per quello, e per la sua essenza deliziosa.

E forse anche per il sesso. Anche se, fino a quel momento, non lo avevo ancora sperimentato.

Presto, pensai. *Dopo che mi sarò occupato di Michael.*

«Allora, quale altro motivo avrebbe per interferire nei nostri piani?» gli chiesi, tornando a voltarmi verso di lui. «Perché è chiaro che non era a conoscenza del nostro obiettivo, prima che ne parlassi tu».

Gli occhi verdi di Michael si strinsero appena. «Suo fratello è noto per essere parte della rivoluzione, ed è un esperto di tecnologia».

«Lo so» dissi.

«E lei…». Indicò Ismerelda. «Lei è sua sorella e ha vissuto con un clan che si oppone ai nostri principi. È logico che aiuti il fratello a compromettere la nostra operazione, indipendentemente da quali siano gli obiettivi».

Ecco, quello aveva già più senso delle precedenti accuse. *A parte il fatto che…* «Non sappiamo ancora se sia davvero Damien il colpevole».

«Chiunque sia, vuole sabotare il nostro lavoro. E le uniche persone che hanno un buon motivo per farlo sono i rivoluzionari guidati da vostro cugino». Michael incrociò le braccia sul petto. «E tutti questi problemi sono iniziati dopo il suo arrivo».

«Mentre era incosciente» gli ricordai. «Ciò significa che non può aver violato un bel nulla, né essersi messa in contatto con suo fratello. Eppure lui, o chiunque altro sia dietro a tutto questo, ha ottenuto l'accesso ai nostri sistemi in quel breve lasso di tempo».

Michael serrò la mascella, ma non disse nulla.

Il che era un bene, perché non avevo finito.

«Ho usato lo scanner su di lei, ed è pulita, smentendo così la teoria che Damien le abbia impiantato un chip attraverso il quale si sarebbe connesso ai nostri sistemi».

Michael continuò a restare in silenzio, limitandosi a guardarmi.

«Quindi, anche se stasera Ismerelda si fosse miracolosamente messa in contatto con Damien usando il mio laptop, non spiegherebbe comunque la violazione iniziale» proseguii. «Né tantomeno perché abbia deciso di aiutarlo proprio adesso».

Perché, di nuovo, non c'era altro motivo se non quello di voler compromettere i nostri piani.

Tuttavia, Ismerelda doveva sapere che danneggiando il nostro progetto avrebbe danneggiato anche se stessa. Lei era mia. Se fallivo, falliva anche lei. Non aveva senso che cercasse di ostacolarmi, quando già la possedevo.

«Forse lo ha contattato stasera per aggiornarlo, ed è per questo che il tracker mi ha condotto al vostro laptop» disse Michael.

«Il mio laptop non può comunicare con l'esterno a causa dei problemi di connessione» gli feci notare. «A meno che tu non stia suggerendo che Ismerelda conosca un modo per aggirare il blocco che tutti i nostri tecnici non sono riusciti a individuare?».

Mi sembrava abbastanza improbabile. Le lanciai un'occhiata, curioso di vedere la sua espressione, e trasalii per la ferocia che le illuminava lo sguardo.

La leonessa è tornata, ed è proprio incazzata, pensai. *Bene.*

«Sei più brava con il computer di quanto tu mi abbia fatto credere?» le chiesi.

«Hai intenzione di sostituirmi con una sacca di sangue immortale?» ribatté lei. A quanto sembrava, era ancora bloccata su quella rivelazione.

«Non oggi» risposi. «E non accadrà nemmeno tanto presto, visto che Lilith ha fallito».

Sbuffò, un suono che mi diede un immenso fastidio. Era una reazione scortese e inaccettabile.

Mi girai del tutto verso di lei. «Ti sei dimenticata qual è il tuo posto, *piccolo cigno*?». Feci un passo verso di lei. «Devo farti mettere in ginocchio e ricordarti qual è il tuo scopo?».

Il felino danzò furioso nel suo sguardo, facendomelo venire duro all'istante.

Quella donna non era minimamente spezzata. Era piena di fuoco e di vita, e ciò la rendeva sempre più interessante.

Non c'è da stupirsi che sia mia. Dopo mille anni mi guarda ancora così? Con tutta questa passione e questa sicurezza?

E aveva anche dimostrato di sapere quando piegarsi. Come sottomettersi.

È perfetta.

Volevo morderla. Dominarla. Farla mia e sentirla *ruggire*.

«Non sono un'esperta di computer, mio signore» disse lei, strappandomi dai miei pensieri famelici. «Ma ne so abbastanza da poter accedere, dopo che mi hai mostrato la password. Ma non c'era nessuna connessione con una rete esterna. Anche se avessi voluto mandare un messaggio a mio fratello, non avrei potuto».

«Quindi ammetti di essere entrata nel suo portatile?» insistette Michael, interrompendo il momento e dimenticando quale fosse il suo posto.

«Ho fatto l'accesso per vedere se potevo mandare una mail a Damien per fargli sapere che sto bene» rispose Ismerelda, senza distogliere lo sguardo dal mio.

«Senza il mio permesso?».

Aggrottò la fronte. «Ti è sempre andato bene che gli parlassi. Non avevo capito di aver bisogno del tuo permesso».

«Perché devi ancora imparare qual è il tuo ruolo nel nuovo mondo» borbottò Michael alle mie spalle.

Ecco, a proposito di ruoli…

Mi voltai ancora una volta verso di lui.

È ora di liberare la bestia.

«Ismerelda è la mia *erosita*, Michael. Non la tua». Feci un passo nella sua direzione. «Ti avevo già detto che mi sarei occupato di lei. *Io*. Non tu».

Michael indietreggiò. «Ma certo, mio…».

«No» lo interruppi. «Questa risposta non è accettabile, Michael. Perché hai già dimostrato di non rispettare e di non capire la mia posizione».

Mi teletrasportai verso di lui e gli afferrai il collo, prima che potesse provare a parlare; la velocità con cui lo feci lo mandò a sbattere contro la parete accanto alla porta.

Spalancò gli occhi. Gli strinsi la gola, e le sue labbra si

mossero, ma non ne uscì nulla. A differenza di come mi ero comportato con Ismerelda solo qualche minuto prima, non mi preoccupai di controllare la mia forza con Michael. Meritava di sentire il mio potere, di capire chi aveva fatto incazzare con le sue azioni sconsiderate.

«Ismerelda sarà anche umana e quindi inferiore a te, ma non è compito tuo né tuo diritto addestrarla. È *mia*. Se voglio che sia punita o interrogata, sarò *io* a farlo. Non tu. Perché lei *non può essere toccata da te*».

Lo sollevai contro il muro, le sue gambe rimasero a penzoloni.

«Ti avevo già avvertito di stare alla larga dalla mia *erosita*, eppure le hai lasciato dei segni sulla sua pelle delicata. Ferite con l'impronta dei tuoi stivali. Tutto perché ti sei sentito in diritto di farlo».

Cominciò a scuotere la testa, facendomi infuriare ancora di più.

«Ho visto l'impronta, Michael. Non puoi negare quello che hai fatto e non hai nessuna scusa per averlo fatto. Sono stato chiaro con te, e tu mi hai disobbedito».

Mise la mano sulla mia, i suoi occhi si riempirono di lacrime. Non riusciva più a respirare. Ma nella sua espressione non c'era traccia di dispiacere. Non c'era un accenno di rimorso, o una richiesta di clemenza.

Tutto ciò che vidi fu rabbia. Probabilmente perché non riusciva a credere che potessi punirlo a causa di un'umana. Era umiliante e crudele, ma quell'arroganza era esattamente il motivo per cui lo stavo punendo.

«Non è solo un'umana» gli ricordai. «È la *mia* umana. Il mio animaletto. Il mio giocattolo. Ciò la rende superiore, al contrario di altri mortali, perché *io sono il tuo re*. E non puoi toccare ciò che appartiene a un re senza il suo permesso».

Lo lasciai andare appena prima che svenisse, il suo

rantolo sofferente riecheggiò nella stanza quando le sue ginocchia cedettero.

Si rannicchiò sul pavimento tossendo, con i lunghi capelli biondi che gli coprivano il viso.

«Non osare toccarla di nuovo, Michael. O ti porterò via l'immortalità prima ancora che tu possa rendertene conto».

Gli bloccai la caviglia sotto la scarpa e premetti con tutte le mie forze. Gridò, con un suono rauco e spezzato che non fu neanche lontanamente paragonabile allo schiocco delle sue ossa.

Ma la mia bestia interiore non era ancora soddisfatta.

Mi serviva di *più*.

Mi aveva disobbedito. Aveva toccato la mia femmina. *L'aveva marchiata*.

Gli frantumai anche l'altra caviglia, poi mi chinai per afferrargli il collo, aprendo la porta con l'altra mano.

«Consideralo il tuo unico avvertimento, Michael. Non mancarmi mai più di rispetto toccando ciò che è mio». Lo gettai in corridoio e sbattei la porta.

O così, o lo avrei ucciso.

Ma si era dimostrato utile nelle ultime settimane, mentre mi svegliavo dal mio lungo sonno. Pertanto, ero disposto a dargli quell'unica possibilità.

Anche se non sarebbe durata molto, se avesse anche solo guardato di nuovo Ismerelda.

Mi sistemai la camicia e mi girai verso la donna in questione, trovandola intenta a osservarmi con il suo sguardo felino.

C'era qualcosa nella sua espressione che non riuscivo a decifrare. Non era paura, né disgusto. Ma non nasceva nemmeno dallo shock.

Piegai la testa di lato, incuriosito. «Non hai paura».

Non era una domanda, ma un'affermazione. «Eppure, mi guardi in modo strano. Perché?».

Non disse nulla per un lungo istante, facendomi venire voglia di ricordarle quali fossero i nostri ruoli. Ma in modo molto diverso da come avevo fatto con Michael.

Mi avvicinai di un passo, pronto a darle una lezione, quando mormorò: «Mi hai ricordato della notte in cui ci siamo conosciuti».

«La notte in cui ci siamo conosciuti?» ripetei, aggrottando la fronte.

Le sue labbra si arricciarono appena. «Sì».

«Com'è successo?». Non ero sicuro del perché fosse importante, ma mi resi conto di volerlo sapere.

«Mi hai salvata da uno stupro di gruppo» rispose, scioccandomi.

«Cosa?». Le rughe sulla mia fronte diventarono ancora più profonde. «Non sembra affatto una cosa da me». Non ero un eroe. Inoltre, di solito tendevo a evitare di interagire con gli umani, lasciando che si arrangiassero. «Perché avrei dovuto fare una cosa del genere?».

Lei ridacchiò e scosse la testa. «Perché mi stavi dando la caccia, e loro stavano per rovinare il tuo pasto».

«Oh». Ora sembrava molto più ragionevole.

«Ma non avevo paura di te» continuò. «E questo ti ha incuriosito».

La fissai. *Ma certo. Perché ho visto la leonessa nel suo sguardo.* Lo stesso che avevo notato stasera.

«Sapevo già dell'esistenza dei vampiri a causa di mio fratello» proseguì. «Quindi avevo capito che lo eri anche tu. O almeno era quello che pensavo. Poi ho nominato Ryder».

Ascoltandola, mi avvicinai al letto, rapito dal racconto di quell'incontro di cui non avevo nessun ricordo.

«E quello ha cambiato tutto» concluse.

«Perché non volevo rischiare di danneggiare la proprietà di un altro reale» ipotizzai, pensando a come avrei gestito ora una situazione simile.

Non importava che fossi più anziano di Ryder, e quindi di rango superiore. I litigi con altri reali costavano tempo e sangue. Non avrei mai rischiato una cosa del genere per un pasto.

«Eppure, ti ho tenuta». Mi infilai le mani in tasca, fermandomi accanto al letto. Le mie cosce erano a pochi centimetri dal materasso. «Cos'è successo dopo?».

«Ti ho detto del mio legame con Damien e Ryder. E poi ti ho implorato di mordermi». Le sue guance si arrossarono appena. «Volevo sapere com'era».

«E io ti ho accontentata?».

Sbuffò, e il suono mi diede meno fastidio di prima. «A malapena. Penso che tu abbia bevuto sì e no un paio di sorsi, per poi insistere che bevessi il *tuo* sangue per riprendermi».

«Perché mai avrei fatto una cosa del genere?».

Si strinse nelle spalle. «Perché eri terrorizzato dall'idea di farmi del male».

«Capisco». Sicuramente temevo qualche ripercussione da parte di Ryder. Aveva trasformato il fratello, e ciò la rendeva in qualche modo parte della sua famiglia. Doveva essere stato molto protettivo nei suoi confronti.

Probabilmente lo era ancora, nonostante fosse mia.

«Poi sei rimasto con me per mesi, mentre aspettavamo il ritorno di Ryder e Damien. Era un'epoca in cui non esisteva la tecnologia, quindi non avevamo altra scelta».

«Sono rimasto con te?». Ne fui sinceramente stupito. Forse volevo parlare di qualcosa con Ryder.

«Sì. Abbiamo continuato a scambiarci il sangue, e

questo ha portato ad altre cose». I suoi occhi verde chiaro si illuminarono. «E alla fine mi hai reclamata».

«Prima del ritorno di Ryder e Damien?» indovinai.

«Sì. Circa tre settimane prima che tornassero per una visita».

«Come hanno reagito?». Immaginavo che Ryder non ne fosse stato contento.

«Come fratelli maggiori iperprotettivi» mormorò. «Si comportano ancora così».

Questo implica che ucciderla davanti a loro sarebbe una punizione adeguata per tutto quello che hanno fatto.

Naturalmente, ciò avrebbe potuto danneggiare anche me.

Mmh, avrei dovuto rifletterci sopra. Preferibilmente *dopo* essermi goduto Ismerelda.

Ammirai il suo seno nudo per qualche istante, poi scesi verso la sua vita snella e le cosce formose. Il mio sangue l'aveva guarita rapidamente, lasciandosi dietro una donna rinvigorita, pronta per essere divorata.

Ma come dovrei iniziare a prenderla?, mi domandai. La mia bestia interiore fece praticamente le fusa. Ismerelda non aveva bevuto molta della mia essenza, ma era abbastanza per soddisfare le mie esigenze.

O almeno così speravo.

Deglutì, attirando la mia attenzione sulla sua gola delicata, e poi di nuovo sui suoi occhi. Il modo in cui le sue pupille si erano dilatate confermò che aveva percepito la mia fame crescente. E il dolce profumo dell'eccitazione indotta dalla paura mi disse che non vedeva l'ora che la prendessi.

Le avevo detto cosa aspettarsi quando sarei tornato da lei. Era successo prima del previsto, con un piccolo intoppo che coinvolgeva una progenie disobbediente.

L'ha toccata, pensai, di nuovo furioso. *Ha toccato la mia donna*.

Beh, ora avrei cancellato completamente ogni traccia di lui.

E mi sarei riappropriato di ogni centimetro di Ismerelda, dentro e fuori.

L'avrei scopata finché non fosse stata più in grado di camminare.

L'avrei fatta gridare per ore, fino a farle perdere la voce.

Volevo assaporare le sue lacrime. Crogiolarmi nel suo piacere. Costringerla a venire per me anche quando non poteva più farlo.

E poi volevo distruggerla.

Riempirla con il mio stesso essere e assicurarmi che nessun altro potesse più toccarla.

Per poi ricominciare tutto da capo, fino a soffocarla con il mio cazzo, annegarla nel mio seme e risvegliarsi con me sepolto dentro di lei. Scopandola. *Reclamandola*.

Era un bisogno viscerale che lasciai trasparire dalla mia espressione, mostrandole il predatore che era in me, pronto ad attaccare la preda.

Le avrebbe fatto male.

Perché non avevo nessuna intenzione di trattenermi.

«Mettiti a quattro zampe, Ismerelda» le dissi, ansioso di iniziare. «E ti conviene essere bagnata per me. Perché, che tu sia pronta o meno, prenderò ciò che è mio. Adesso».

Il brusco cambio di tono e di argomento non sembrò turbarla. Obbedì subito, offrendomi una seducente visuale del suo culo formoso, mentre si teneva in equilibrio sulle mani e sulle ginocchia.

La ammirai da dietro, sbottonandomi la camicia. Avevo l'acquolina in bocca. Non vedevo l'ora di assaggiarla. E così il mio cazzo.

Il tessuto della camicia mi frusciò sul torso mentre la sfilavo, lasciandola cadere sul pavimento. Poi fu il turno delle scarpe e della cintura. Ma, quando raggiunsi il bottone dei pantaloni, mi fermai.

C'è qualcosa che non va.

La posizione era perfetta, esattamente ciò che desideravo. Il suo profumo era delizioso, paura e lussuria mescolate insieme in una fragranza inebriante. E, da quello che potevo scorgere del suo sesso, era già bagnata per me.

Eppure, una strana sensazione allo stomaco mi trattenne dall'abbassare i pantaloni.

Non aveva alcun senso. La mia bestia stava praticamente sbavando per lei, il mio cazzo era duro e pronto, ma quel senso di *sbagliato* mi tormentava.

Feci un passo di lato, ammirando il suo corpo da un'altra angolazione.

I suoi seni erano gonfi e sodi, in attesa che li afferrassi. Anche i suoi capezzoli erano lì che mi chiamavano, duri e rosati.

È decisamente eccitata. Tutto il contrario di quello che era successo la prima volta che le avevo ordinato di mettersi in quella posizione. Ed era un bene, perché la volevo desiderosa di essere scopata. Smaniosa di essere mia. Disperata di essere morsa.

Continuai a muovermi, girandole intorno come il predatore che ero, e mi fermai solo quando raggiunsi il lato opposto del letto.

I suoi occhi.

Ecco di cosa avevo bisogno.

Quegli splendidi occhi verdi, dalla natura felina, scaltri e calcolatori. Quasi come se sapesse qualcosa di cui non ero a conoscenza. Una sorta di segreto.

No, non un segreto.

Una *sfida*.

Una sfida che il suo sguardo mi disse essere determinata a vincere. Solo che non sapevo a quale gioco stessimo giocando. Ma ero curioso di scoprirlo.

«Vieni qui e toglimi i pantaloni» le dissi, bramando il suo sguardo su di me quasi quanto le sue mani.

Lei strisciò in avanti e si sedette sui talloni, con le ginocchia leggermente aperte. Ammirai le sue cosce e un accenno del suo sesso depilato, per poi risalire verso il ventre piatto e il seno.

Tornando a scrutare i suoi occhi intriganti.

Mi sentivo ipnotizzato, completamente incantato dall'astuto barlume che si celava in quelle profondità smeraldine.

Come ho fatto a non accorgermene?, mi domandai, rapito dal suo sguardo. Nemmeno le sue dita sui pantaloni riuscivano a distrarmi.

Ecco perché il legame con un'*erosita* era pericoloso. Ecco perché doveva essere distrutto. Indeboliva anche gli esseri più antichi, me compreso.

Ma Ismerelda non avrebbe avuto la meglio.

Le avrei ricordato quale fosse il suo posto. *Sotto di me*. E, mentre lo facevo, l'avrei fissata in quegli occhi affascinanti.

Il suono della cerniera che si abbassava attirò un'ondata di sangue all'inguine, rendendomi duro all'inverosimile per la donna davanti a me.

Decisamente pericoloso. E che crea dipendenza.

Da quando mi ero svegliato, non ero riuscito a toccare un'altra donna. Ismerelda era l'unica che desideravo. E non era per mancanza di offerta. Avevo un intero buffet di vergini di sangue tra cui scegliere, e nessuna di loro mi aveva attratto come Ismerelda in quel momento.

In parte era a causa del nostro legame. Ma sospettavo

che ci fosse qualcosa di più profondo. L'avevo scelta per un motivo. E non vedevo l'ora di scoprirlo.

Lei si spostò in avanti, afferrando i pantaloni e abbassandoli, rivelando il mio cazzo. Eppure, non smise di sostenere il mio sguardo, anche mentre scendeva dal letto e si sistemava sul pavimento, continuando a spogliarmi.

Averla in ginocchio davanti a me era molto più eccitante, soprattutto perché potevo vedere il suo viso. La sua espressione. *E quegli occhi incredibili.*

Era come se fossi stato drogato, la mia ossessione per lei cresceva di secondo in secondo. Ma la cura era molto semplice: scoparla.

Solo che non volevo fare le cose di fretta. Volevo gustarmi il momento. Soddisfare ogni voglia. *Sentirmi finalmente vivo.*

Non mi aspettavo di provare nulla di simile, ma non mi dispiaceva. Così come il tocco delicato di Ismerelda sulle mie gambe, mentre mi sfilava i pantaloni e i calzini.

La sua bocca catturò la mia attenzione, facendomi immaginare le sue labbra umide e carnose intorno al mio cazzo. Me lo avrebbe succhiato a fondo, continuando a guardarmi con i suoi occhi da gatta. *Sì, sì, è quello che voglio.*

Ma desideravo anche assaggiarla. Per bene. Non solo un morso.

Abbiamo il resto della notte e tutta la giornata, pensai, appoggiandole una mano sulla testa e accarezzandole i capelli. *Non c'è bisogno di fare le cose di fretta. Posso scoparla come e quanto voglio.*

E non avrei mai dovuto smettere.

Era mia.

Il mio giocattolo.

La mia eterna fonte di sangue.

La mia *erosita.*

«Mi devi ancora il dessert» le dissi, decidendo che sarebbe stato un ottimo punto di partenza. «Voglio divorarti finché non riuscirai più a camminare». E, in cambio, le avrei dato qualcosa da ingoiare. «Torna sul letto, piccola leonessa. E siediti sulla mia faccia».

Izzy

Strinsi le cosce, con il sangue che mi incendiava le vene, assorbendo le parole di Cam.

«Siediti sulla mia faccia».

In tutto il tempo trascorso insieme, Cam non mi aveva mai detto nulla del genere. Non mi ero nemmeno resa conto che mi sarebbe piaciuto, finché non ebbe pronunciato quell'ordine.

Ora non riuscivo a smettere di ripetermelo nella mente, mentre lui saliva sul letto. I suoi muscoli si fletterono a ogni movimento, regalandomi un'affascinante visuale del suo fisico atletico.

Così tanta forza.

Così tanta bellezza.

Così tanta *letalità*.

E voleva che premessi la parte più delicata di me sulla parte più brutale di lui.

Deglutii a fatica.

Voleva mordermi di nuovo. Glielo lessi nell'espressione famelica con cui sistemò la testa sul cuscino.

Mi farà male? Mi lascerà di nuovo a guarire da sola?

Mi aveva detto che voleva divorarmi finché non fossi più riuscita a camminare.

Un brivido mi corse lungo la schiena. *Fino a che punto si sarebbe spinto?*

Sarebbe bastato per abbattere la barriera tra le nostre menti? Ne dubitavo.

Ma non avevo altra scelta.

Vuole rimpiazzarmi. Mi accigliai. *Perché Lilith l'ha programmato a pensare in questo modo.*

Beh, lo avrei riprogrammato e avrei fatto in modo che si ricordasse di me. Anche se fosse stato doloroso.

Mi alzai e posai un ginocchio sul letto, guardandolo negli occhi. *Sarai di nuovo mio. Te lo giuro.*

Le sue labbra fremettero appena, come se i miei pensieri lo divertissero. Ah, se avesse potuto realmente sentirmi, sarebbe andato fuori di testa.

Ecco perché dovevo assecondarlo. Per eliminare ogni blocco mentale, per sfruttare un momento di debolezza nel pieno della passione e farmi strada con la forza.

La sua espressione mi disse che non sarebbe stato facile. Il predatore si stava già preparando a combattere, nonostante non sapesse nemmeno quale lotta stessimo per affrontare.

Avrebbe potuto distruggermi senza problemi. Lo sapevo. Ma rifiutavo di accettare che rimanesse per sempre in quello stato. Il mio Cam esisteva da qualche parte dentro quell'uomo crudele, e niente e nessuno mi avrebbe impedito di cercarlo.

I suoi occhi seguirono pigramente ogni mio movimento. Mi sentivo proprio come una preda braccata, consapevole che stavo per essere divorata da un vampiro con le zanne affilate. Il mio battito accelerò man mano che mi avvicinavo, i miei palmi erano umidi di sudore. Non riuscivo a capire se fossi spaventata, eccitata o una folle combinazione di entrambe.

Mi fermai accanto a lui, valutando quale fosse il modo migliore per mettermi a cavalcioni sulla sua faccia.

Inarcò appena un sopracciglio perfetto e disse: «Nervosa, *piccolo cigno*?».

Quel nomignolo mi era sempre sembrato così dolce. Eppure, quella versione di lui lo rendeva più simile a un insulto.

O forse lo intendeva come una sfida.

Afferrai la testata del letto e feci per muovermi, ma mi afferrò i fianchi e mi bloccò. «Al contrario, Ismerelda. Voglio che nel frattempo mi succhi il cazzo».

Appoggiai le mani sul letto, ai lati di Cam, mentre lui mi sollevava il bacino. Spalancai automaticamente le gambe, sistemandomi sui cuscini. Ma niente di tutto questo frenò il battito caotico del mio cuore.

Cam non mi aveva mai trattata così.

Mi aveva sempre dato il tempo di adattarmi, di mettermi a mio agio, di…

La sua lingua seguì i contorni del mio sesso, facendomi sussultare per la sorpresa. «Deliziosa» mormorò, facendomi tremare le gambe.

Era come stare con un altro uomo. Qualcuno che non avevo mai incontrato prima. *Un estraneo.*

È come se stessi tradendo Cam?, mi domandai, sconcertata da quello che stavo provando. *No. È sempre lui. Ma non… non la versione che conosco io.*

«Mmm… forse sei davvero un cigno». Le sue parole si infransero sul mio clitoride mentre mi allargava ulteriormente le gambe, facendomi sedere sulla sua faccia. «Una leonessa mi starebbe già succhiando il cazzo».

Mi posò una mano sul sedere e cominciò a risalire lentamente lungo la mia schiena.

«Devo guidarti io?». Il suo tono racchiudeva una sottile provocazione che mi sembrò ancora più minacciosa, con la sua bocca così vicina al mio sesso. «È di questo che hai bisogno?».

Le mie dita affondarono nelle lenzuola ai lati del suo addome, mentre la sua mano continuava a risalire verso le mie scapole.

Non è una novità, mi dissi. *L'abbiamo già fatto, in passato.*

Solo che, all'epoca, mi fidavo di Cam e sapevo che non mi avrebbe fatto del male. Ora… ora non ne ero così sicura.

Tuttavia, era anche eccitante. Forse perché sembrava tutto così nuovo. L'incertezza della nostra situazione accese un fuoco dentro di me, che mi spinse a voler sperimentare quel nuovo lato di Cam e accogliere la sua oscurità.

A voler essere trattata come una persona forte, non un esserino delicato.

Come sua pari.

Un'idea stupida, vista la sua età e la sua esistenza soprannaturale. Ma lì, in camera da letto, potevo tenergli testa. Potevo mettere in ginocchio il *re*.

Perché me lo stava lasciando fare, senza essere lui a dettare il ritmo o assicurarsi ogni due minuti che stessi bene. La versione di Cam stesa sotto di me mi diceva cosa voleva senza mezzi termini.

E trovavo quella schiettezza quasi confortante, seppure spaventosa.

Vuole la mia bocca su di lui, pensai, mentre il suo palmo raggiungeva la mia nuca. *Okay*.

Lo avrei fatto andare fuori di testa.

Mi chinai in avanti prima che potesse costringermi a

farlo, sfiorando con le labbra la sua lunghezza, per poi trascinare la lingua fino alla base.

Il suo corpo si tese sotto il mio, le sue dita si avvinghiarono intorno al mio collo. «*Ancora*» ringhiò sul mio clitoride.

Sorrisi. Il desiderio con cui aveva pronunciato quell'unica parola mi rese ancora più sicura di me.

Era qualcosa che sapevo fare.

Perché nonostante Cam non fosse il Cam che ricordavo, nel corso degli anni avevo imparato a padroneggiare il suo corpo. Ed era passato più di un secolo dall'ultima volta che aveva sperimentato il mio tocco, la mia lingua, i miei *denti*.

Lo mordicchiai appena, strappandogli un sibilo. La sua presa si strinse ancora di più, il suo desiderio alimentava il mio. Sentivo la mia eccitazione colargli in bocca. Il mio corpo era pronto per averne di più, nonostante il piacere che mi aveva inflitto solo qualche ora prima.

Era passato così tanto tempo. *Troppo*.

Non era così che avevo immaginato il nostro primo incontro, ma ciò non impedì al mio corpo di reagire al suo compagno.

Il mio Cam.

Trascinai i denti lungo il suo sesso, tornando di nuovo verso la punta, e leccai l'eccitazione che mi attendeva. Il suo sapore mi era familiare, il suo gemito ancora di più.

Da quell'angolazione, non potevo vedere la crudeltà che si annidava nei suoi occhi, né l'espressione estranea sul suo splendido viso. Così immaginai gli sguardi che conoscevo e adoravo, quelli che mi dicevano che gli appartenevo, per sempre, a prescindere da tutto.

Quella devozione alimentò il fuoco che mi incendiava le viscere, facendomi stringere le cosce intorno a lui. Non mi aveva ancora morsa, ma continuava a respirare sulla mia carne fradicia, stuzzicandomi con la promessa di darmi di più.

Glielo presi in bocca, decisa ad avere la meglio. L'imprecazione che gli strappai vibrò sul mio sesso, facendomi gemere intorno alla sua erezione, mentre lo accoglievo sempre più in fondo alla gola.

Sì, pensai, crogiolandomi in quei gesti per me naturali, che avevo compiuto migliaia di volte.

Le dimensioni di Cam si erano sempre adattate perfettamente a me. O forse aveva insegnato al mio corpo ad accettare il suo. In ogni caso, conoscevo quelle sensazioni. Conoscevo *lui*.

E glielo dimostrai con ogni carezza della lingua.

«*Cazzo*, Ismerelda». Le sue dita si aggrapparono dolorosamente ai miei capelli. Mi afferrò il sedere con la mano libera, mentre la sua bocca si chiudeva sul mio clitoride.

Ansimai intorno alla sua erezione, il mio corpo sussultò in risposta al suo bacio rovente. Me lo ero aspettato, ma non era nulla in confronto al *sentirlo*.

Non si trattenne, succhiandomi come se fossi effettivamente il suo dessert. Era più violento del solito, intenso e accompagnato dalla minaccia delle sue zanne.

Strinse ulteriormente la presa sui miei capelli, costringendomi a prenderlo più in profondità, il suo desiderio era palpabile. Non c'era nessuna premura da parte sua. Nessuna preoccupazione di farmi del male. Solo pura *lussuria*.

Era il lato di Cam che mi aveva nascosto, il mostro che aveva dentro e che temeva potesse farmi del male.

Liberare quella parte spietata di lui avrebbe dovuto terrorizzarmi, ma non potei fare altro che accoglierla.

Gli permisi di spingermi sul suo cazzo, prendendolo in

profondità, anche se a fatica, cercando di non avere conati di vomito intorno alla sua durezza.

Essere alla sua mercé mi sembrava… naturale.

Come se fossimo sempre stati destinati a comportarci in quel modo, come se avessi sempre dovuto lasciargli il controllo e abbandonarmi a lui.

Eppure, era diverso da qualsiasi cosa avessimo mai fatto prima, e quella sensazione di novità suscitava uno strano formicolio dentro di me.

Uno strano formicolio che Cam accentuò con ogni sferzata della sua lingua.

I muscoli delle mie cosce si tesero, la mia attenzione si divise tra il soddisfare lui e l'estasi che stava scatenando dentro di me.

«Sei come una droga, piccola leonessa». Le sue parole si riverberarono sul mio sesso, facendomi fremere fin nelle profondità del mio essere.

Com'è possibile che sia già così vicina?, mi meravigliai.

Poi mi ricordai del suo sangue.

Oh, cielo…

Il sangue di vampiro acuiva i nostri sensi, rendendo noi mortali ipersensibili a *tutto*. Non c'era da stupirsi che stessi bruciando per lui. Non si trattava solo di quanto tempo fosse trascorso dall'ultima volta, ma di come il mio corpo fosse pronto a esplodere per lui.

«Passerò tutta la notte a scoparti la bocca». Si spinse in alto per sottolineare il concetto, facendomi venire un conato di vomito. «Poi ti prenderò davanti…». Il suo pugno si strinse, strattonandomi dolorosamente i capelli. «… e dietro».

Mi morse il clitoride, suscitando uno strillo che fu attutito dalla sua erezione. E che lui mise del tutto a tacere con un altro movimento del bacino.

«Ogni parte di te mi appartiene» ansimò, sollevando i

fianchi dal letto e spingendomi la testa verso il basso, scopandomi la bocca proprio come aveva detto.

Rilassai la gola il più possibile, decisa a prenderlo, a tentarlo fino a farlo crollare. Perché sapevo quanto fosse fragile la sua mente nel pieno dell'orgasmo, quanto avrebbe potuto aprirsi alla nostra connessione.

Torna da me, Cam, gli sussurrai. *Cedi e ricordati di me.*

I suoi denti mi lambirono il clitoride. «Farai meglio a ingoiare, Ismerelda» mormorò. «Anche mentre gridi».

Mi concesse a stento un secondo per respirare. E poi le sue zanne affondarono nella mia carne più delicata, facendomi precipitare nell'orgasmo, con il suo cazzo che mi pulsava in bocca.

Oh, sto… sto per ann… sto per annegare…

Non c'era nulla di tenero in quello che stava accadendo. Era animalesco. Feroce. *Violento.* Perché continuò ad affondare nella mia bocca, senza lasciarmi altra scelta che ingoiare, mentre l'estasi mi rubava la vista e i pensieri.

Non potevo fare altro che prenderlo, preda di un'euforia mai provata prima. Perché quello… Quelli non eravamo noi. Non era il modo in cui facevamo l'amore.

Questo è il modo in cui la sua bestia scopa.

Il predatore che non ho mai realmente incontrato.

Il vampiro nel profondo della sua anima.

I miei polmoni gridarono mentre continuavo a ingoiare. Non riuscivo a respirare, non potevo, il suo sesso mi stava soffocando. La sua mano mi bloccava la testa, il suo bacino spingeva. I miei occhi si riempirono di lacrime.

Ero cieca.

Persa in una coltre di oblio.

E stavo annegando in un mare di peccato.

Cam, mormorai, cercando disperatamente di superare

il muro che ci divideva. Ma era troppo spesso, troppo impenetrabile.

Questo non è... Di solito non... Sputacchiai, solo per essere costretta a ingoiarne ancora di più.

Stava ancora venendo.

E anch'io, con le sue zanne conficcate nella carne che esigevano che mi sottomettessi e accettassi di più. Un altro orgasmo. Una penetrazione più profonda. La mancanza di ossigeno.

La mia vista si annebbiò.

I miei polmoni bruciavano.

Il mio stomaco era in preda alle convulsioni, mentre l'estasi seduceva la mia stessa anima.

Nulla aveva senso, il mio controllo era svanito nel momento in cui lui aveva preso il comando. Ero solo un giocattolo. Un oggetto da scopare. Da usare. E lui era un animale che stava sfogando più di un secolo di desiderio.

Sussultai quando la mia schiena colpì il materasso, il mondo si era improvvisamente rovesciato. Il mio petto pianse di gioia per la nuova fonte di vita, la mia bocca si appropriò avidamente di tutto l'ossigeno di cui avevo bisogno. Ma poi tutto si mosse di nuovo, la mia testa si capovolse...

No, non esattamente.

Solo appena oltre il bordo del materasso.

Non...

Il sesso di Cam fu di nuovo sulle mie labbra, affondandovi dentro e rubandomi ancora una volta il respiro.

Cazzo... Facendo penzolare la mia testa sul lato del letto, aveva ricominciato a scoparmi la bocca con rinnovata energia.

Mi sentii soffocare. L'angolazione lo lasciava entrare

troppo a fondo, e il mio corpo non era ancora pronto per riprendere.

Ma non c'era modo di fermarlo. Non servì a nulla nemmeno conficcargli le unghie nelle cosce, un gesto che mi resi conto di aver compiuto solo in quel momento. Anzi, sembrò renderlo ancora più aggressivo. La sua voce aleggiò sopra di me, elencando tutto quello che voleva farmi.

«Ora ingoierai di più» mi disse. «Molto di più». La sua bocca tornò sul mio sesso. Mi contorsi in segno di protesta, non ero pronta. «E anch'io». Le sue zanne affondarono ancora una volta nella mia carne, gettandomi in un vortice oscuro.

Era… era bello.

Faceva male.

Era troppo.

Eppure non lo era.

Il suo sangue, pensai, ormai delirante. *Il suo sangue mi sta curando, mentre Cam mi sta uccidendo.*

Mi tenne sveglia. Cosciente. Mi torturò con delle leccate incredibilmente gratificanti, seguite da una meravigliosa agonia.

Cercai di pronunciare il suo nome, di implorarlo di concedermi un minuto per riprendermi, ma le parole mi uscivano in un gorgoglio soffocato intorno alla sua erezione.

Tutto questo ucciderebbe un'umana normale, pensai. *O almeno romperebbe qualcosa.*

Ma io… io non ero un'umana come tutte le altre. La mia anima era legata a una creatura antica, e quella creatura mi aveva dato da bere la sua essenza.

Cambiando tutto.

Rendendomi più resistente.

Ma non impedendomi di provare dolore.

Né di temere tutti i modi in cui avrebbe potuto farmi male. *Nonostante sia il mio Cam, non è il mio Cam.* Un pensiero che mi stordì, mentre il suo cazzo cominciava di nuovo a contrarsi.

Di già?, mi meravigliai. *O è passato più tempo di quanto pensassi?*

Non riuscivo a tenere traccia dei nostri movimenti, la mia mente era persa in una nube orgasmica. Tuttavia, cercai di deglutire. O almeno credetti di farlo. Il mio corpo non aveva molta scelta. O quello, o annegare nel suo seme.

Cam…

Ancora nulla. Quel muro… non… *non riuscirò mai a infrangerlo.*

Avevo trascorso più di cento anni a cercare di attraversarlo, di parlare con il mio compagno. Ma niente aveva funzionato.

Nemmeno questo.

Una lacrima mi sfuggì dall'occhio, frutto di una sofferenza emotiva, non fisica. Ma subito sparì tra le altre. Il mio viso era una maschera di dolore, piangevo e succhiavo, mentre lui usava la mia bocca come un buco senza fine, incurante del fatto che ne avessi bisogno per *respirare.*

Sentivo le membra intorpidite a causa della mancanza di ossigeno. O forse perché stava continuando a bere.

Posso morire dissanguata, così?, mi domandai. Non si stava nutrendo da un'arteria, ma di certo si stava saziando tra le mie cosce.

Non riuscivo più a sentire il clitoride.

Probabilmente era una benedizione.

Solo che quello era Cam. L'amore della mia vita. Colui che avrebbe dovuto proteggermi. Accudirmi. Farmi sentire una regina.

Ma non c'era nulla di *regale* in quello che stava accadendo.

Mi sta uccidendo di nuovo. Il suo sangue lo avrebbe permesso? O mi avrebbe condotta sull'orlo del baratro, per poi dover recuperare senza nemmeno la consolazione dell'incoscienza?

Rabbrividii al pensiero, chiudendo gli occhi e immaginando quella possibilità morbosa.

Mi sembrava tutto freddo. Troppo. *Fa male*.

Era come se i miei polmoni fossero congelati, l'aria filtrava con fitte dolorose che mi strappavano una smorfia a ogni respiro. Eppure, qualcosa di caldo mi lambì la gola.

Sta venendo di nuovo?, ipotizzai, disorientata.

Volevo trovare un modo per entrare nella sua mente. E invece, era stato lui a prendersi gioco della mia. Facendomi credere che sarebbe stato facile rievocare il mio ricordo, liberando il mio Cam da qualunque fossa in cui lo aveva seppellito Lilith.

Mi sono sbagliata. Oh, come mi sono sbagliata.

Forse era stato vedere come si era comportato con Michael ad avermi dato un po' di fiducia. In un certo senso, aveva preso le mie difese, mostrando il suo lato possessivo abbastanza a lungo da accendere un barlume di ottimismo nel mio cuore.

Ma ora quell'ottimismo era sparito.

Perduto, e con lui la mia dignità.

Ma l'avrei ritrovata. Sempre che fossi sopravvissuta.

Il torpore prese il sopravvento, facendomi piombare in un mondo di tenebre. *Sì, mi sta uccidendo*. Mi restavano forse pochi minuti prima della fine.

Poi mi sarei svegliata.

Solo per vivere di nuovo quell'inferno…

CAM

«DELIZIOSA» mormorai, sfiorando con le dita i capelli di Ismerelda. Tenni la mano opposta vicino alla sua bocca, con la ferita aperta sul polso premuta sulle sue labbra.

Non poteva sentirmi. Le avevo indotto il sonno per aiutarla a guarire.

Non sapevo perché mi fossi sentito in dovere di farlo, ma mi sembrava giusto. Ismerelda non meritava di soffrire, soprattutto dopo l'immenso piacere che mi aveva appena offerto.

C'era anche il vantaggio che si sarebbe ripresa più in fretta, così avremmo potuto continuare a scopare. O almeno era ciò che continuavo a ripetere a me stesso, per consolare quella parte di me che si preoccupava di essere troppo premurosa con la mia *erosita*.

C'era un motivo se mi apparteneva.

Assicurarmi che si riprendesse andava anche a mio beneficio. Più era in salute, più potevo giocare con lei.

Il fatto che prendermi cura di lei mi facesse sentire bene non aveva alcuna importanza.

«Avrei dovuto concederti qualche minuto per riprenderti» ammisi, valutando la nostra unione e capendo quale fosse stato il mio errore. «È passato del tempo dall'ultima volta che avevo scopato con un'umana. Ovviamente. E mi ero dimenticato di quanto fosse vulnerabile la vostra specie».

Se Ismerelda fosse stata una vera mortale, l'avrei sicuramente uccisa, spezzandole accidentalmente il collo o facendola soffocare con il mio cazzo.

Mi era già successo diverse volte, durante la mia gioventù. Prima che imparassi a controllare la mia forza.

Ma era passato troppo tempo da quando mi ero goduto i piaceri di una femmina, della *mia* femmina. Il controllo che avevo avuto sulla mia bestia si era spezzato nel momento in cui ero entrato nella sua bocca. Avevo sentito il bisogno di marchiarla dall'interno, di riversare la mia essenza dentro di lei e di esigere che prendesse tutto ciò che avevo da dare.

E lei lo aveva fatto.

«Perché sei perfetta» osservai ad alta voce. «È per questo che ti ho tenuta con me». Per la sua capacità di sopportare la mia violenza. «Una vera leonessa».

Allontanai il polso dalla sua bocca, certo di averle dato sangue a sufficienza per accelerare la sua guarigione.

«Dormi» mormorai, cullandola in un più profondo stato di incoscienza.

L'avevo tenuta di proposito in una sorta di dormiveglia, per assicurarmi che inghiottisse la mia essenza senza soffocare, ma ora volevo che riposasse per bene.

Almeno finché il mio sangue non avesse fatto il suo dovere.

Dopodiché, l'avrei scopata di nuovo.

E ancora.

Finché non fosse più riuscita a camminare.

Scesi giù dal mucchio di lenzuola spiegazzate e andai in cucina per bere qualcosa. Il vino rosso era privo del tocco personale di Ismerelda, e quel pensiero mi spinse a lanciarle un'occhiata.

Avevo allestito una stanza apposta per lei, eppure non volevo che la usasse. Strano come un'unica giornata avesse cambiato la mia prospettiva. Ma era così bella sul mio letto, con i capelli biondi sparsi sulle lenzuola nere e il colorito acceso per effetto del mio sangue.

Mmm, non vedo l'ora di divorarla di nuovo, pensai, ammirando il suo seno nudo. *Riprenditi in fretta, piccola leonessa. Ho voglia di…*

I miei pensieri furono interrotti da un bussare deciso, che riecheggiò in tutto l'alloggio.

L'intrusione mi strappò una smorfia infastidita. Ero stato molto chiaro con Michael, non doveva assolutamente disturbarmi. Quindi, o la mia progenie aveva voglia di morire, o qualcun altro aveva deciso di sfidare la sorte.

Appoggiai il calice di vino sul ripiano e tornai verso il letto per recuperare i boxer. Dopo averli indossati, coprii Ismerelda; non volevo che nessun altro potesse godersi lo spettacolo del suo corpo nudo.

Avvicinandomi alla porta, l'odore familiare della donna dall'altro lato mi solleticò il naso.

Non è Michael.

Ma non ero sicuro che l'intrusa in corridoio fosse tanto meglio.

Aprii la porta e guardai Mira con un sopracciglio inarcato. Le avevo detto di non farsi vedere finché non avesse attuato le dovute modifiche al sistema di sicurezza, impedendo così la fuga dei Benedetti.

E dubitavo che ci fosse già riuscita.

Mi appoggiai allo stipite e incrociai le braccia sul petto, chiarendo con la mia postura che non avevo nessuna intenzione di invitarla a entrare.

«Mi dispiace disturbarvi, mio signore» disse. «Ma dobbiamo parlare della riunione fissata da Lilith. È tra tre giorni e, a essere sinceri, mio re, non siamo pronti per affrontare l'Alleanza. Non con tutti questi problemi tecnici e con le falle nella sicurezza».

Beh, almeno era andata dritta al punto. «Presumo che tu abbia qualche suggerimento».

«Sì. Penso che sia il caso di registrare un video in cui annunciate il vostro ritorno e fate sapere all'Alleanza che la riunione è rimandata alla prossima settimana. Porterò personalmente il filmato a Lilith City e mi assicurerò che venga trasmesso a tutti».

«Capisco». La osservai per qualche istante, il suo ragionamento non mi sembrava particolarmente sensato. «Hai già risolto i nostri problemi con la sicurezza?».

Era impossibile che fossero stati in grado di farlo nel giro di qualche ora.

Probabilmente non avevano ancora catturato tutti quelli che erano fuggiti durante il blackout. E anche se ci fossero riusciti, avrebbero dovuto essere ancora impegnati a rimetterli in gabbia.

Un muscolo si contrasse nella mascella di Mira. «No, mio signore. Non esistono protocolli per una situazione simile, perché non era mai stata prevista dalla precedente gestione».

«Intendi Lilith».

«Sì» rispose con un pizzico di fastidio.

Probabilmente perché avevo incaricato Mira di sistemare tutto il casino combinato dall'altra donna.

O forse era irritata quanto me dal fallimento di Lilith.

«Ed è per questo che vi ho suggerito di rimandare la

riunione» continuò. «Considerato tutto quello che ho visto di sotto, non siamo pronti per affrontare l'Alleanza».

Normalmente, le avrei fatto notare che non spettava a lei prendere una decisione del genere. Ma la pensavo come lei. E avevo apprezzato la sua schiettezza.

Tuttavia, c'era un punto su cui non ero d'accordo. «Perché devi andare fino a Lilith City per trasmettere il messaggio? Puoi farti aiutare da Helias, Sofia o Hazel, no?».

Le loro regioni confinavano con quella che un tempo era l'Italia, rendendole più vicine di Lilith City, che in passato era nota come Chicago.

Ci rifletté sopra per qualche istante, poi annuì. «Sì, immagino di sì». Ma lo disse lentamente, facendomi inarcare un sopracciglio.

«Non ne sembri così sicura».

Si strinse nelle spalle. «Ho trascorso più di un secolo a fingere di essere la compagna obbediente di Luka. Non mi era neanche passato per la mente di poter avventurarmi nel territorio di un altro reale a vostro nome, o di rendere nota la mia identità».

Mmh, pensai. «Tutti credono che tu sia solo una normale licantropa».

«Sì, esatto». Aggrottò la fronte. «Anche se probabilmente ora si sta già spargendo la voce sulla mia vera natura, visto che Jace e Darius hanno scoperto il mio segreto».

«Un'altra falla nella sicurezza di Lilith» borbottai, pensando alla facilità con cui Jace e la sua nuova *erosita* si erano infiltrati nei diversi bunker.

Certo, Damien li aveva aiutati. Ma aveva avuto successo perché era riuscito ad hackerare il telefono di Lilith.

E ciò suggeriva che i suoi protocolli non fossero poi così solidi.

O forse è semplicemente molto bravo.

In ogni caso, era l'ennesima conferma del fatto che l'operazione di Lilith fosse piena di punti deboli.

E a me non piacevano i punti deboli.

Tuttavia, non potendo fare molto per rimediare alle sue mancanze, avevo scelto di sfruttare la situazione a mio vantaggio e avevo permesso a Jace di curiosare in giro. Speravo che lo avrebbe aiutato a capire lo scopo del nostro lavoro, magari facendolo passare dalla nostra parte.

Solo che aveva lasciato che fosse *Calina*, la sua *erosita*, a condurre le ricerche.

E lei si era concentrata sulle sue origini, scoprendo di essere il prodotto dello sperma di Michael e di un ovulo di Mira, che l'avevano resa una creatura immortale unica nel suo genere.

Peccato che Lilith non fosse riuscita a riprodurre l'esperimento.

C'era qualcosa nella madre surrogata, un'umana dal sangue dorato, che era stata fondamentale per dare alla luce Calina.

Purtroppo, i miei fratelli avevano ucciso tutti gli umani dal sangue dorato rimasti al mondo. Gli unici con dei geni simili erano i vergini di sangue.

Saporiti, certo.

Ma inutili per partorire creature immortali.

Per questo eravamo passati ai Benedetti.

«Se vado in superficie, forse posso collegarmi a un satellite e aprire le comunicazioni con uno dei reali più vicini. Volete che ci provi?» chiese Mira.

«Quale reale contatteresti?» le domandai, curioso di sapere chi ritenesse degno di fiducia. Io avevo già le mie opinioni in merito, sulla base delle registrazioni di Lilith, ma forse Mira aveva una prospettiva diversa.

«Helias» rispose senza esitare. «Ne sarà lusingato».

«E Hazel?» insistetti.

«Hazel non ha mai amato Lilith» disse Mira. «Non sarebbe affidabile».

«E per quanto riguarda Sofia?».

«È un'incognita. Come Khalid e Naomi».

Annuii. Corrispondeva all'idea che mi ero fatto sulla base dei rapporti di Lilith. Certo, avrei dovuto incontrare anche tutti gli altri reali per verificare di persona la loro lealtà. Gli unici su cui non avevo dubbi erano Kylan, Ryder e Jace, che erano nettamente schierati dalla parte della rivoluzione.

I licantropi avrebbero richiesto tutt'altra valutazione.

Inclusa quella davanti a me, pensai, osservando Mira. Ma non dissi nulla, limitandomi ad allontanarmi dallo stipite e a entrare, lasciando la porta aperta in modo che mi seguisse.

Si era dimostrata alquanto utile, con un approccio e una visione che rivaleggiavano con i miei. *Forse la metterò ancora un po' alla prova*, pensai, andando in cucina a versarmi un altro bicchiere di vino rosso. Era quello che Ismerelda aveva detto che mi sarebbe piaciuto e, beh, non si sbagliava. Ne apprezzavo il piacevole retrogusto affumicato.

Anche se non era nulla in confronto al suo sangue. Quello aveva un sapore completamente diverso. *Dolce. Inebriante. Mio.*

Sospirando, mi portai il bicchiere alle labbra e sbirciai verso la splendida bionda stesa sul letto. Il suo respiro regolare mi diceva che stava riposando, ma avevo percepito un leggero cambiamento nel suo battito cardiaco, che suggeriva che stava per svegliarsi.

Bene. Possiamo continuare da dove ci eravamo interrotti.

Ma, nel frattempo, avrei fatto un gioco con la licantropa appena entrata nel mio soggiorno.

«Hai preparato un discorso per me?» le chiesi, riferendomi al messaggio che aveva suggerito di trasmettere all'Alleanza.

Le sopracciglia chiare di Mira si abbassarono, e i suoi occhi gelidi si strinsero in un'espressione diffidente. «No. Sono solo venuta a esprimere un suggerimento, mio signore. Non mi permetterei mai di parlare a nome vostro».

Mmh. «Già...» mormorai. «Ma Lilith lo farebbe».

La licantropa si irritò. «Io non sono Lilith».

«No, non lo sei». Bevvi un altro sorso di vino e la guardai negli occhi, riflettendo sulla situazione e sul suo potenziale valore.

Fino a quel momento, si era dimostrata utile. Aveva tenuto al sicuro la mia *erosita* e me l'aveva consegnata. Era anche riuscita a mantenere la sua fedeltà segreta per più di un secolo, fornendo informazioni sui ribelli a Lilith.

E ora era lì davanti a me, in attesa di ordini, come una brava soldatina.

Eppure, non potevo ignorare il luccichio calcolatore nel suo sguardo gelido.

C'era qualcosa, in lei, che spingeva il mio istinto a mettermi in guardia. Mi era difficile fidarmi di lei, nonostante tutte le prove che indicavano la sua indiscutibile lealtà.

Mmh. Quanto sarà sincera con me? Sarà diretta o si nasconderà dietro giochi di parole?

C'è solo un modo per scoprirlo...

CAM

«Dimmi la tua sincera opinione sull'operazione e cosa faresti diversamente». Un ordine, non una richiesta.

Mira non reagì al cambio di argomento, la sua espressione si fece pensosa. «Beh, l'infrastruttura è solida».

Inarcai un sopracciglio. «Cioè?».

«Costruire i tunnel con i laboratori sotto le catacombe è stata una mossa intelligente. Non solo questo è considerato un territorio neutrale, ma anche sacro. A nessuno verrebbe mai in mente di curiosare qua sotto. E anche se ci pensassero, sarebbe difficile entrare senza che nessuno se ne accorgesse».

«Vero» concordai. Era una posizione strategica, ma anche carica di significato, perché era il luogo dove riposavano i Benedetti. Solo che non eravamo lì per celebrare il loro sonno. Eravamo lì per assicurare la nostra sopravvivenza.

Ma si trattava comunque di un luogo simbolico, intriso di potere.

Perciò aveva senso che avessimo costruito qui il nostro quartier generale.

«Detto questo, Lilith ha assoldato vigilanti umani» disse Mira con una nota di fastidio.

Sorseggiai il vino, in attesa che continuasse, mentre il predatore dentro di me monitorava il battito cardiaco dell'umana presente nella stanza.

Le pulsazioni di Ismerelda erano aumentate ancora un po', a conferma del fatto che avevo ragione a pensare che stesse cominciando a tornare in sé. Potevo ipnotizzarla e costringerla a continuare a dormire, ma preferivo averla bella sveglia al più presto.

Perché, che fosse cosciente o meno, avevo tutte le intenzioni di ricominciare a scopare con lei, non appena Mira avesse lasciato la stanza.

Invitai Mira a proseguire con un cenno della mano, curioso di ascoltare la sua valutazione. Velocemente, se possibile, perché avevo altro a cui dedicarmi.

Mira mi guardò con un'espressione che diceva che la sua affermazione non avrebbe potuto essere più chiara di così. Aveva ragione, ma volevo comunque che mi illustrasse il suo punto di vista nei minimi dettagli.

«Capisco il senso di creare quella posizione, in modo che gli umani abbiano qualcosa per cui competere» disse lentamente. «Ma i mortali sono troppo fragili, non posso sorvegliare efficacemente i bunker e il quartier generale delle nostre operazioni».

Invece di mostrarmi d'accordo con lei, mi limitai a finire il mio vino.

«Inoltre, l'operazione dipende troppo dalla tecnologia» aggiunse. «Come stiamo scoprendo, può essere compromessa facilmente. E anche rivelare troppo. Voglio dire, ogni aspetto della nostra operazione è costantemente filmato. E se Damien avesse avuto accesso ai video?».

«Non sappiamo ancora se si tratta di Damien» le ricordai.

«È sicuramente Damien» tagliò corto. «Ne sono sicura. Ma non è importante *chi* sia il colpevole. Il vero problema è che il nostro sistema di sicurezza fa troppo affidamento sulla tecnologia. E per proteggerlo abbiamo degli *umani*. È una falla enorme, che dobbiamo risolvere al più presto».

Mmh. Una valutazione logica. E sincera.

«Cosa suggeriresti di fare, Mira?».

«Per prima cosa, ridurre la sorveglianza» rispose immediatamente. «Monitorare i vergini di sangue ha senso, ma registrare tutti i nostri esperimenti con i Benedetti no. È un segreto che non deve diventare di dominio pubblico troppo presto, giusto? Ma allora, perché stiamo filmando tutto? Perché renderci vulnerabili?».

«Perché Lilith voleva documentare ogni cosa». Soprattutto per aggiornarmi non appena mi fossi svegliato. Ma Mira aveva ragione: quelle registrazioni ci rendevano vulnerabili a possibili fughe di notizie.

«Forse non avrebbe dovuto» borbottò Mira. «Se venissero alla luce i filmati di quello che stava facendo ai licantropi…».

Annuii. «L'incontro con l'Alleanza sarebbe a dir poco stressante».

Ovviamente, Jace e Darius avevano già visto alcuni di quei filmati. Sarebbe stata solo questione di tempo, prima che li condividessero con gli altri. Alimentando la ribellione.

A meno che non riuscissi a convincerli a sostenere la nostra causa.

Un'impresa che richiederà un bel po' di persuasione.

Per fortuna, alla maggior parte dei vampiri non

sarebbe importato nulla degli esperimenti sui licantropi. Ai lupi, però, sì. E sarebbero stati furibondi.

Avrei dovuto ricordare ai licantropi quale fosse il loro posto nella gerarchia delle creature soprannaturali.

«Mi avete chiesto quale fosse la mia valutazione e cosa farei di diverso». Mira mi guardò negli occhi. «Ridurrei la sorveglianza video, in particolare sui nostri esperimenti più delicati. Smetterei di affidarmi esclusivamente alla tecnologia per garantire la sicurezza delle operazioni. E farei intervenire risorse soprannaturali fidate per fare la guardia alle strutture».

Erano tutte buone idee. Però... «L'ultimo punto non sarà facile da mettere in pratica, finché non avremo verificato la lealtà dei nostri alleati».

Abbassò il mento in un cenno d'assenso. «Sì. E per assicurarci i suddetti alleati, dovremo fornire loro dei risultati positivi».

«Che non abbiamo».

La licantropa chinò ancora una volta il capo. «Purtroppo non credo che questo cambierà, perlomeno non nei prossimi giorni. Inoltre, non possiamo svegliare Fen finché non avremo una cella adatta in cui metterlo. Una cella con una vera porta, che non sia controllata da un sistema inaffidabile».

Ero d'accordo con tutto quello che aveva detto. Ma non lo espressi a parole. Andai invece in cucina e misi il bicchiere vuoto nel lavello.

«È per questo che vi ho consigliato di rimandare la riunione. Abbiamo bisogno di rivolgerci all'Alleanza da una posizione di forza, mio signore. Solo così riusciremo a spiegare anche gli esperimenti più sgradevoli di Lilith».

«Come quelli sui licantropi».

«Esatto». Un'unica parola, ma da cui traspariva

chiaramente il suo disgusto. «Ci serve qualcosa da mostrare, qualcosa che giustifichi i nostri sforzi».

«Qualcosa che possano appoggiare, anche a costo della vita di alcuni lupi» tradussi. «Sì, sono d'accordo».

«Quindi ritenete anche voi che sia il caso di registrare un messaggio da trasmettere all'Alleanza?».

«Non credo che sia necessario un video. Basterà una semplice comunicazione scritta». Avrebbe suscitato curiosità e paura, due emozioni adatte alla riunione. «Manda un avviso che la riunione è stata posticipata di una settimana. Questo ci darà dieci giorni per risolvere tutti i problemi che abbiamo qui. A meno che non pensi che ci serva più tempo?».

«Dieci giorni saranno sufficienti per rafforzare il sistema di sicurezza, ma dubito che avremo una soluzione per quanto riguarda l'immortalità degli umani. Tuttavia, basteranno per presentare i risultati delle ricerche in una luce più positiva».

«O non li presenteremo e basta» replicai. «L'incontro sarà incentrato sul mio risveglio e sul mio ritorno al potere. Potrei semplicemente dichiarare che sto ancora esaminando il lavoro svolto da Lilith in mia assenza e che ne illustrerò i risultati in un secondo momento».

«E come gestirete i ribelli, tipo Ryder e Jace?».

Sorrisi. «Tengo a bada mio cugino da migliaia di anni. E per quanto riguarda Ryder…». Lanciai un'occhiata a Ismerelda. «Sfrutterò a mio vantaggio il suo rapporto con il fratello della mia *erosita*».

La donna stesa sul letto non si mosse né disse nulla, ma il suo battito era accelerato ulteriormente negli ultimi minuti, confermando che stava per riprendere conoscenza.

È ora di andare, pensai, riportando la mia attenzione su Mira. «C'è altro di cui vuoi parlare?».

Mi osservò per qualche istante. Il suo sguardo mi disse

che c'era *molto* altro di cui voleva parlarmi. Ma scosse la testa. Una mossa intelligente. «No, mio signore. Aspetterò che scriviate il vostro messaggio, poi organizzerò un incontro con il principe Helias».

«Bene. Te lo farò avere entro mezzanotte. Partirai a quell'ora». Ciò le avrebbe assicurato mezza giornata per pianificare tutto, mentre io mi godevo la mia *erosita.*

Scrivere un messaggio sulla necessità di rimandare la riunione non avrebbe richiesto troppo tempo né troppe energie.

Questo significava che potevo trascorrere gran parte della giornata a scopare con Ismerelda.

«E per quanto riguarda le nostre procedure qui, disattiva i feed che monitorano i Benedetti e metti di guardia solo vampiri. I vigilanti possono sorvegliare i vergini di sangue e assicurarsi che stiano in riga. Ma tieni alcuni dei nostri simili a supervisionare l'operazione».

Non era una soluzione perfetta, perché non avevamo molte guardie appartenenti alla mia specie, ma per il momento sarebbe stata sufficiente.

Mi avvicinai al letto, congedando Mira senza aggiungere altro. Ma la licantropa rimase sulla soglia. Il suo odore irritava il mio predatore interiore. Non ero dell'umore per avere un pubblico, volevo giocare con la mia *erosita* in privato.

«Sì?» chiesi, fermandomi accanto alla bellissima donna sotto le mie lenzuola.

«Ho… una domanda». La curiosità di cui era intriso il tono di Mira mi fece voltare leggermente verso di lei, inarcando le sopracciglia in una dimostrazione di muto interesse. «Lo scopo della nostra operazione è creare dei giocattoli immortali che possano sostituire ogni *erosita.* E so che, al vostro risveglio, avete passato un po' di tempo con delle potenziali candidate, alcune vergini di sangue».

Mi appoggiai al letto, in attesa che arrivasse al punto e mi facesse la sua *domanda*.

«Quindi, ora che avete ripreso confidenza con la vostra *erosita*…». Si bloccò, e il suo sguardo si spostò da me alla bionda sul letto. Forse perché, come me, aveva udito la leggera inspirazione che confermava che Ismerelda si era svegliata, o che stava per farlo.

Finalmente, pensai. Il suo battito era rimasto costante per almeno un'ora.

Mira si schiarì la voce. «Beh, mi chiedevo… Come sono le vergini di sangue, in confronto alla vostra *erosita*? Sessualmente, intendo».

Le sue parole mi fecero inarcare ancora di più le sopracciglia. «Sei curiosa di sapere se sono soddisfatto?».

Le pulsazioni di Ismerelda accelerarono. *Sì, è sveglia. E probabilmente sta pensando al modo in cui ci siamo "soddisfatti" reciprocamente un'ora fa.*

«No». Mira arricciò le labbra di lato. «Sono curiosa di sapere se il programma dei vergini di sangue è all'altezza o se necessita di essere migliorato. Vengono addestrati per eccellere, le loro abilità dovrebbero superare quelle di qualsiasi *erosita*. Volevo sapere se le capacità delle vergini di sangue che avete assaggiato sono alla pari, o migliori, della vostra *erosita*, oppure se dobbiamo lavorarci sopra».

Ah. Aveva più senso.

Purtroppo, non potevo risponderle, perché non avevo assaggiato proprio nessuno. Avevo usato le vergini di sangue solo per nutrirmi, non per scopare. Non ero minimamente attratto da loro.

Non quanto lo sono dalla donna stesa sul mio letto.

Doveva essere una conseguenza del nostro legame. Il mio corpo sembrava incapace di funzionare come avrebbe dovuto, quando ero con qualcuno che non fosse Ismerelda.

Ma non potevo certo ammetterlo ad alta voce.

La mia attrazione nei confronti della mia *erosita* era una debolezza di cui non vedevo l'ora di liberarmi. Ma non ancora.

Perciò ora dovevo agire con cautela, perché non potevo permettermi che qualcuno venisse a sapere di questa mia mancanza.

«Sto ancora valutando» dissi a Mira. «Non appena avrò realmente *ripreso confidenza* con la mia *erosita*, ti farò sapere come sono, in confronto, le vergini di sangue».

Mira mi guardò per un breve istante, poi annuì. Sembrava soddisfatta della mia risposta. «Okay. Nel frattempo, parlerò con i tecnici e con le guardie per effettuare i dovuti cambiamenti».

«Bene». E ripresi a ignorarla a favore di Ismerelda.

Stavolta Mira non aggiunse nient'altro, limitandosi a uscire.

Aspettai che la mia *erosita* facesse qualcosa, ma rimase perfettamente immobile.

«Mmh» mormorai, curioso di sapere a che gioco stesse giocando. Sembrava che stesse fingendo di dormire. Ma non avevo idea del motivo.

«Sento il battito del tuo cuore» mormorai, togliendomi i boxer. «So che sei sveglia».

Silenzio.

Un sorrisetto si fece strada sulle mie labbra. «Vuoi che ti dimostri quanto sei realmente sveglia, *piccolo cigno*?» le domandai, scivolando sotto le coperte dietro di lei.

Niente. Nemmeno il tono provocatorio con cui avevo pronunciato quel soprannome ridicolo, o forse appropriato, aveva suscitato una reazione da parte sua.

Premetti la mia erezione sul suo sedere, adorando il modo in cui le sue curve assorbivano la mia erezione. *È così perfetta*. Non vedevo l'ora di prenderla anche lì. Metterla a novanta, possedere ogni parte di lei, reclamarla come *mia*.

Ma prima volevo scopare in così tante posizioni…

Da davanti, da dietro. *Di lato*.

Se voleva fingere di dormire, bene, glielo avrei permesso. Perché farla gridare sarebbe stato ancora più esaltante.

«Vediamo per quanto a lungo riuscirai a stare in silenzio» le sussurrai all'orecchio, mentre la mia mano le afferrava il fianco. «Più a lungo fingerai di dormire, più sarai ricompensata».

Le mie labbra le accarezzarono il collo, i miei denti affilati le lambirono il punto in cui il suo battito palpitava.

Il profumo della paura mi avvolse i sensi, facendomi venire voglia di morderla. Assaggiarla. *Marchiarla*.

Ma c'era qualcos'altro in quell'aroma. Qualcosa di pungente. Un'emozione che non riuscivo a identificare. Non era eccitazione, ma quasi. Era un qualcosa di appassionato. Intenso. *Affascinante*.

Inspirai profondamente, chiudendo gli occhi.

Tenerla così mi diede tante idee. Prenderla mentre dormiva. Svegliarla con un orgasmo, per poi scoparla fino a farla precipitare di nuovo nell'oblio.

Oh, come avevo bisogno di quella donna. Era un desiderio che quasi mi faceva male, che mi travolgeva al punto di voler cedere il controllo alla mia bestia interiore.

È mia, sembrò sussurrare il predatore che era in me. *Lascia che la prenda. Lascia che la scopi*.

Le mordicchiai il collo, con il cazzo duro e pronto premuto sul suo sedere.

Prepararla sarebbe stato inutile. Il suo corpo era fatto per me, asservito ai miei bisogni, modellato per accogliere la mia aggressività.

Inoltre, prima ci eravamo già concessi dei preliminari.

Ora era giunto il momento di *scopare*, di sentirla da dentro, di vincere quella sciocca battaglia facendola urlare.

Feci scivolare il braccio sotto di lei e le afferrai la gola, mentre con l'altra mano scesi sul suo umido calore. Era già bagnata per me. Gli infiniti orgasmi di prima l'avevano preparata per il mio cazzo. Proprio come avrebbe dovuto essere.

Il suo battito fremeva sotto la mia bocca, eppure non emise alcun suono. Né si mosse di un millimetro.

Misi alla prova la sua determinazione, premendo il pollice sul suo clitoride. Il suo sedere si inarcò appena verso di me. Ma, a parte quello, nessuna reazione.

Il mio predatore interiore ringhiò in segno di approvazione, quel gioco gli ricordava molto la caccia. Seguire la preda. Strapparle una reazione. Bearsi della paura e dell'eccitazione della sua vittima.

Oh, ce l'avevo così duro. Ero pronto a prenderla. A marchiarla. A *reclamarla.*

Tutto di lei mi attraeva, anzi, mi invocava. Dal suo profumo alle sue curve, fino al modo in cui sembrava volere che sfidassi la sua piacevole sottomissione.

Ero ubriaco di lei.

È pericoloso.

È troppo.

Devo ucciderla.

Non ancora…

Potevo giocare. Assaggiare. *Scopare.*

Me l'ero goduta per mille anni. Cosa sarebbe cambiato, se avessi continuato ancora per qualche giorno? O qualche settimana? O qualche mese? Non sarebbe cambiato niente. Ma almeno mi sarei tolto completamente la voglia.

E avrei potuto sfruttarla per dare una lezione a Ryder e alla sua progenie.

Tenerla con me era la scelta più pratica. Una decisione

che mi dava piacere nell'immediato e che sarebbe servita a uno scopo a lungo termine.

Allontanai la mano dal suo sesso per afferrarle la coscia, tirando la sua gamba sulla mia.

«È ora di ruggire, piccola leonessa» le sussurrai, sistemandomi in modo che la mia erezione le si insinuasse tra le cosce.

Il suo sesso era come un bacio rovente sul mio. E con una spinta fui dentro di lei, una sensazione che minacciò il mio autocontrollo. Istinti ferini si impossessarono di me, esortandomi a liberare il mio predatore interiore.

Dammela, ringhiò la bestia. *Lascia che prenda ciò che è mio.*

Era bellissimo. *Troppo*. Non riuscivo a pensare. *Ero* e basta. *Reclamavo* e basta. In profondità. Sempre più a fondo.

E, *oh*, era così stretta. Modellata perfettamente per me. Mi stritolò il cazzo con un'aggressività che si guadagnò la mia ammirazione. Possedendomi completamente. Permettendomi di sentirmi in pace per la prima volta da quando mi ero svegliato.

Dev'essere per questo che l'ho tenuta, conclusi, perso nel piacere che mi attraversava il corpo come una scarica elettrica. Mi stavo muovendo appena, limitandomi a crogiolarmi nel suo calore, nella sua perfezione.

Affondai il viso nel suo collo, con le labbra premute sul suo battito impazzito.

Non sapevo se avesse sussultato quando ero entrato dentro di lei. Ero stato troppo assorbito dalla nostra intima connessione per rendermene conto. Ma a parte un piccolo rantolo, era rimasta in silenzio, con il corpo stretto saldamente al mio.

Sentii la sua coscia contrarsi sotto il mio palmo. La mia leonessa voleva che mi muovessi, voleva sentire il mio potere, voleva che ci abbandonassimo al piacere che non avevamo sperimentato per più di cento anni. Lo capii dal modo in cui si serrò intorno a me, esigendo che agissi.

Esigendo che la possedessi. Che la marchiassi. Che le ricordassi del suo posto nella mia vita. Per riaccendere il nostro legame.

I miei denti le lambirono la pelle, mentre con una mano le stringevo ancora la gola e con l'altra le tenevo la coscia. «Questo farà male, Ismerelda».

Perché, una volta iniziato, non sarei stato in grado di trattenermi.

Premetti le labbra sul suo orecchio e aggiunsi: «Ma ti prometto che sarai ricompensata».

E lasciai campo libero alla mia bestia.

Di scopare.

Di marchiare.

Di fare tutto quello che desiderava.

Perché quella femmina mi apparteneva. Era la mia *erosita*, era fatta apposta per quello. Era il mio giocattolo immortale. *Mia*.

IZZY

Le mie mani colpirono il materasso mentre un grido mi sfuggiva dalla gola. Un grido che fu quasi immediatamente soffocato dal cuscino che mi ritrovai premuto sul viso.

Mani violente mi afferrarono i fianchi, sollevandoli. E Cam affondò dentro di me, con movimenti più simili a quelli di un animale.

Conficcai le unghie nel letto, lottando per mantenere la posizione in cui mi aveva costretta.

«Questo farà male» mi aveva avvertita. «Ma ti prometto che sarai ricompensata».

Non mi aveva lasciato il tempo di capire cosa intendesse. In un attimo, ci aveva fatti rotolare sul letto, mettendomi in quella posizione sottomessa.

Mi morsi il labbro, cercando vanamente di non gemere. Avevo il cuore a pezzi.

Mi ero svegliata sentendo due voci. Una conversazione

sulla nostra posizione. Sistemi di sicurezza. *Tecnologia e telecamere.* Qualcosa su degli esperimenti sui licantropi.

Inizialmente, avevo creduto che si trattasse di un sogno. Poi, pian piano, la realtà aveva cominciato a farsi strada, e un ricordo di Cam che mi scopava la bocca mi aveva quasi fatta balzare in piedi.

Ma poi avevo riconosciuto la voce di Mira.

«Costruire i tunnel con i laboratori sotto le catacombe è stata una mossa intelligente. Non solo questo è considerato un territorio neutrale, ma anche sacro. A nessuno verrebbe mai in mente…».

La sua voce si era affievolita e avevo perso conoscenza, riuscendo a riemergere solo qualche secondo, o minuto, più tardi.

Anche se ero talmente concentrata sui dettagli riguardo la nostra posizione, che non avevo ascoltato attentamente la loro conversazione, cogliendo solo qualche frase qui e là.

«Beh, mi chiedevo… Come sono le vergini di sangue, in confronto alla vostra erosita? Sessualmente, intendo».

Quelle parole, in compenso, mi avevano trapassato il petto e mi si erano radicate nella mente.

Perché Cam dovrebbe saperlo?, mi domandai.

Mira mi diede la risposta qualche secondo più tardi.

«Sono curiosa di sapere se il programma dei vergini di sangue è all'altezza o se necessita di essere migliorato. Vengono addestrati per eccellere, le loro abilità dovrebbero superare quelle di qualsiasi erosita. *Volevo sapere se le capacità delle vergini di sangue che avete assaggiato sono alla pari, o migliori, della vostra* erosita, *oppure se dobbiamo lavorarci sopra».*

In quel momento mi era mancato il fiato, e da allora non ero più riuscita a respirare normalmente.

Cam ha assaggiato le vergini di sangue.

E sapevo che Mira non parlava solo della loro essenza, ma del *sesso.*

Cam mi prese con una spinta brutale, ancorandomi al

momento ed esigendo che facessi attenzione. Ma come avrei dovuto sentirmi?

Tradita?, pensai. *Distrutta? Furiosa?*

Il suo bacino sbatté sul mio, il suo cazzo entrò in profondità.

Era dentro qualcun altro.

Un'altra donna.

Forse più di una.

Il nostro legame non richiedeva che lui mi fosse fedele, ma solo che lo fossi io. Non avevo mai compreso appieno quella magia, sapevo solo che esisteva. E che c'erano delle regole.

Regole che avevo rispettato.

Regole che avevo preso a cuore.

Regole che mi erano sembrate giuste e naturali.

Ma Cam…

Ingoiai un urlo pieno di agonia quando le sue zanne mi affondarono nella gola. Fui inondata di endorfine, che mi fecero precipitare in un orgasmo indesiderato.

Cam ringhiò la sua approvazione, spostando la mano dalla mia gola alla nuca. Il cuscino che avevo sotto il viso minacciava di soffocarmi, la mia capacità di respirare era limitata dalla seta nera.

Era tutto troppo.

Troppo intenso.

Troppo *sbagliato*.

Non era così che io e Cam facevamo l'amore. *Perché questo non è il mio Cam.*

Mi aveva soffocata con il cazzo.

E ora mi avrebbe spezzato le ossa con le sue spinte brutali.

La morsa sul fianco era un dolore insopportabile.

Le mie viscere erano in fiamme.

Il mio cuore… era come impazzito.

Perché una parte proibita di me sembrava adorare le sensazioni provocate dalla sua violenza.

Non è giusto. Non è il mio Cam.

Ha tradito il nostro legame, sbottò una voce tagliente nella mia testa. La *mia* voce.

Eppure, un'altra parte di me si ritrovò a ribattere: *Non sa chi siamo. I suoi ricordi di noi sono svaniti. Non voleva farci del male.*

I miei occhi si riempirono di lacrime. Le mie emozioni erano in conflitto, mentre il piacere mi lambiva la pelle e mi incendiava le vene.

«Quanto mi piaci così» mi sussurrò Cam all'orecchio. «Ti scoperò e ti costringerò a venire per tutto il giorno, rendendoti così stretta da riuscire a stento a entrare dentro di te».

Cazzo, Cam non mi aveva mai parlato in quel modo durante il sesso.

Sentirlo ora, sentirlo *così*… Iniziai a interrogarmi sul nostro passato. E sul motivo per cui aveva tenuto nascosta quella parte di lui.

L'ho mai conosciuto realmente?

Certo che l'avevo conosciuto. Eravamo stati insieme per mille anni. Lo conoscevo meglio di chiunque altro.

Eppure… non avevo mai sperimentato quel lato di lui. Lo aveva sepolto dentro di sé, rinchiudendolo da qualche parte che non potevo raggiungere.

Quanto era stata realmente soddisfacente la sua vita, se aveva avuto bisogno di combattere quella parte di sé?

Oppure, di solito, quella parte non esisteva intorno a me?

Tutti quei dubbi mi facevano girare la testa.

Volevo provocarlo in modo che si lasciasse andare, in modo che la sua mente fosse vulnerabile. E avevo ottenuto solo altre incertezze. Altro *dolore*.

«*Cazzo*, potrei vivere dentro di te per sempre». Il respiro di Cam si infranse sul mio collo. «Ti addormenterai sul mio cazzo e ti sveglierai con me che ti scopo. Ancora e ancora».

Pronunciò quelle parole ansimando, con il suo corpo massiccio e dominante premuto sul mio, mentre continuava a stringermi il fianco, tenendomi ferma. In trappola. Ma l'altra mano si mosse, tornando verso la mia gola e ancora più su, sul mio mento.

«Baciami» mi ordinò, costringendomi a voltarmi di lato e chinandosi per reclamare la mia bocca.

Ciò mi concesse una pausa dall'orgasmo che mi squarciava l'anima, ma mi fece anche ritrovare con la testa in una posizione molto scomoda. Temetti che sarebbe finita con lui che mi spezzava il collo.

Ma la sua lingua accarezzò la mia con una sorta di rispetto. I suoi movimenti rallentarono un po', e uscì quasi del tutto da dentro di me.

Per poi affondare di nuovo con una violenza che mi strappò un lamento.

Cam sorrise e ripeté il movimento, andando a colpire quel dolce punto in profondità. Mi serrai intorno a lui, con il mio corpo che reagiva istintivamente alle sue spinte selvagge.

Mi sentivo posseduta.

In trappola.

Emozioni mai sperimentate con Cam. Posseduta, forse. Ma in trappola no, quello mai.

Era… era una novità. E odiavo come mi faceva sentire. *Eccitata. Pronta. Desiderosa di averne di più.*

Non sono più io, conclusi. *Questa versione di Cam mi ha annientata.*

Non posso permettergli di vincere questa battaglia. Devo combattere.

Per cosa?

Per il nostro futuro. Per il bene dell'umanità. Per il nostro legame!

La mia mente continuò a lottare contro se stessa, mentre il mio corpo soccombeva al vortice rovente che si stava formando dentro di me.

Così bello. Così intenso. Così travolgente.

La sua lingua danzava con la mia, la sua stretta sul mento implacabile. E mi costrinse a prenderlo tutto. Profondamente. Completamente.

Quasi gli morsi la lingua, la necessità di urlare stava avendo la meglio su di me.

Un grido di frustrazione e agonia. *E piacere.*

Che miscuglio assurdo.

Il mio compagno non mi è stato fedele.

Non capisce cosa significhiamo l'uno per l'altra.

Questo migliora le cose?

Le spiega.

Fanculo. Fanculo lui. Fanculo tutto.

Avevo bisogno che andasse in pezzi, che le sue barriere mentali crollassero. Succhiarglielo non aveva funzionato, ma forse quello che stavamo facendo sì. Forse, venire dentro di me gli avrebbe indebolito la mente abbastanza da permettermi di entrare.

Avevo bisogno solo di qualche ricordo.

Avrebbe capito. Si sarebbe reso conto dei suoi sbagli. *Sarebbe stato di nuovo mio.*

Non di qualche vergine di sangue.

Mio.

Eravamo sempre stati fedeli l'uno all'altra. Eravamo sempre stati una coppia. Eravamo sempre stati partner.

Finché non se n'è andato per affrontare Lilith, pensai cupamente. Un ricordo che minacciò di consumarmi.

Smettila. Non c'è modo di cambiare il passato. Solo il futuro.

Che, ironicamente, significava che Cam avrebbe dovuto ricordare il passato.

Cazzo.

Feci una smorfia quando mi spostò i fianchi in modo da penetrarmi ancora più in profondità. Le sue dimensioni mi colsero di sorpresa, era come se gli fosse cresciuto.

No, è impossibile.

A meno che non sia realmente Cam.

No. È Cam. Solo non il mio Cam.

Basta, smettila di pensare!, ordinai a me stessa. Concentrarmi su di lui doveva avere la precedenza su tutto il resto.

Volevo che esplodesse. Che fosse travolto dall'orgasmo. *Che mi lasci entrare.*

La mia lingua incontrò la sua, in un tentativo di assumere il controllo per la prima volta da quando mi aveva baciata.

Lui ringhiò, un suono che mi ricordò quello emesso poco prima, e mi dominò immediatamente con la sua bocca.

Non è abbastanza, pensai, con la rabbia che alimentava la mia ribellione. *Hai giocato con un'altra donna. Probabilmente più di una. Ti ricorderò perché sei mio.*

Io non condividevo. E nemmeno lui.

Che si trattasse o meno della perdita di memoria, il suo corpo avrebbe dovuto saperlo. Ma dal momento che aveva palesemente bisogno che glielo rammentassi, gli avrei dimostrato quale fosse la vera portata del nostro legame.

I miei denti affondarono nella sua lingua. *Forte.*

E poi mi bloccai.

Perché non era quello che avevo avuto intenzione di fare.

Non scopavamo in quel modo. Facevamo l'amore.

Eppure, mi aveva morsa talmente tante volte, nelle ultime ore, che avevo semplicemente… reagito.

Ero… ero così… *furiosa.*

Come hai potuto?, avrei voluto chiedergli. *Vuoi sostituirmi? Che cazzo ti prende?*

Ma conoscevo già le risposte alle mie domande. *Lilith* era la fonte del problema. Gli aveva fatto il lavaggio del cervello.

Perché Cam è andato da lei per tentare di ragionarci.

Mi ha abbandonata per giocare a fare l'eroe.

È lui *la causa di tutto.*

No. Non vederla così. Incolpare…

Il mondo si capovolse quando Cam ci fece rotolare di nuovo sul letto, facendomi sbattere la schiena sul materasso. Ebbi appena qualche secondo per respirare, prima che ricominciasse a scoparmi ancora più forte.

Strillai quando mi morse il labbro, ma il dolore fu presto sostituito dalla sua lingua.

E poi mi divorò. Possedendomi con la bocca con una violenza tale, che non potei fare altro che accettarlo.

Così come stava accadendo al mio corpo, che poteva usare a suo piacimento.

Il letto scricchiolava a ogni movimento, il suo bacino sbatteva sul mio e la sua mano tornò ad avvolgersi intorno alla mia gola. L'altra si era avventata sul mio seno, stringendolo e strizzandomi i capezzoli.

Un gemito abbandonò le mie labbra senza permesso, quella versione di lui mi stava conducendo in un luogo che non sapevo nemmeno che esistesse.

Era come essere scopata per la prima volta, e non solo da Cam.

Non era gentile o provocante. Era brusco ed esigente.

Gli afferrai le spalle e gli conficcai le unghie nella

carne, avevo bisogno di marchiarlo. Di lasciarmi dietro qualcosa che dicesse che era *mio*.

Le vergini di sangue non potevano averlo.

Non poteva sostituirmi.

E *fanculo* quello che gli aveva fatto Lilith.

Quell'uomo mi apparteneva, e sarei riuscita a farglielo capire. Avrei trovato un modo per ricordargli il nostro passato e le promesse che ci eravamo scambiati per il futuro.

Aveva preso una decisione senza di me, una decisione che aveva cambiato tutto. Col cazzo che avrei permesso che accadesse di nuovo.

Non ero la docile femmina del suo passato. Nell'ultimo secolo ero cresciuta. E non sarei rimasta ad aspettare che risolvesse ogni problema al mondo.

Ti. Ricorderai. Di. Me. Gli impressi quelle parole in bocca, con la lingua, mentre lo graffiavo fino a fargli uscire sangue. *Tu. Sei. Mio.*

Reagì con un ringhio, stringendo la presa sulla mia gola e strattonandomi indietro per guardarmi negli occhi. «Sei stupenda» ansimò. «E ora vieni per me, piccola belva. Ho bisogno di sentirti che mi stritoli il cazzo».

"Belva" era una novità. Proprio come "leonessa".

Ma non mi importava.

Erano figure molto più feroci di un cigno.

Se era così che mi vedeva quella nuova versione di Cam, bene. Perché volevo essere feroce. Una forza della natura. *La sua compagna.*

L'intera operazione sotto le catacombe sarebbe fallita. Lilith era morta, e non avrei mai permesso che restasse traccia dei suoi esperimenti.

«*Adesso*, Ismerelda» ringhiò, e la sua bocca si avventò sul mio collo.

Si spinse in profondità, mentre le sue zanne affondavano nella mia carne. La combinazione di sensazioni ed endorfine mi fece precipitare in un oceano di oscura beatitudine.

L'estasi mi inondò le vene, trascinandomi in un vortice nero senza fine.

I miei polmoni bruciavano.

Le mie gambe si intorpidirono.

Le mie viscere si contrassero.

Il mio corpo non era più mio.

Cam emise un verso tonante, più animale che umano, mentre il suo corpo distruggeva il mio, scopandomi senza ritegno.

Sentii i lividi formarsi all'interno delle cosce, eppure le mie gambe rimanevano di gelatina.

Ero un giocattolo. Una bambola da scopare. Da abusare. Da sfruttare.

E, nel frattempo, continuavo ad annegare in un infinito pozzo di piacere.

Mi avvinghiai alla sua schiena, tentando disperatamente di respirare, di riemergere. Ma non smetteva di bere. Ogni succhiata mi spingeva più a fondo, in quel vortice pericoloso.

Il suo nome lasciò le mie labbra in un muto sussurro.

Mi sta uccidendo. Di nuovo.

E non mostrava alcun segno di volersi fermare.

Come faccio a entrargli nella testa, se continuo a morire?

Le mie dita stavano diventando sempre più fredde, le mie unghie non erano più conficcate nella sua pelle.

Ho bisogno che venga.

Ogni parte di me doleva per le sue spinte brutali.

Ti prego, Cam. Vieni per me. Torna da me!

Le mie braccia caddero sul materasso, le mie mani erano gelate.

Cazzo… sta… sta iniziando… a farmi male…

Non aveva nessuna intenzione di fermarsi. Non sembrava nemmeno consapevole di quello che mi stava facendo. O forse non gli importava.

Cam…

Ringhiò e finalmente le sue zanne abbandonarono il mio collo. Ma non perché mi avesse ascoltata.

Ecco. Sta… sta venendo.

Avrei dovuto sentire il suo seme caldo dentro di me. Ma non sentivo più nulla. E non riuscivo nemmeno più a vedere.

Cam!, gridai, tentando disperatamente di entrare nella sua mente.

Ma i miei sforzi si infransero su un muro di silenzio. Oscurità. Freddo. Solitudine.

Cam!

Niente.

Solo il fantasma di un legame. Da cui mi aveva tagliata fuori.

Urlai nella mia mente, furibonda con lui per la situazione, per tutte le decisioni che aveva preso senza di me, per tutte le cose che aveva fatto ora che non sapeva più chi fossi.

Non mi arrenderò. Non posso arrendermi.

Eppure, non sapevo cosa fare.

Scopare di nuovo con lui, cercando di aprirmi in qualche modo un varco?

Cos'altro posso fare?

Rabbrividii, persa nell'oscuro incanto della morte. Solo un accenno di *qualcosa* mi scaldò l'interno delle cosce.

Una lingua?

No. Troppo… solido.

Un dito?

No. Troppo spesso.

Il…?

Spalancai gli occhi e vidi la sua camera da letto. Avevo la testa appoggiata sul cuscino, e Cam era di nuovo dietro di me, con la mia gamba sollevata sulla sua coscia.

Avevo la gola secca, mi ricordava il cotone inamidato. A parte quello, però, mi sentivo bene. Niente polmoni agonizzanti. Niente dolore. Solo la sottile pressione del suo sesso che scivolava dentro e fuori dal mio.

«È ora di ruggire di nuovo, piccola belva» mi sussurrò all'orecchio.

Izzy

Oh, cielo.

Per quanto tempo ero rimasta priva di conoscenza?

E mi aveva davvero svegliata penetrandomi?

Le sue parole mi tornarono alla mente, le sue minacce sul farmi dormire restando dentro di me si rincorsero nella mia testa.

Era quello che aveva fatto? Aveva tenuto il cazzo al caldo mentre mi riprendevo?

Rabbrividii, per poi gemere un istante più tardi, quando mi morse. *Di nuovo*.

La mia visuale fu offuscata dalle lacrime. Un orgasmo mi travolse senza preavviso, gettandomi in un pozzo di disperazione.

Non ero pronta.

Non potevo continuare.

Avevo… avevo bisogno di *riposo*.

Ma doveva avermi dato il suo sangue, perché ero guarita completamente.

E questo significava che poteva ricominciare da capo. Proprio come aveva promesso.

E mi prese. Violentemente. Senza riguardi. Da dietro e poi da davanti.

Prosciugandomi.

Trascinandomi di nuovo nel buio.

Per poi svegliarmi di nuovo, stavolta con la parte inferiore del mio corpo che penzolava dal bordo del materasso, mentre mi scopava con spinte decise.

Svenni prima di poter venire.

Solo per essere ridestata dalle sue zanne e da un orgasmo feroce che mi oscurò la mente.

Mi avventurai nella nebbia, determinata a trovare il mio Cam. Ma al mio risveglio c'era sempre quella versione di lui.

Sembrarono passare giornate intere.

O forse qualche ora.

Ma se n'era andato un paio di volte. La prima, per consegnare un messaggio. Ricordavo vagamente che ne avesse parlato durante la sua gelida conversazione con Mira.

Un'altra volta era tornato con un nuovo laptop, che non tentai nemmeno di toccare, perché ero troppo esausta per provarci.

Tutto si ripeté in un ciclo apparentemente infinito, che mi lasciava sempre più smarrita ogni volta che perdevo conoscenza.

Cam se ne accorse in un secondo momento. Non sapevo nemmeno dopo quanto tempo. Mi mise vicino una fialetta di sangue e mi disse di berla.

Lo feci.

Ciò accadde diverse volte, ma non servì a placare il

dolore che riecheggiava dentro di me. Un dolore non solo emotivo, ma anche fisico.

Quando è stata l'ultima volta che ho mangiato o bevuto qualcosa?

Avevo finito per esprimere ad alta voce una versione di quella domanda qualche minuto più tardi, o qualche ora, dopo che Cam si era lamentato della mia mancanza di energia.

«Stai cominciando ad annoiarmi» aveva detto. «Cos'è successo alla mia leonessa?».

Le sue parole mi avevano fatto ribollire il sangue. Non gli avrei mai permesso di incolpare *me* di non essere all'altezza. «Anche ai leoni serve cibo» borbottai. «O ti sei dimenticato che mangio?».

Mi uscì con un tono brusco, che lasciava trasparire il mio fastidio per essere stata usata come un giocattolo.

Mi ero quasi aspettata che, per tutta risposta, mi mettesse a novanta e ricominciasse a scoparmi. Invece, piegò la testa di lato con un'espressione pensierosa, e poi annuì. «Vuoi gli stessi piatti della settimana scorsa? O preferisci provare qualcosa di nuovo?».

La settimana scorsa?, ripetei tra me e me. *Cazzo*...

Accettai il cibo italiano senza discutere, perché stavo morendo di fame.

Poi ne lasciai la maggior parte sul piatto. Mi sentivo come se il digiuno prolungato mi avesse rimpicciolito lo stomaco.

«Hai dimostrato ancora una volta di conoscere i miei gusti» disse Cam, dopo aver finito di mangiare. «Voglio che continui. Cosa dovrei ordinare per la colazione serale di domani?».

La sua richiesta mi aveva colta di sorpresa, e un pizzico di speranza mi aveva scaldato il cuore. *Vuole che gli ricordi del passato.*

Ma non appena terminai di elencare i piatti, si limitò a

ordinarli usando il suo nuovo portatile e mi trascinò nella doccia per scoparmi contro la parete.

Mi svegliai di nuovo con lui dentro, la sua fame era insaziabile.

Ma almeno aveva cominciato a darmi da mangiare.

Pur usandomi come dessert, alla fine di ogni pasto.

Ero venuta un'infinità di volte negli ultimi giorni. *Sette? O forse otto? O nove?* Ma non lo faceva per me. Solo per se stesso e per il suo piacere.

Gli piaceva rendermi stretta. Farmi bagnare. Farmi gemere.

Nonostante fosse una bella sensazione, era anche un'esperienza orribile. Perché ogni orgasmo mi trascinava sempre più a fondo in un gorgo di disperazione.

Non riuscivo a infrangere le sue barriere mentali. Erano impenetrabili. E il sesso si stava rivelando completamente inutile.

Non era servito nemmeno quando mi lasciava sveglia abbastanza a lungo da vederlo venire.

Come in quel momento.

Mi aveva messa a cavalcioni su di lui, penetrandomi con forza. Le sue dita mi stringevano i capelli in una morsa dolorosa. La sua bocca possedeva la mia, mentre con la mano libera mi stritolava il sedere.

Avevo male dappertutto.

Mi sentivo così stanca.

Usata.

Ma mi aveva svegliata con il cazzo, seguito in fretta dalle sue mani e l'ordine di mettermi a cavalcioni su di lui.

Avevo obbedito, stordita. L'ultimo ricordo era di lui che mi scopava sul letto.

Non era raro che trascorressimo intere giornate a scopare; a Cam era sempre piaciuto passare le ore in camera da letto. Ma quello che stava accadendo era completamente diverso.

Era come una lunga e approfondita introduzione al predatore che si annidava dentro il mio compagno.

Nessun limite. Nessuna regola. Nessun freno. Solo una bestia che prendeva la sua femmina in qualsiasi modo immaginabile.

Le sue zanne mi sfiorarono il labbro inferiore, sapevo che stava per mordermi. Era il suo modo preferito per farmi venire. Non solo era piacevole per lui, ma gli dava anche l'opportunità di bere il mio sangue.

E questo non mi lasciava altra scelta che bere il suo.

Aveva iniziato a lasciarmene delle fiale sul comodino. Altre volte, me lo aveva fatto bere mentre dormivo. O almeno così credevo. Era l'unica spiegazione per la rapidità con cui mi rigeneravo.

Rimasi in attesa del suo morso, con il cuore che mi scalpitava nel petto, consapevole che avrebbe prosciugato ogni traccia di energia dalle mie vene, rendendomi completamente inutile per tutto il resto della giornata.

Di nuovo.

Solo che… il dolore non arrivò.

Solo la sua lingua.

Un bacio gentile.

È un trucco, pensai, confusa dal suo gesto. Mi aveva morsa e scopata fino allo stremo, per quella che mi era sembrata un'eternità.

La sua mano scese lungo il mio sedere, per poi scivolare tra di noi. Sussultai quando il suo pollice trovò il mio punto più sensibile. Inaspettato. E desiderato.

Lo odiavo.

Odiavo il modo in cui reagivo a lui. Odiavo quanto amavo le sue carezze. Odiavo come mi incendiava il sangue con qualche semplice tocco.

Il mio corpo era appartenuto a quell'uomo così a lungo, il mio cuore e la mia anima erano suoi in tutto e per tutto.

Anche se aveva tradito la mia fiducia.

Anche se mi aveva ferita.

Anche se non si comportava più come l'uomo che conoscevo.

Lo volevo ancora. Lo desideravo. Lo *amavo.*

I miei occhi si riempirono di lacrime. Rallentai il ritmo, la sessione si stava trasformando in un ricordo di passione e tenerezza. *Quello* era il modo in cui facevamo l'amore, il modo in cui mostravamo l'uno all'altra le nostre emozioni e la nostra adorazione.

Che stia ricominciando a ricordare?, mi domandai. E di nuovo una scintilla di speranza mi guizzò nel petto. *Si sta finalmente riprendendo dall'ebbrezza dell'accoppiamento?*

Era come se fosse andato in calore, come se il suo istinto lo avesse spinto a prendere, invece che dare.

Ma ora… *così*… sembrava… sembrava… *il mio Cam.*

Si mise a sedere, facendo flettere i muscoli. Il suo corpo era tutto feroce e virile. «Avvolgi le gambe intorno a me» mi sussurrò sulle labbra.

Obbedii, godendomi quella posizione. Era una delle mie preferite. Adoravo la vicinanza, il modo in cui, stretta tra le sue braccia, mi sentivo amata.

E mi abbracciò, baciandomi con riverenza, mentre i nostri corpi danzavano con movimenti ipnotici.

Questo. Questo è il mio Cam.

Fui quasi sul punto di sospirare, la contentezza riempì il mio essere.

Oh, quanto mi è mancato tutto questo, pensai rivolta a lui, desiderando che potesse sentirmi. *Mi è mancato così tanto.*

Anche tu mi sei mancata, mormorò. Sentire la sua voce nella testa mi fece irrigidire.

Cam?

Sorrise. *Chi altro?*

Mi allontanai appena per guardarlo in faccia, ma la sua bocca inseguì la mia.

Aspetta…

Ssh, mi zittì. *Lasciati amare.*

Le mie labbra si incurvarono all'ingiù. Sembrava proprio il mio Cam. Ma com'era possibile che fosse tornato in sé senza nemmeno parlare? Senza discutere di quello che aveva fatto? Di tutto quello che era successo?

Cercai di muovermi di nuovo, ma le sue braccia me lo impedirono, la sua bocca era sempre più esigente. Quasi come se stesse tentando disperatamente di tenermi lì. Di tenermi stretta a lui per l'eternità. Di rendermi di nuovo sua.

Gli afferrai le spalle, euforica e in conflitto al tempo stesso.

Il mio Cam… è…

Sussultai quando le sue zanne affondarono nel mio labbro inferiore. Aprii gli occhi di scatto.

Cosa…?

Non ero più a cavalcioni su di lui, ma stesa sulla schiena. Le mie cosce erano avvolte intorno ai suoi fianchi. Le mie unghie gli scavavano nelle spalle.

E i suoi occhi erano pozzi di desiderio.

Sussultai di nuovo quando mi penetrò con forza, a un ritmo brutale, ogni traccia di tenerezza era sparita.

Perché non era reale.

Era un sogno.

Questa è la mia realtà.

Tremai, con il cuore che mi si frantumava nel petto, mentre Cam mi scopava fino allo stremo.

Senza parole dolci né carezze delicate. Senza pensieri amorosi. Senza alcuna premura.

Solo un predatore che divorava la sua preda.

Volevo urlare. Colpirlo. *Lottare.*

Ma l'attimo dopo la sua bocca reclamò la mia, e le sferzate della sua lingua mi intimarono la resa. Mi ordinarono di accoglierlo. Di lasciare che accadesse. Di accettare quella nuova versione del mio compagno.

No!, gridai. *Non accetto nulla di tutto questo. Tu. Non. Sei. Il. Mio. Cam!*

Lui ringhiò sulle mie labbra, con i movimenti che diventavano ancora più feroci. «Adoro come ti opponi a me, leonessa» ansimò. «Sei perfetta».

Com'è possibile che tutto questo sia perfetto?, avrei voluto chiedergli. *È un fottuto disastro.*

Ma non potevo negare quanto fosse bello averlo dentro di me, né come il suo morso mi incendiasse le viscere.

Odio tutto questo.

Amo tutto questo.

Lo odio.

Lo amo.

È tutto un casino. È tutto sbagliato!

Emise un folle verso di approvazione quando le mie unghie gli lacerarono la pelle, continuando con le sue spinte brutali, conducendo entrambi verso un oblio di dolore e piacere.

Cercai di tenere duro, con il mio cuore spezzato che mi martellava nel petto a un ritmo incostante.

Ti prego, non mordermi. Lascia che rimanga cosciente ancora per un po'.

Ma le mie suppliche erano completamente inutili. Cam avrebbe fatto quello che voleva, perché quell'atto era per lui, non per me.

Così diverso da com'era in passato, quando mi metteva sempre al primo posto.

O no?, mi domandai. *Mi ha abbandonata per andare a salvare il mondo, ed eccoci qui.*

Scacciai quei pensieri, irritata con me stessa perché lo stavo incolpando di un gesto così altruista. Ma ritrovarmi in quella situazione con lui, ora, mi rendeva difficile rispettare la sua scelta.

Perché è questo che è stato. Una sua *scelta. Non* nostra.

Ringhiai, furiosa, guadagnandomi un ringhio in risposta dal predatore sopra di me. Aveva frainteso il suono, scambiandolo per eccitazione e scopandomi ancora più forte.

Ebbi l'impressione che le mie ossa stessero per rompersi. Non che importasse. Mi avrebbe curata con il suo sangue.

Come cazzo faccio a sistemare le cose?, mi domandai, sempre più stordita. *Come posso riavere il mio Cam?*

La sua lingua continuò a duellare con la mia, mentre le sue mani si spostavano lungo il mio torso. Mi afferrò i seni, mi torse i capezzoli. Mi mordicchiò le labbra. E poi affondò il viso nel mio collo.

Mi feci coraggio, consapevole di quello che stava per accadere.

Ma non mi morse.

Si mise invece a succhiarmi la pelle in modo provocante, e la sua mano scivolò tra di noi. Il suo pollice trovò il mio clitoride, un po' come era successo nel mio sogno.

L'ha fatto anche prima, mentre dormivo? È per questo che l'ho sognato?

Fremetti, quella sensazione era esattamente ciò che bramava il mio corpo.

«Vieni per me, piccola belva» mi sussurrò all'orecchio. «Voglio sentire che mi stritoli il cazzo».

Deglutii a stento, le sue parole stavano alimentando a dismisura le fiamme che già danzavano dentro di me.

Non importava quanto fossi turbata, quanto fossi persa. Né quanto mi sentissi sconfitta. Il mio corpo rispondeva ancora al suo. Lo avrebbe sempre fatto. Anche nel dolore.

Mi inarcai verso di lui, travolta da un'ondata di sensazioni che mi fecero contrarre intorno al suo sesso.

Un'imprecazione minacciò di sfuggirmi dalle labbra, le lacrime mi offuscarono gli occhi, le mie membra erano tese fino allo spasmo.

Ero così vicina. Era tutto così intenso. Mi consumava.

Gemetti.

E Cam… premette il pollice… *forte.*

Urlai.

Era… troppo. Ero esausta. Era stupendo. Era sbagliato.

Annaspai in un mare in tempesta, solcato da ondate di estasi indotte dall'agonia.

Nulla di tutto ciò aveva alcun senso. Il mio cervello non funzionava più. I miei polmoni piangevano. Il mio cuore batteva all'impazzita. Il mio corpo era un oggetto dedicato unicamente al piacere di Cam.

Il suo seme mi scaldò le viscere, il suo ringhio appassionato mi vibrò nel petto.

La mia testa cadde automaticamente di lato, consapevole di ciò che sarebbe venuto dopo. *Un morso che mi avrebbe rispedita nel mio sonno senza fine.*

Eppure, tutto ciò che fece fu baciarmi la gola.

Aspettai.

Poi aggrottai la fronte.

E, dopo qualche istante, lo guardai. Era ancora dentro di me, si stava tenendo in equilibrio sugli avambracci.

Ma invece di fissare il mio collo come se fosse stato il suo cibo preferito, stava osservando me.

Alzai lo sguardo su di lui, notando le varie sfumature di azzurro nei suoi occhi. Non erano più quelle delle profondità dell'oceano, semmai mi ricordavano la costa. Dallo scuro al chiaro. Tutto intorno alle sue pupille nere.

«Devo prepararmi per la riunione di domani con l'Alleanza» mi disse. «Sarò via per gran parte della notte».

Sta condividendo i suoi piani con me?

E... ha intenzione di incontrare l'Alleanza?

«Ho bisogno che tu beva due fiale del mio sangue, per essere pronta per il mio ritorno» continuò. «Penso che sarò di pessimo umore, e non voglio rischiare di ucciderti per sbaglio prima di aver finito».

Oh. Se avessi avuto dubbi sulla versione di Cam che mi stava parlando, l'ultima frase confermava che non si trattava del *mio* Cam.

I ricordi del sogno si sciolsero nella mia straziante realtà.

Le mura nella sua mente erano impenetrabili come sempre, anche quando era ancora dentro di me, dopo essere venuto.

Come farò a raggiungerti?, mi chiesi per la milionesima volta. *È realmente possibile?*

Almeno il nostro legame era ancora intatto. Lo sentivo nel profondo dell'anima.

Ciò significa che è sicuramente Cam e non un suo clone, mi dissi con un sorriso amaro.

«Vieni» disse, scivolando fuori da me. «Voglio scoparti di nuovo nella doccia, prima della colazione serale».

CAM

Questa donna mi crea dipendenza.

Le sue curve.

I suoi gemiti.

I suoi *occhi.*

Cazzo. Non importava che l'avessi già presa due volte prima della colazione serale. Vederla seduta a tavola con addosso la mia camicia me lo aveva fatto venire duro di nuovo.

Volevo divorarla per dessert, come avevo fatto diverse volte nel corso dell'ultima settimana.

Ma quella notte no, non potevo.

Avevo troppo da fare, prima della riunione con l'Alleanza. Dovevamo spiegare a tutti le ricerche di Lilith e il loro scopo, assicurandoci al tempo stesso che capissero cosa c'era in gioco.

Le nostre riserve di sangue stavano calando rapidamente. L'unica soluzione era trovare un modo per rendere immortale il nostro cibo.

Chiunque non lo capisse non meritava di far parte dell'Alleanza.

Purtroppo, dovevo riuscire a presentare i nostri risultati in modo appropriato.

E ciò richiedeva una preparazione adeguata, che includeva controllare anche gli ultimi rapporti dei nostri ricercatori sul sangue dei Benedetti che avevamo appena svegliato.

Ismerelda appoggiò il bicchiere d'acqua sul tavolo, poi diede un altro morso al suo toast alla francese, un piatto che mi aveva fatto conoscere l'altra sera.

Cucina statunitense.

Non ricordavo molto sugli Stati Uniti d'America. Ma Ismerelda mi aveva reintrodotto ad alcuni dei cibi che amavo un secolo prima.

Tra cui i toast alla francese con frutta e sciroppo d'acero canadese.

Erano un po' pesanti, ma non potevo negare quanto mi piacessero. A dire il vero, tutto quello che mi aveva fatto provare negli ultimi giorni aveva soddisfatto le mie papille gustative.

Certo, nulla in confronto al suo sangue.

O a lei, pensai, e il mio sguardo cadde sulla sua gola, verso il colletto della mia camicia. Aveva lasciato i primi due bottoni aperti, permettendomi di ammirare un po' della sua pelle pallida.

Splendida.

Talentuosa.

Mia.

La mia ossessione nei suoi confronti non era sana. Avrei dovuto incaricarla di addestrare qualche sostituta. Sarebbe stata una crudeltà, ma era necessario.

Non posso tenerla con me per sempre.

Rappresentava tutto ciò che la mia mente aveva cercato di correggere. Nessuno voleva essere legato a un fardello emotivo.

Eppure, non riuscivo a smettere di pensare a come sarebbe stata come vampira. Una pari. Una vera compagna.

Perché non l'ho trasformata?

Avrebbe avuto senso. Ma forse non avevo trovato un rimpiazzo adatto per il suo sangue.

Ciò avrebbe spiegato la mia mancanza di interesse verso le vergini di sangue. Si diceva che fossero le umane più deliziose al mondo, ma nessuna di loro era paragonabile a Ismerelda.

Ne avevo morse alcune, per nutrirmi, ma non era stato abbastanza. Desideravo di più, ma non da loro.

E ora che avevo trascorso un po' di tempo con Ismerelda, ne capivo il motivo.

Lei era la mia debolezza. Il mio unico desiderio. Il mio tutto. Nessun'altra poteva reggere il confronto.

Ucciderla sarà il compito più difficile della mia vita, pensai. *Ma non devo farlo adesso*.

Prima avrei dovuto trovare un modo per creare sacche di sangue immortali.

Finii il caffè, che avevo corretto con qualche goccia dell'essenza della mia leonessa. Non ne avevo preso molto; la volontà di concederle una giornata per recuperare aveva avuto la precedenza sui miei bisogni. Mi aveva dato tutto, proprio come le avevo chiesto.

Una parte di me voleva offrirle qualcosa in cambio, e avevo percepito la sua stanchezza, nonostante la facessi mangiare e le facessi bere il mio sangue.

Ismerelda doveva riposare sul serio.

«Ci sono dei sali sotto il lavandino» le dissi. «Usali per preparare un bagno».

Mi fissò. «Un bagno, mio signore? Per il vostro ritorno?».

Scossi la testa. «No. Per te. Ti voglio riposata e pronta per me. I bagni sono rilassanti, no?». Erano passati secoli dall'ultima volta che ne avevo fatto uno, prima dell'avvento delle docce. E, a quel tempo, le vasche erano simili a contenitori di latta.

Quella presente nel bagno della mia suite era molto più avanzata, con dei meccanismi che muovevano l'acqua. Non l'avevo ancora provata, ma sospettavo che i getti avrebbero offerto delle sensazioni simili a quelle di un massaggio, l'ideale per i muscoli indolenziti della mia *erosita*.

Le mie mani fremevano dal desiderio di occuparmene io stesso. Ma non potevo fidarmi dell'istinto. Sapevo che avrei finito per scoparla di nuovo.

E dovevo proprio mettermi al lavoro.

«Sì, sono rilassanti» mormorò.

«Vuoi che ti faccia portare del cibo?» le chiesi.

Mi studiò per qualche istante, quasi come se stesse cercando di capire la domanda.

È veramente esausta, osservai. Ero stato duro con lei, i miei bisogni erano oscuri e sfrenati. Non mi ero reso conto di quanto fossi affamato di lei, e ora sembrava che non sarei mai riuscito a saziarmi.

Sostituirla non era ancora un'opzione praticabile.

Non c'è da stupirsi che le vergini di sangue non mi attirassero.

«Intendi per cena?» mi domandò in tono confuso. Fu allora che capii che il programma della serata non le era minimamente chiaro.

«Sì. Probabilmente sarò di ritorno all'alba, quindi avrai tutta la notte per te. C'è qualcosa che vuoi che ti ordini?».

Avevo imparato la lezione su come prendermi cura della mia *erosita*. Era notevolmente deperita, anche con il mio sangue in circolo. E mi ci era voluto un commento sprezzante da parte sua per farmi capire il motivo.

La mia umana ha bisogno di nutrimento per funzionare.

Da quel momento, avevo preso la situazione sul serio e non le avevo mai fatto saltare un pasto. Era utile anche per me, perché mi aiutava a familiarizzare con la cucina moderna. E giustificava tutto il tempo che dedicavo a condividere il cibo con lei.

In realtà, apprezzavo la sua compagnia.

Ma non lo avrei mai ammesso ad alta voce.

«Uhm». Si schiarì la gola. «Magari una pizza? Posso tenerla al caldo per quando torni…?». Si interruppe, i suoi occhi verdi scrutarono i miei. Un atteggiamento audace. Affascinante. *Regale.*

Mira mi aveva avvertito: la mia *erosita* non si era conformata al nuovo mondo, rifiutava di inchinarsi ai suoi superiori.

Un'umana con uno spirito di acciaio.

Quando era arrivata, non riuscivo a spiegarmi come avessi potuto permetterle di comportarsi in quel modo. Ma ora stavo iniziando a capirne il motivo.

Ismerelda mi incuriosiva. Nonostante fosse umana, aveva un'anima potente. Per questo era riuscita a sopravvivere così a lungo, per questo era in grado di eguagliarmi in camera da letto. Ed era per questo che ero stato con lei per più di mille anni.

È destinata a essere molto di più, pensai.

Mira non lo avrebbe mai saputo. Non avrei condiviso con nessuno le mie reali intenzioni su Ismerelda. Ma doveva esserci un motivo se avevo ordinato ai miei sottoposti di tenerla al sicuro.

E meno male che avevano obbedito.

Gli ultimi nove giorni erano stati i più piacevoli della mia vita.

O almeno di quello che ricordavo.

Che strano che non mi ricordi di lei, pensai, continuando a guardarla negli occhi. *Dovrei. Voglio ricordare. Potrei…*

Mi sarebbe bastato rimuovere le barriere mentali tra noi e avventurarmi nella sua mente, leggere tutti i ricordi del nostro passato, vedere se avevo ragione sul fatto che fosse destinata a essere la mia compagna di vita.

I ricordi sarebbero stati dal suo punto di vista, ma sarei riuscito a raccogliere i dettagli necessari per farmi un'idea accurata della nostra storia.

Più tardi, mi dissi, mentre il mio orologio vibrava, come mostrandosi d'accordo. «Stasera devo supervisionare alcuni test sui Benedetti» mormorai, lanciando un'occhiata al messaggio comparso sul mio polso. «Poi devo incontrare Mira e Michael per prepararci per la presentazione di domani. E…».

Mi interruppi per leggere quello che mi aveva scritto Mira. L'incontro era confermato per le cinque del mattino.

«E poi ho una telefonata con Helias. Ammesso che vada bene, sarò di ritorno subito dopo». Feci sparire il messaggio di Mira, scorrendo il dito sull'orologio. «Ma ho il sospetto che le cose non andranno come previsto, quindi è probabile che torni verso le sei o le sette. Puoi mangiare senza di me».

Aprii il mio nuovo laptop per ordinarle una pizza.

«Cosa ci vuoi sopra?» le chiesi, consapevole che mi stava ancora fissando. Forse perché avevo appena condiviso con lei i miei programmi per la giornata. Ma se fosse stata la mia regina, avrebbe dovuto abituarsi a tutti quegli impegni.

Perché mi aspettavo che venisse con me.

O che se ne occupasse da sola.

Non volevo un accessorio. Volevo una partner.

E nonostante fosse qualcosa che non avevo mai preso

in considerazione né cercato, nella mia vita precedente, sembrava che l'avessi trovata negli ultimi mille anni.

In Ismerelda.

Era l'unica cosa che aveva senso. Altrimenti, perché tenere un'umana legata alla mia anima così a lungo?

Per quale altro motivo avrei dovuto sentirmi così intrinsecamente protettivo nei suoi confronti?

Sì. Devo proprio recuperare quei ricordi, conclusi. *Non appena avrò un po' di tempo.*

«Salamino» rispose. «E olive. Verdi, se possibile».

Inarcai un sopracciglio e digitai quello che mi aveva detto. «Qualcosa da bere?».

Mi chiese un vino bianco, dandomi due nomi, nel caso il suo preferito non fosse disponibile.

«Ti farò portare tutto alle cinque» le dissi.

«Grazie».

Un sorrisetto mi spuntò sulle labbra. «Più tardi puoi ringraziarmi come si deve, piccola leonessa».

Deglutì, e la sua espressione sembrò diventare improvvisamente assente. Strano modo di reagire alla mia allusione. Probabilmente era troppo stanca per pensare al sesso.

Povera cara, aveva faticato troppo.

Un altro motivo per renderla immortale. Il suo appetito sarebbe stato vorace quanto il mio, forse anche di più. E avremmo potuto abbandonarci a un mondo tutto nuovo di piacere e divertimento.

Decisioni, decisioni, pensai, chiudendo il laptop.

Non volevo ucciderla. Tenerla con me sarebbe stato molto meglio. Inoltre, se lo era guadagnato.

Tra l'altro, sarebbe stata una progenie di gran lunga migliore di Michael.

E di Darius.

Dovevo solo risolvere il problema delle sacche di sangue immortali.

E non ci riuscirò di certo restando seduto qui ad ammirare la mia erosita, mi dissi.

Mi schiarii la voce e mi alzai in piedi. «Fatti un bagno. Riposati. Rilassati». Mi chinai per posarle un bacio sulla testa. Un gesto stranamente intimo, che però mi sembrò incredibilmente giusto. «Ti voglio pronta per giocare, più tardi». E ciò richiedeva che fosse tranquilla e in salute, non stressata e dolorante. «Goditi la serata, Ismerelda».

Non aspettai che rispondesse e mi diressi verso la porta.

Ma la sentii sussurrare: «Anche tu, mio signore» appena prima che uscissi in corridoio. Il tono con cui lo disse mi lasciò perplesso.

Sembrava… triste?

No. È perché è stanca.

Ero stato troppo duro. Certo, c'era da aspettarselo, dopo aver dormito per un secolo. Tuttavia, sentivo un pizzico di senso di colpa per come l'avevo usata. Senza sosta. Instancabilmente. Mi spettava. Ma volevo che piacesse anche a lei.

Per fortuna, aveva tutta la giornata per riprendersi. Al mio ritorno, sarebbe stata di nuovo la mia leonessa.

E l'avrei ricompensata, proprio come le avevo promesso.

Beh, tecnicamente, le avevo anche detto che probabilmente sarei stato di pessimo umore e che le avrei fatto male.

Ma considerando come mi sentivo in quel momento, ne dubitavo. Preferivo di gran lunga mantenere la promessa che le avevo fatto.

Mi faceva sentire leggero. Vivo. *Soddisfatto*. E volevo ricambiare il favore.

Sarebbe stata una bella sorpresa. Piena di passione. *Il regalo perfetto.*

Sì. Al mio ritorno, mi sarei dedicato al piacere della mia *erosita.*

Poi avrei scavato nella sua mente e avrei disseppellito i nostri ricordi.

E se le mie intuizioni si fossero rivelate corrette, forse le avrei chiesto cosa ne pensava di diventare una regina.

Izzy

Ho bisogno di un nuovo piano.

Quando Cam aveva suggerito che mi facessi un bagno e riposassi, mi era sembrato di percepire un briciolo di premura nelle sue parole.

Poi aveva distrutto per l'ennesima volta ogni speranza, spiegandomi il motivo per cui voleva che riposassi.

«Ti voglio pronta per giocare, più tardi».

Altro sesso.

Altro dominio.

Altri orgasmi infiniti per il suo piacere, non per il mio.

Incrociai le gambe, i miei muscoli si contrassero in segno di protesta. Cam non aveva mai abusato del mio corpo in quel modo.

Chi l'avrebbe mai detto che fosse possibile venire così tanto? Così spesso?

Rabbrividii, travolta da un'ondata di nausea.

Ho bisogno di più di una serata libera. Ho bisogno di almeno una settimana.

No. Quello di cui ho bisogno è far rinsavire Cam.

Ma come?

Mi premetti la mano sulla fronte, i miei pensieri erano un turbinio di dubbi, domande e dolorosa consapevolezza.

La barriera mentale che ci separava era troppo forte. Il sesso non aveva aiutato. Anzi, aveva peggiorato la situazione.

Cam mi vedeva solo come un giocattolo.

Nonostante mi avesse offerto del cibo e un bagno, non lo aveva fatto per me, ma per se stesso. Come tutto il resto.

Deglutii a fatica, chiudendo gli occhi, sfinita. *Cosa faccio?*

Cam si stava preparando per la riunione del giorno dopo, controllando i risultati dei test o qualcosa del genere. Per ottenere sacche di sangue immortali.

Tutto per sostituirmi, pensai amaramente.

Le mie mani si chiusero a pugno.

Era inaccettabile. Tutto quanto. Incluso il fatto che fossi seduta lì, a crogiolarmi nel mio dolore.

Cosa che avevo fatto per almeno un'ora.

Merda.

Mi passai una mano sul viso e lanciai un'occhiata alla telecamera sul soffitto.

Frammenti di una conversazione riaffiorarono nella memoria. Qualcosa sul disattivare i feed e non fare più affidamento sulla tecnologia per i sistemi di sicurezza.

Cam aveva ordinato a Mira di far spostare tutti i vampiri nei laboratori, lasciando solo i vigilanti umani a controllare la sede dell'Organizzazione.

E anche le catacombe, pensai. *Devono aver lasciato incustodite anche quelle.*

Era un luogo sacro. Nessuno avrebbe pensato di andare laggiù. E, in ogni caso, stavano tutti dormendo.

Tranne i Benedetti svegliati di recente.

Peccato che Cronus non sia tra loro, borbottai tra me e me. *O Cane*.

Avrebbero fatto tornare Cam in sé in un batter d'occhio. Non solo si sarebbe ricordato di loro, ma avrebbe anche rispettato la loro opinione.

Con un sospiro, mi alzai da tavola e mi misi a lavare i piatti. Erano incrostati, essendo rimasti lì troppo a lungo, ma fui contenta di dedicarmi a un compito così noioso. Perché mi dava qualcosa da fare mentre riflettevo sulle mie opzioni.

Potrei riprovare con il suo computer. Ma sicuramente hanno inserito un programma per monitorare gli accessi. E chissà se la rete, interna o meno, è stata ripristinata…

Arricciai le labbra.

Ma se riuscissi a mandare un messaggio a Damien… Mi interruppi. *Cosa potrei dirgli? Cosa potrebbe fare?*

L'Alleanza si sarebbe riunita l'indomani. Forse avevano già un piano. Jace e Ryder sarebbero stati lì.

Riusciranno a salvare Cam?

Misi da parte i piatti, sentendomi sprofondare.

E se non riuscissero a salvarlo?

Di certo li avrebbe ascoltati. Li conosceva da migliaia di anni. A meno che non pensasse che avessero subito il lavaggio del cervello.

Lilith aveva fottuto la mente di Cam. Chissà cosa dicevano i suoi rapporti su di loro…

Aveva descritto così anche Cane e Cronus?, mi domandai, aggrottando la fronte. *O non si sarebbe preoccupata di screditarli, visto che stavano dormendo?*

E se Jace e Ryder non fossero nemmeno stati invitati alla riunione?

Percorsi il soggiorno più e più volte, avanti e indietro, mentre la mia mente vorticava di domande.

Se Jace e Ryder non avessero partecipato alla riunione, non avrebbero nemmeno potuto tentare di ragionare con Cam. Ciò significava che non potevo fare affidamento su di loro.

Dovevo arrangiarmi da sola. Dovevo fare qualcosa. *Qui.*

Ma cosa?

Quella nuova versione di Cam voleva soltanto scoparmi. E il sesso era stato completamente inutile per abbattere i muri che separavano le nostre menti.

Cos'altro posso fare, allora?

Lanciai un'occhiata al suo laptop, che giaceva ancora sul tavolo. Avevo già provato quella strada, ed era stato prima che Michael vi inserisse chissà quali dispositivi di sicurezza.

Il mio sguardo si avventurò verso la porta. *Scappare sarebbe controproducente.* Cam era violento e crudele, certo, ma non mi spaventava. E lasciarlo non lo avrebbe salvato.

No. Dovevo trovare un modo per farlo tornare in sé, restando dov'ero.

O forse trovare qualcuno, pensai, camminando più lentamente. *Qualcuno che è già qui e a cui Cam darà ascolto.*

Qualcuno come Cane.

Raddrizzai la schiena e andai in bagno, dove Cam aveva lasciato le fiale di sangue. *Che sia abbastanza per svegliare Cane? Funzionerà?*

Conoscevo il rituale, me lo aveva insegnato Cam. E, all'epoca, aveva suggerito che il mio legame con lui mi avrebbe permesso di celebrare il rituale. Ma non ne era del tutto sicuro. E non avevamo mai provato. Tuttavia, mi aveva mostrato come fare, nel caso in cui un giorno mi fosse servito.

In una situazione di emergenza, pensai. *Una situazione come questa.*

Perché non ci avevo pensato prima?

Forse perché ero sicura che sarei riuscita a riportare indietro Cam da sola.

Beh, ora non ne ero più così sicura. Non dopo gli ultimi giorni.

O i ricordi di Cam erano spariti per sempre, o erano sepolti talmente in profondità nella sua mente, che solo un'azione drastica li avrebbe dissotterrati.

Sempre che sia possibile.

Scacciai ogni pensiero negativo con una scrollata del capo. Non c'era tempo per i dubbi. Dovevo architettare un piano.

Cam mi aveva consigliato di rilassarmi. Ma non mi aveva proibito di fare una passeggiata. Mi aveva detto di restare nel suo alloggio nel caso ci fosse stato un altro blackout, quindi probabilmente non voleva che uscissi. Tuttavia, potevo sempre usare la stessa scusa che gli avevo rifilato sul laptop: non mi aveva mai tenuta al guinzaglio. Mi aveva sempre lasciata libera di fare quello che volevo.

Se mi avesse trovata in giro, avrei giocato la carta dell'ingenuità.

Certo, se fossi stata nel bel mezzo del rituale, sarebbe stato più difficile. Dovevo assicurarmi che non ci fosse nessuno in giro.

O che non ci fossero telecamere, pensai. *Anche se, da quello che ho sentito l'altro giorno, dovrebbero averle disattivate.*

Mi mordicchiai il labbro inferiore, dirigendomi verso il guardaroba di Cam per prepararmi. Non potevo uscire con addosso solo la sua camicia. Mi servivano delle scarpe per il pavimento di pietra delle catacombe, a conferma del fatto che volevo soltanto fare una passeggiata. E pantaloni.

Sfortunatamente, c'erano poche opzioni tra cui scegliere, dato che aveva soprattutto completi.

Okay, posso usare dei boxer come pantaloncini, decisi, afferrandone un paio neri.

Le scarpe erano il problema più grosso.

Aveva un paio di scarpe da ginnastica, ma erano troppo grandi.

Con un sospiro, presi due paia di calzini e le indossai entrambe. *Dovranno bastare*. Se mi avesse trovata, gli avrei detto che avevo improvvisato, visto che non avevo un guardaroba tutto mio. Forse mi avrebbe fatto portare un po' di vestiti.

Oppure si infurierà e mi scoperà a morte.

Visto che probabilmente era comunque il suo piano per dopo, non permisi a quel pensiero di dissuadermi.

Mi spazzolai i capelli alla bell'e meglio e li lasciai sciolti; non c'erano elastici o altri oggetti utili per una donna, in quel bagno. Poi mi guardai allo specchio.

Un volto esausto mi osservò di rimando.

Esausto, ma anche devastato, ammisi, intorpidita.

No, non mi arrenderò. Non ancora. Non proprio adesso.

Chiusi gli occhi ed espirai a fondo, poi presi le fiale con il sangue di Cam e le infilai nell'elastico dei miei "pantaloncini".

Okay. Andiamo.

Pur sapendo che le catacombe si trovavano sopra l'area riservata alle ricerche, grazie alla conversazione di Mira e Cam, non avevo idea di quanti livelli ci fossero sopra di me, o se sarei riuscita ad arrivare abbastanza lontano, prima di essere scoperta.

Ci sono telecamere ovunque, pensai, lanciando un'occhiata a quella nella zona giorno di Cam, mentre mi dirigevo verso la porta. *Spero davvero di aver sentito bene, e che siano quasi tutte disattivate*.

Certo, quella nella suite di Cam probabilmente era ancora accesa.

E questo significava che chiunque stesse guardando aveva assistito a tutto quello che avevamo fatto. *Fantastico. Un'altra cosa di cui preoccuparmi. Più tardi, però.*

Perché distrarmi con quelle frivolezze mi avrebbe solo rallentata.

Ero determinata a fare qualcosa, *qualsiasi cosa*, per riportare indietro Cam.

Raddrizzai le spalle, afferrai la maniglia e la abbassai.

La porta è aperta.

Poteva essere un buon segno, o una trappola.

Non mi importava. Uscii in corridoio.

Non c'erano guardie né alcun segno di vita, come l'ultima volta. Ma, per fortuna, la luce era accesa.

Il pavimento di pietra era duro, ma il doppio strato di calzini lo rendeva più sopportabile.

L'aria fredda mi lambì i polpacci, facendomi correre un brivido lungo la schiena. Mi concentrai su quello, calcolando che là fuori dovevano esserci circa dieci gradi in meno rispetto alla camera di Cam, invece che sulla possibilità di essere beccata a fare qualcosa che non dovevo.

Mi fermai davanti all'ascensore. Se da un lato sarebbe stato utile vedere se, all'interno, ci fosse qualche indicazione sui piani, probabilmente chiamarlo avrebbe fatto scattare un allarme.

Okay, vada per le scale.

Aprii la porta e guardai in basso, verso i gradini di cemento. Non c'era nessuno in agguato.

Speravo che anche quello fosse un buon segno.

Fingiti sicura di te, mi dissi. Se fossi stata scoperta, Cam avrebbe dovuto credere che fossi convinta di essere nel giusto.

Raddrizzai ancora una volta le spalle e iniziai a salire le scale a testa alta.

Nessuno mi fermò.

Non scattò nessun allarme.

Solo una placida immobilità e il sussurro dei miei piedi avvolti nei calzini che incontravano il cemento.

Dopo due piani, comparve una porta. La aprii e trovai un corridoio identico a quello che conduceva all'alloggio di Cam.

Lo ignorai e continuai a salire per altri due piani, trovando lo stesso scenario.

Quant'è in profondità il piano di Cam?, mi domandai.

Sette piani, mi risposi dopo un po', raggiungendo finalmente la cima delle scale. O almeno presumevo che fosse quello il piano con le tombe.

Una sbirciata oltre la porta lo confermò, l'odore di polvere e aria stantia mi pizzicò il naso.

Wow. Il bunker riservato ai laboratori di ricerca andava ancora più in profondità di quei sette piani, facendomi chiedere come avesse fatto Lilith a costruirlo. Aveva praticamente creato una piccola città sotto il Vaticano.

Mi addentrai silenziosamente nell'inquietante catacomba, con la nuca che mi pizzicava. *C'è una tale energia, così antica... Proprio come la prima volta che sono venuta qui.*

Trattenendo il respiro, lasciai che la porta si chiudesse e controllai rapidamente che non fosse scattata la serratura. Non avrei saputo cosa fare, in quel caso, ma per fortuna non ci fu bisogno di scoprirlo.

Okay, pensai, guardandomi intorno. *Dove sono?*

Le catacombe erano un labirinto quasi del tutto privo di illuminazione.

Beh, erano molto simili a come le ricordavo, anche se era stata fatta qualche miglioria. Come le varie luci alimentate dall'elettricità disposte nei tunnel, in punti strategici.

Le scale sembravano situate in un angolo, rendendole potenzialmente facili da raggiungere, non appena avessi dovuto tornare indietro. Ammesso che non mi perdessi.

Flettei le dita, spinta dall'impulso di stringerle a pugno. *Continua. A. Camminare.*

Con un respiro profondo, feci qualche passo, nel tentativo di ambientarmi e capire dove andare.

Quando ero venuta lì con Cam, era stato lui a guidarmi. Ed eravamo entrati attraverso un tunnel segreto che portava in superficie, non dal pianerottolo.

Mmh. Due scelte. Destra o sinistra.

Scelsi di andare a destra e mi avviai lentamente, cautamente, avventurandomi in quel luogo sconosciuto. Le pareti calcaree erano ancora come le ricordavo, la rete di tunnel sembrava protendersi all'infinito.

Ed era più o meno così.

Ma i Benedetti erano in un'area specifica, in un tunnel protetto dai vampiri per migliaia di anni. Ne avevo incrociati due, quando ero venuta con Cam. Il loro ruolo era tenere nascosta l'esistenza dei Benedetti agli umani. Di solito li ipnotizzavano, costringendoli a dimenticare l'esistenza di certe sezioni delle catacombe.

Ora devo solo trovare quello specifico tunnel.

Proseguendo, passai accanto a diverse entrate ad altri cunicoli, situate alla mia sinistra; alla mia destra, invece, c'era soltanto la parete di quello in cui mi trovavo.

I Benedetti sono tenuti in un tunnel dall'aspetto simile a questo, pensai, ricordando l'impressione di aver raggiunto una parete priva di vie d'uscita. *E avrebbe senso che i Benedetti fossero vicini alle scale, no? Per accedere più facilmente ai laboratori di ricerca…*

Certo, i vampiri erano molto veloci. Alcuni riuscivano

addirittura a muoversi così in fretta da essere praticamente in grado di teletrasportarsi. Quindi la posizione non importava poi così tanto…

Per fortuna che Cam è impegnato, stasera, pensai, scegliendo un tunnel a caso alla mia sinistra. *Mi ci vorrà un bel po' di tempo per trovare i Benedetti.*

Sperando che nessuno venisse a cercarmi.

Aveva detto che avrebbe incontrato Michael e Mira, quindi anche loro sarebbero stati occupati.

E c'erano poche guardie, almeno da quello che avevo capito.

Fingi di essere uscita a fare una passeggiata, mi dissi. *Sei la compagna di un vampiro. Scegliere di fare due passi nelle catacombe è del tutto normale, no?*

Inoltre, avevo già detto a Cam che mi aveva portata lì. Gli avrei fatto credere che anche all'epoca avevamo seguito lo stesso percorso.

Deglutii a fatica, aumentando il passo. Perché, nonostante le mie stesse rassicurazioni, il tempo non era dalla mia parte.

Va bene, Cane. Dove sei?

Izzy

Non avevo idea di che ora fosse, ma il dolore ai piedi mi disse che camminavo da un bel po'. Il pavimento sconnesso giocava sicuramente la sua parte, ma ero certa di aver percorso le catacombe in lungo e in largo per ore.

Non solo non avevo ancora trovato i Benedetti, ma avevo anche perso di vista le scale che mi avrebbero riportata all'alloggio di Cam.

Strinsi i denti. *Alla faccia della serata di riposo.*

Almeno non avevo incontrato nessuno. Niente guardie. Niente vampiri. *Niente telecamere.*

Beh, se non altro, nessuna telecamera visibile. Se c'erano, erano ben nascoste.

Mi diressi verso il pilastro accanto all'entrata del tunnel in cui mi trovavo e disegnai una X nella polvere sul pavimento.

Avevo iniziato a farlo dopo il terzo tunnel, per segnare dov'ero già stata. Mi aveva aiutata a non percorrere lo stesso tunnel più di una volta, ma era stato del tutto inutile per orientarmi.

Niente neanche qui, pensai, dopo diversi minuti di esplorazione. *È ora di passare al prossimo.*

Sospirai, tracciai l'ennesima X e mi diressi verso il tunnel successivo. Non li percorrevo fino in fondo, erano troppo lunghi. Avrei potuto trascorrere una settimana intera là sotto senza riuscire comunque a esplorarli tutti.

Dovevo solo riuscire a trovare qualcosa di familiare. Poi avrei potuto affidarmi alla memoria.

Non qui.

Nemmeno qui.

Okay, ora mi sono proprio persa.

Mmh… no, qui non c'è niente di familiare.

Temo che Cam dovrà venire a recuperarmi in questo maledetto labirinto. Sono sicura che ne sarà entusiasta.

Ahia, mi fanno male i piedi.

Altre X.

L'ennesima X.

Di questo passo, non…

L'ultimo pensiero si interruppe quando vidi una rampa di scale davanti a me. *Un attimo…*

Mi avvicinai e vidi che conduceva a una porta massiccia. Si trattava di scalini metallici dall'aspetto anonimo, che ricordavo distintamente.

Io e Cam avevamo incontrato un vampiro proprio in quel punto. Gli umani non erano a conoscenza di quell'ingresso, grazie alla manipolazione mentale a cui venivano sottoposti.

Salii le scale e mi voltai per controllare che non ci fosse nessuno. E il mio cervello mi fornì subito un ricordo particolarmente vivido.

«In quest'area ci sono principalmente resti umani» mi aveva detto Cam. «Ma qui c'è l'entrata alla nostra cripta».

Chiusi gli occhi e richiamai alla mente il punto che mi aveva indicato, poi scesi le scale per dirigermi in quella direzione.

I miei ricordi mi condussero verso un tunnel all'apparenza insignificante. Accanto al pilastro vicino all'ingresso non c'era nessuna X, e ciò significava che non mi ero ancora addentrata in quella zona.

Deglutii e proseguii, rabbrividendo quando un refolo di aria gelida mi baciò la pelle. *È nella mia testa*, mi dissi. *Sono solo il passato e il presente che si intrecciano in questa versione distorta della realtà.*

Purtroppo, quel pensiero non fu sufficiente a scacciare il disagio che mi formicolava alla base della schiena. Forse perché sapevo che se Cam mi avesse trovata lì, si sarebbe sicuramente insospettito.

Devo fare in fretta.

Non avevo idea di che ora fosse o se sarei riuscita a tornare indietro in tempo, ma se avessi potuto svegliare Cane…

Beh, speravo che sarebbe servito a qualcosa. O, perlomeno, che sarebbe stato sufficiente a spingere Cam a rivalutare i suoi piani.

Deve funzionare.

Ah, non volevo nemmeno pensare a cosa sarebbe successo, se non avesse funzionato.

Strinsi i pugni e mi resi conto di avere le mani sudate, nonostante l'aria gelida. La cripta di famiglia di Cam era al centro di tutte le tombe dei Benedetti, costringendomi a superarne diverse prima di trovare quella di cui avevo bisogno.

A differenza delle altre aree delle catacombe, quelle cripte avevano delle porte, tutte contrassegnate dagli stemmi di famiglia e da altre decorazioni luccicanti. La cripta della famiglia di Cam era impreziosita da diamanti di ossidiana e il loro stemma era sormontato da una corona, a indicare il loro status.

Per quanto tutti i Benedetti e i loro discendenti appartenessero a stirpi reali, la vera monarchia del mondo dei vampiri era rappresentata dalla famiglia di Cronus.

Ciò spiegava le sfarzose incisioni in oro che adornavano la cripta.

Uno spazio lussuoso in cui dormire.

I vampiri non si erano preoccupati di investire nell'aria condizionata o nel riscaldamento, ma avevano impiegato molte energie per installare luci e altri comfort. E non dovevano aver badato a spese nemmeno per le bare all'interno della tomba di Cronus. Erano bellissime.

Ce n'erano tre.

Una era destinata a Cam, nel caso avesse voluto riposare.

Lilith ti ha fatto svegliare qui?, pensai, entrando. *È così che ti ha convinto di aver trascorso l'ultimo secolo a dormire? O ti ha tenuto qui per tutto il tempo? Intrappolato in quell'infinita tortura mentale?*

Sembrava un nascondiglio talmente ovvio… Perché non avevamo mai pensato di andare a cercarlo lì?

Perché è un luogo sacro, che non avrebbe mai dovuto essere profanato.

Certo, quella logica non poteva essere applicata a Lilith. Diceva di essere una dea, e si comportava come tale. Di conseguenza, si sentiva libera di infrangere le regole a suo piacimento.

Stronza.

Non ero mai stata una persona particolarmente violenta. Ma se fosse stata ancora viva, mi sarebbe piaciuto ucciderla. Facendola soffrire.

Concentrati, Izzy, mi esortai, chiudendo delicatamente la porta dietro di me. *È ora di svegliare Cane.*

Avrei voluto svegliare anche Cronus, ma dubitavo di

aver abbastanza sangue di Cam per riuscirci. Dannazione, non sapevo nemmeno se sarebbe bastato per Cane.

«Non ne serve molto» mi aveva detto Cam, porgendo il polso a Cane. «Il nostro sangue è antico e potente. Qualche goccia dovrebbe essere sufficiente».

Non sapevo quanto ne avesse effettivamente bevuto Cane, nessuno si era preoccupato di controllare. Ma aveva succhiato il polso di Cam per meno di trenta secondi, prima di lasciarlo andare e stendersi nella bara.

«Sono pronto» aveva detto Cane. Il suo accento era simile a quello del fratello. All'epoca, almeno.

La cadenza di Cam si era evoluta nel corso dei secoli, e stranamente era rimasta la stessa a cui ero abituata cento anni prima, nonostante la perdita di memoria.

Di conseguenza, immaginavo che, al suo risveglio, Cane avrebbe avuto un marcato accento britannico. Probabilmente anche un vocabolario completamente diverso.

Nel caso di Cronus, sarebbe stato ancora peggio. *Chissà che lingua parlava?*

Non ne avevo la più pallida idea. Non lo avevo mai incontrato; dormiva da più di mille anni. Ma Cam mi aveva sempre parlato bene di lui, spiegandomi che aveva scelto il sonno per mantenere un legame con la sua umanità.

Mi avvicinai per prima alla sua bara, osservando lo stemma inciso nel marmo. Corrispondeva a quello che c'era sulla porta della cripta e sulle bare dei figli. Solo i nomi erano diversi. Quello sulla bara davanti a me recitava *Cronus*. Su quella accanto c'era scritto *Cam*. L'ultima apparteneva a *Cane*.

Avevano tutte una corona in cima e il simbolo dell'infinito al centro, insieme a due bandiere e diversi dettagli che costituivano lo stemma della loro famiglia.

Era raro che quei simboli si vedessero all'esterno della comunità dei vampiri; i reali li custodivano gelosamente da millenni.

Quello di Fen era forse il più particolare, con le decorazioni a forma di lupo e di marchi di artigli.

Lo stemma di Johan conteneva una bilancia, adatta a rappresentare la sua stirpe. Jace, per esempio, era sempre stato molto equo nelle sue decisioni.

In quello di Relio, invece, c'era un albero, che aveva poco a che vedere con il figlio, Ryder. Ma forse avrei potuto partorire qualche profonda riflessione sulle radici e sul fatto che Ryder fosse sempre stato una solida presenza nella mia vita.

Non in quel momento, però. Non avevo tempo.

Dovevo concentrarmi su Cane.

Le bare non erano sigillate, ma i coperchi di marmo erano molto pesanti. O almeno ero convinta che lo fossero. Delle lastre di pietra di quelle dimensioni non potevano certo essere leggere.

Mi guardai intorno alla ricerca di qualcosa da usare per far leva e vidi un piede di porco accanto alla porta, quasi come se fosse stato messo lì apposta per me. Ma immaginavo che tutte le tombe ne avessero uno proprio per quel motivo.

Oppure era lì da quando avevano "svegliato" Cam.

Invece di rimuginarci sopra, afferrai l'attrezzo e tornai verso la bara di Cane. C'era una fessura, tra la parte superiore e quella laterale, che mi permise di infilare il ferro all'interno e fare leva.

Con un respiro profondo, e una rapida occhiata alla porta, spinsi il metallo in basso. Il coperchio si mosse appena.

Mi ci vollero altri quattro tentativi per allargare la fessura a sufficienza.

Trattenni il respiro, quasi aspettandomi di essere aggredita dalla puzza di cadavere.

Ma non uscì nulla.

Solo aria.

Facendo scivolare il piede di porco un po' più in basso, proseguii con i miei sforzi finché la lastra di marmo non si spostò di una decina di centimetri.

Solo allora sbirciai dentro, aspettandomi di trovare il corpo di Cane.

Ma... non c'era nessun corpo.

Che cazzo?!

La bara era vuota.

C'era solo una delicata fodera di seta.

E nessuna traccia di Cane.

Come...? Spostai il marmo di un altro paio di centimetri. *Merda. Non è un buon segno.*

«Cosa sta succedendo qui?» mi domandai in un sussurro.

«Mi hai tolto le parole di bocca» commentò una voce profonda, attirando la mia attenzione su Michael, che si stagliava all'ingresso della cripta.

Doveva aver aperto la porta senza che lo sentissi, probabilmente perché ero troppo concentrata sulla bara.

Che abbia aperto quella sbagliata? Che stesse dormendo nella bara di Cam? Lilith gli ha fatto qualcosa?

Avevo un milione di domande, ma non riuscii a esprimerne nessuna.

Perché Michael si stava avvicinando.

Con un'espressione di pura malvagità.

Izzy

Feci un passo indietro, ma Michael fu più veloce. Allungò la mano e mi afferrò i capelli, e in un attimo mi ritrovai strattonata all'indietro e sbattuta contro il muro.

«Cosa cazzo ci fai qui?» mi chiese.

Serrai la mascella. Non avrei detto nulla a quello stronzo.

Strinse la presa, sibilando a denti stretti: «Non hai ancora capito, vero? Cam non c'è più. Non conti nulla per lui. E conterai ancora meno, quando gli avrò detto dove ti ho trovata. Gli umani non devono avvicinarsi ai nostri luoghi sacri. Un giocattolo come te, qui, è un insulto per tutti i vampiri».

Se fosse vero, allora perché Cam mi aveva già portata nelle catacombe?, avrei voluto chiedergli.

Ma rimasi in silenzio.

Soprattutto perché ero preoccupata per il modo in cui il nuovo Cam avrebbe reagito vedendomi nella cripta.

Ora non potevo più usare la scusa della passeggiata. Stavo profanando la tomba di Cane.

Che però non è qui.

Cam lo sa?

Se così non fosse, l'informazione avrebbe potuto distrarlo dal…

Un fischio intenso mi trapassò le orecchie, mettendo a tacere la mente e ancorandomi al presente.

Un presente dove un vampiro sadico aveva una mano avvolta intorno alla mia gola.

E i miei piedi non toccavano più il pavimento.

Era successo tutto troppo in fretta, il mio cervello stava recuperando le informazioni solo in quel momento.

Mi ha colpita, capii. *Forte.*

E ora… ora… non… non riesco a respirare…

Deglutii. O almeno ci provai. La sua stretta me lo impedì.

Michael stava dicendo qualcosa, ma non riuscivo a sentirlo, il fischio nelle orecchie era troppo forte. «Debole» fu l'unica parola che mi sembrò di cogliere.

Buffo, detto da qualcuno che un tempo era un umano, borbottai mentalmente.

O almeno pensavo di averlo fatto. Ma forse lo avevo detto ad alta voce, perché Michael ringhiò e mi gettò a terra.

Mi diede un calcio allo stomaco, togliendomi il fiato, mentre mi rimproverava per la mia mancanza di rispetto.

«Mi sono guadagnato questa posizione. Tu, invece, sei solo una sacca di sangue immortale. Ti ucciderà non appena troverà una sostituta».

Il mio scalpo bruciò quando mi afferrò di nuovo i capelli, usandoli per sollevarmi, un gesto che riempì la mia visuale di esplosioni di colore in un mare di oscurità.

«Cosa pensi che abbia fatto per tutta la settimana,

mentre dormivi?» mi chiese Michael. «Ha addestrato le tue sostitute, Ismerelda. E dopo questa piccola bravata, probabilmente se ne prenderà una senza pensarci due volte».

Digrignai i denti. Era impossibile che Cam avesse *addestrato* qualcuno nell'ultima settimana, considerando tutto il tempo che aveva trascorso dentro di me.

«Non si ricorda di te» continuò Michael. «E non si ricorderà *mai* di te, grazie al piano B di Lilith».

Il mio cuore saltò un battito. *«E non si ricorderà mai di te, grazie al piano B di Lilith».*

No.

No, mi rifiuto di crederci.

Si ricorderà di me. Cam deve *ricordarsi di me.*

«Lilith ha vinto» mi sussurrò Michael all'orecchio. «Non significhi nulla per Cam. E anche se, ed è un grosso *se*, dovesse rendersi conto di come stanno realmente le cose, sarebbe comunque troppo tardi. Il danno è fatto».

Cercai di scuotere la testa, ma la sua presa sui miei capelli mi tenne ferma.

«Dove pensi che sia in questo momento?» chiese Michael. «Posso dirtelo… Anzi, te lo mostro».

Mi diede un altro strattone, facendomi correre una dolorosa scarica elettrica lungo la spina dorsale. *Cazzo!*

Stavolta, il pensiero non mi sfuggì dalle labbra. Probabilmente perché ero troppo impegnata a gemere.

Lo spazio vorticò intorno a me, mentre Michael mi trascinava per i capelli attraverso le catacombe. I miei piedi sembravano muoversi con il pilota automatico, nonostante l'agonia che pervadeva il mio essere.

Sta usando i suoi poteri per costringermi, capii, rendendomi conto che le mie gambe si stavano muovendo senza il mio permesso. *Mi sta facendo correre per stare al passo con lui.*

I miei polmoni protestavano, mi vennero i crampi ai muscoli.

Ma non avevo scelta.

Mi stava strattonando senza preoccuparsi del fatto che fossi una mortale.

Un altro modo per farmi sentire inferiore, pensai. *Per dimostrarmi che sono debole.*

Un ringhio si fece strada nel mio petto, ma perse lo slancio prima di riuscire a lasciare la mia bocca. Tutto ciò che ne uscì fu una sorta di rantolo. Tremando di dolore e fatica, seguii involontariamente Michael verso le scale.

I miei piedi non stavano realmente toccando il pavimento. Erano solo le dita a sfiorare il cemento, mentre lui manteneva la presa sui miei capelli e il suo magico giogo sulle mie gambe.

Così non va bene.

Proprio per nulla.

Le ginocchia stavano per cedere.

Il mio scalpo era in fiamme.

La mia visuale si oscurò.

Qualcosa di duro mi colpì la schiena. *Un altro muro*. Un palmo sulla mia faccia. Le labbra di Michael ancora una volta sul mio orecchio, a mormorare commenti sulla mia fragilità.

«Non ti trasformerà mai» stava dicendo. «E non perché non si ricorda di te. Tenere un animaletto mortale per mille anni non può significare altro: non voleva una pari. Voleva solo un giocattolo».

Non sai nulla di ciò che eravamo l'uno per l'altra, avrei voluto dirgli. Ma non avevo le forze per provarci.

Una piccola parte di me si ritrovò anche ad ammettere: *se Cam mi avesse trasformata, ora non mi troverei in questa situazione*.

Aveva lasciato che restassi umana per via del nostro legame. Non aveva voluto cambiarlo. E nemmeno io.

Ora, però, la voce incerta nella mia testa si domandò se avessi preferito rimanere umana solo a causa di Cam. Se lo avessi fatto per accontentare lui, non per me stessa.

Il mondo turbinò di nuovo, mentre continuavamo a scendere le scale per un numero infinito di piani. La mia concentrazione era completamente assorbita dal dolore, con il cranio che mi martellava per tutte le violenze subite.

«Sono ore che è qui sotto, troppo occupato per accorgersi della tua scomparsa».

Ebbi l'impressione che stesse insinuando qualcosa.

E la conferma giunse qualche secondo più tardi, quando mi trascinò in una stanza con una mezza dozzina di donne nude.

Non ero nemmeno sicura di quando avessimo lasciato le scale o di come fossi finita così in fretta in quello spazio asettico. Ma un attimo prima ero concentrata a odiare le sue parole, e quello successivo ne stavo fissando la ragione.

Vergini di sangue.

Erano troppo perfette per non esserlo. E troppo docili per essere vampiri o licantropi.

Avevano le teste chinate e le braccia lungo i fianchi.

Michael mi gettò sul pavimento davanti a loro, costringendomi a inginocchiarmi. «Ismerelda, ti presento le tue sost…».

«Che cazzo stai facendo?». La voce di Cam riecheggiò attraverso la stanza, con un tono che mi fece correre un brivido gelido lungo la schiena.

Era qui. Con loro. Stava… stava…

Non riuscii a terminare il pensiero, travolta da un'ondata di nausea.

«L'ho trovata nella vostra cripta di famiglia» disse Michael, affrettandosi a informare Cam delle mie azioni.

«E quindi l'hai portata qui?». Le scarpe di Cam apparvero nella mia visuale, facendomi rendere conto che stavo fissando il pavimento. Ma non volevo vedere cosa stesse indossando. O *non* stesse indossando.

Anche se è un buon segno che abbia le scarpe, no?

«Voleva vedervi, mio signore» rispose Michael.

Spalancai gli occhi. «Non…».

«*Silenzio*». L'ordine di Cam mi trafisse come una pugnalata, lasciandomi senza parole.

È troppo.

Troppo… troppo… difficile.

Deglutii, con la gola dolorante a causa delle premure di Michael. O forse a causa delle emozioni che minacciavano di soffocarmi.

Ho fallito.

Michael mi ha scoperta.

Cam era impegnato… a… Non voglio nemmeno sapere nello specifico cosa stesse facendo.

Ha giocato con le vergini di sangue, prima che Mira mi portasse qui.

Mi sta trattando come una schiava sessuale.

Non riacquisterà mai i suoi ricordi…

Sentii il cuore spezzarsi nel petto, che si riempì con una sensazione di pura angoscia.

Non volevo credere a Michael. Non volevo arrendermi. Eppure… *eppure…*

«Mira. Portala nella mia stanza. Mi occuperò di lei più tardi».

«Sì, mio signore». La voce vellutata di Mira mi fece stringere i pugni.

È stata lei a portarmi qui.

Mi ha mentito.

Ha tradito tutti.

La stronza mi afferrò il braccio, conficcandomi le

unghie nella carne. «È ora di andare, Izzy».

Digrignai i denti, solo per essere travolta da un'altra fitta di dolore che annientò la mia capacità di pensare.

Merda. Michael mi aveva fatto proprio male. E, costringendomi a correre, mi aveva fatto diventare le gambe della stessa consistenza della gelatina.

Ma, a differenza della volta precedente, Cam non intervenne. Non diede nemmeno segno di avermi notata. «Michael. Resta qui un attimo» disse invece. «Dobbiamo parlare».

La violenza sottesa a quelle due parole mi fece rivoltare lo stomaco. Era quasi sensuale. Probabilmente perché Cam era di quell'umore, grazie alle mie *sostitute.*

Era *quella* la parola che Michael era stato sul punto di usare.

Le mie sostitute.

Le vergini di sangue immortali destinate a servire i vampiri per l'eternità, senza le complicazioni del legame con un'*erosita.*

Cos'aveva fatto Cam là sotto, per tutta la sera? Aveva testato le loro abilità? Le aveva assaggiate? Aveva scelto un nuovo giocattolo?

Forse voleva farle sfilare davanti all'Alleanza come una sorta di offerta.

Come siamo arrivati a tutto questo?

«Lilith ha vinto» aveva detto Michael, e in quel momento le sue parole mi rimbombarono nella mente.

Perché temevo che avesse ragione. Che non ci fosse un modo per tornare indietro.

Forse non posso salvare Cam.

Forse… forse ora è questa la nostra vita. Per il resto dell'eternità. Finché non muoio…

Non dissi nulla mentre Mira mi scortava verso l'ascensore.

C'erano diverse cose che avrei tentato di dirle una settimana prima e che ormai non avevano più alcuna importanza.

La sorte del compagno e della figlia erano chiaramente irrilevanti per lei. Perché preoccuparmi di farle domande al riguardo?

In generale, perché disturbarmi a supplicarla?

Se Cam non era in grado di recuperare i suoi ricordi, come avrei fatto a fargli cambiare idea sui suoi piani malvagi?

Avrei potuto continuare a cercare di abbattere la barriera mentale. Anche se, dopo la bravata di quella notte, dubitavo che mi avrebbe ascoltata, né tantomeno mi avrebbe lasciato accedere ai suoi pensieri.

Pensa di essere un essere superiore e di aver creato tutto questo.

*Pensa di non volere un'*erosita*, è convinto di desiderare una sacca di sangue immortale.*

Crede che sia il sogno della sua vita, il suo obiettivo per l'Alleanza.

Ogni riflessione era una dolorosa fitta al petto. I miei passi erano sempre più pesanti, la mia anima sempre più a pezzi.

Mi sentivo… persa. Distrutta. Incapace di pensare. Cosa importava? A cosa sarebbe servito rimuginare per ore sulla situazione?

No.

Avrei… avrei aspettato che tornasse.

Forse avrei bevuto il sangue che tenevo ancora nei pantaloncini per riprendermi. O forse sarei rimasta in quello stato.

Importa? Cam probabilmente mi ucciderà comunque.

Mi avrebbe chiesto spiegazioni? Mi avrebbe concesso di dargliene? Di parlargli di Cane?

Tentai di deglutire, riuscendoci a stento. Ogni parte di me era esausta, sopraffatta… *distrutta.*

Ero troppo stanca per continuare.

Forse avrei dovuto trascorrere davvero la serata a riposare.

«Puzzi di disperazione» borbottò Mira quando raggiungemmo il piano di Cam.

Uscì dall'ascensore, continuando a stringermi il braccio, e mi condusse verso il corridoio che portava all'alloggio di Cam.

«Lavati prima che torni Cam» aggiunse, lasciandomi andare. «Ha bisogno che tu sia forte in questo momento. *Devi incoraggiarlo*».

Aveva pronunciato le ultime due frasi sottovoce, più come un sussurro che altro.

Alzai lo sguardo su di lei, confusa, ma stava già tornando indietro.

«Non allontanarti di nuovo, Izzy. Non ti piacerà ciò che accadrà se lo farai».

Lasciando aleggiare la minaccia nell'aria, entrò nell'ascensore. E solo allora si voltò verso di me.

La sua espressione era priva di emozioni.

Ma i suoi occhi… i suoi occhi erano quelli di un lupo.

E, per un attimo, avrei giurato di scorgervi un accenno di tristezza.

Poi le porte si chiusero.

Lasciandomi ancora una volta sola.

Cos'è appena successo?, mi domandai, sconcertata, pensando alle sue affermazioni contrastanti. *Che abbia sentito male? Che mi sia immaginata tutto?*

Scossi la testa, cercando di schiarirmi le idee, e tornai zoppicando verso l'alloggio di Cam.

La speranza era un'emozione troppo fragile, che non ero sicura di voler coltivare. Non in quel momento.

Ma avrei seguito il consiglio di Mira e mi sarei fatta

una doccia. Forse mi avrebbe aiutata a far svanire ogni traccia delle mani di Michael.

O forse sarei semplicemente annegata.

CAM

Qualche minuto prima...

«WAGNER, porta i soggetti nel laboratorio accanto. Lì potrai procedere all'esame fisico e al prelievo di sangue».

«Sì, mio signore» rispose il dottor Wagner da dietro di me. Stavamo discutendo dei risultati delle sue ricerche nella stanza adiacente, quando avevo percepito la presenza di Ismerelda.

Non sapevo perché si stesse aggirando nelle catacombe né come avesse trovato la cripta della mia famiglia, ma al momento ero più interessato all'audacia di Michael.

Non solo aveva toccato la mia *erosita*, *di nuovo*, ma l'aveva portata lì, in una stanza piena di vergini di sangue in procinto di affrontare un test di compatibilità.

Digrignai i denti mentre Wagner conduceva i soggetti fuori dalla stanza. I suoi gesti erano metodici, il suo atteggiamento imperturbabile. Come ogni volta che lo avevo incontrato.

Era uno dei successi di Lilith, una creatura immortale con caratteristiche simili a quelle di Calina, la nuova *erosita* di Jace. Sia Wagner che Calina erano stati creati usando una madre surrogata dal sangue dorato e un miscuglio di materiale genetico soprannaturale.

Purtroppo, i miei fratelli avevano ucciso tutti gli umani dal sangue dorato; solo i vergini di sangue avevano delle caratteristiche simili. Ma non uguali.

Wagner stava esaminando tutte le femmine per vedere se qualcuna di loro avesse dei marcatori adatti. Lo scopo era di intraprendere dei test di maternità surrogata che coinvolgessero i Benedetti.

Finora nessuna delle candidate si era dimostrata valida, come mi stava dicendo Wagner quando Michael aveva fatto irruzione con Ismerelda.

La porta si chiuse, lasciandomi solo con la mia progenie. Aveva detto di aver portato lì Ismerelda perché la mia *erosita* aveva chiesto di vedermi. Anche se fosse stato vero, non avrebbe comunque dovuto essere con lei.

«Avresti dovuto chiamarmi nel momento in cui hai capito dove si trovava Ismerelda» dissi, voltandomi verso di lui. «Invece hai deciso, *di nuovo*, di essere tu a punire la mia *erosita*».

Perché non c'erano dubbi sulle sue ferite o su come se le fosse procurate.

Il livido che le si stava formando sul viso era molto recente, e avevo percepito quanto fosse stanca. Non avevo idea di cosa le avesse fatto, ma lo avrei scoperto.

«L'ho trovata nella cripta della vostra famiglia». Lo disse come se fosse una spiegazione. No, non una spiegazione. Una *legittimazione*.

«Ed è allora che avresti dovuto chiamarmi, così da potermi occupare della situazione» risposi.

«Ho dovuto fermarla, mio signore. Stava per aprire la bara di vostro fratello».

Aggrottai la fronte. Che cosa strana da fare. «Ti ha spiegato perché?».

«No. Mi ha insultato, poi ha preteso che la portassi da voi. Non ha detto altro».

Arricciai il naso quando l'odore di Michael si addolcì. Lo faceva spesso, al punto che avevo iniziato a pensare che fosse un segnale di qualche tipo.

Il segnale che mi sta mentendo.

«In che modo ti ha insultato?» chiesi, curioso di sapere se fosse quella la fonte del suo cambio di odore o se si trattasse della seconda parte della frase.

Perché i lividi che avevo notato sulla gola della mia *erosita* suggerivano che non le fosse stata data l'opportunità di parlare.

«Mi ha ricordato che un tempo anch'io ero un mortale» rispose, facendomi inarcare le sopracciglia.

«E?».

«L'ha detto in tono sarcastico». Incrociò le braccia sul petto. «Si comporta sempre male, mio signore. Non sa qual è il suo posto. E mi parla come se valessi meno di lei, nonostante le sia superiore».

Perché dovrebbe essere la mia regina, non la mia erosita, pensai.

Il fatto che avesse deciso di visitare le catacombe la diceva lunga sulla sua forza e sul suo coraggio. Non si comportava come un'umana, ma come una vampira.

Ma perché è andata nella cripta della mia famiglia?

Aveva accennato al fatto che l'avessi già portata lì, tanti anni prima, per assistere al rituale di Cane. Ma non avevamo mai finito di parlarne.

Che stesse cercando qualcosa? Forse qualcosa legato a un vecchio ricordo?, mi domandai. *Ma allora, perché non chiedermi di andare con lei?*

«Quella donna è un problema, mio signore» continuò Michael. «Anche se non abbiamo prove che sia stata lei a manomettere i nostri sistemi, non mi fido di lei».

Sbuffai. «Non spetta a te fidarti o meno di lei, Michael. Così come non spetta a te *toccarla*. Pensavo di essere stato chiaro al riguardo, ma evidentemente non hai colto il messaggio».

Michael fece un passo indietro, spalancando gli occhi. «Quando l'ho trovata, stava cercando di aprire la bara di Cane, mio signore» ripeté. «Ho reagito di conseguenza. È un luogo sacro, e lei stava per profanarlo».

«Come hai fatto a trovarla?» gli chiesi. «Ti avevo mandato a prendere il mio laptop. Avresti dovuto tornare qui, dirmi che non era nel mio alloggio e lasciare che me ne occupassi io».

Si passò le dita tra i capelli biondi e sospirò. «Quando mi sono reso conto che era sparita, ho seguito il suo odore. Ero… ero preoccupato. E voi eravate impegnato qui. Stavo solo cercando di aiutare».

«Mettendo le mani addosso alla mia *erosita*? Dopo che ti avevo espressamente vietato di farlo?».

«Si è rifiutata di venire con me, mio signore. Stava facendo la difficile». Alzò una mano prima che potessi dire qualcosa. «Ma ora capisco che avrei dovuto contattarvi».

Avrebbe dovuto fare molto di più. A cominciare dall'informarmi della sua sparizione, nel momento esatto in cui si era accorto che non era nel mio alloggio.

Lo avevo mandato nella mia stanza per vedere se avrebbe lasciato in pace Ismerelda.

E aveva fallito il test.

Anche se in circostanze molto diverse da quelle che mi ero aspettato.

«Se posso permettermi, mio signore, la vostra *erosita* non sa stare al suo posto perché le concedete troppe libertà. È stata influenzata dalle idee del clan Majestic e, di conseguenza, non ha accettato la vostra visione del futuro. Essere severi con lei è l'unico modo per correggere il suo comportamento».

Lo fissai. Come poteva pensare che quello fosse il momento giusto per farmi una lezione su come avrei dovuto comportarmi con la mia *erosita*? Era come se non avesse capito che lei era *mia*, non *sua*.

E il suo *comportamento* non lo riguardava. Né tantomeno spettava a lui correggerlo.

«Dovrebbe stare rinchiusa nella stanza che avete creato per lei» continuò, palesemente ignaro della mia rabbia. Che aveva già raggiunto l'apice prima ancora che iniziasse a parlare.

E ora stava eruttando in ondate di furia rovente che mi facevano rizzare i peli delle braccia, fluendo verso le dita. Dita che fremevano dalla voglia di avvolgersi intorno alla gola di quell'uomo e *stringere*.

«Dovreste almeno chiudere la porta a chiave» proseguì. Il suo istinto di sopravvivenza era chiaramente assente.

Come cazzo fa quest'uomo a essere la mia progenie?

«Personalmente, però, non credo che le dovrebbe essere permesso di vivere, dopo quello che ha fatto. Ha profanato un luogo sacro mettendo piede nelle catacombe, poi lo ha violato ulteriormente cercando di aprire la tomba di vostro fratello». Scosse la testa, passandosi di nuovo le dita tra i capelli. «È difettosa, mio signore. In modo irreparabile. Secondo me».

«Secondo te» ripetei a voce bassa.

«Sì» rispose la mia stupida progenie, che non aveva

colto il mio tono omicida. «Posso occuparmene io, se volete. So che avete molto da fare, e lei non è degna del vostro tempo».

Perché ho scelto di trasformare quest'uomo e non Ismerelda?, mi domandai sconcertato. Non capivo come avessi potuto trovare quell'imbecille degno del mio sangue.

«Non toccare Ismerelda» gli dissi, ogni parola sottolineata dalla violenza che mi ribolliva dentro. «Anzi, non avvicinarti proprio a lei».

«Mio signore...».

«No» sbottai, afferrandogli la gola e sbattendolo verso la parete più vicina, che si trovava almeno cinque metri più in là. Ma le mie abilità soprannaturali mi avevano permesso di coprire quella distanza in meno di un secondo.

Le pupille di Michael si dilatarono, i suoi occhi si spalancarono.

«Ti avevo avvertito di non toccarla, Michael. Ti avevo detto cosa sarebbe successo se mi avessi disobbedito».

Serrai la presa intorno alla sua trachea. L'impulso di staccargli la testa fece ghignare il mio predatore interiore.

«*Non è tua. Non è compito tuo punirla. E non è tuo diritto toccarla*». Le parole lasciarono la mia bocca con un ringhio che gelò l'atmosfera.

Un'ombra calò sul viso di Michael, il cuore gli rimbombò forte nel petto.

Sì. Purtroppo per te, hai completamente frainteso la situazione, pensai. *Ma ora capisci, non è vero?*

«Ismerelda potrebbe effettivamente essersi comportata male, stasera» gli dissi. «Ma ne parlerò con lei in privato. E solo allora deciderò se merita una punizione».

Perché, francamente, ero più incuriosito dalle sue azioni, che infastidito.

A differenza di quello che provavo nei confronti di

Michael e del suo incessante bisogno di intromettersi tra me e la mia *erosita*.

«Il tuo disprezzo dei miei ordini è diventato un problema» continuai, mentre la sua faccia cambiava colore a causa della mancanza di ossigeno. «Un problema che non posso continuare a ignorare».

Mi afferrò il polso, le sue narici si dilatarono.

«Se non mi dai ascolto su qualcosa di così semplice, come cazzo posso fidarmi che tu faccia qualcos'altro in modo competente?».

Le sue unghie mi scavarono la pelle. Mi mise l'altra mano sulla spalla in un tentativo di spingermi via.

Non mi mossi di un millimetro.

Ero molto più vecchio e molto più forte di quella sottospecie di maschio.

«Ti credi superiore a Ismerelda, ma lei è *mia*. Ciò la rende un'estensione di ciò che sono. E io sono il tuo fottuto signore».

Iniziò a contorcersi, scalciando. E l'istinto cominciò finalmente a prendere il sopravvento.

Perché si era reso conto che non lo avrei strozzato fino a fargli perdere conoscenza, per poi lasciare che si svegliasse.

No. Avevo tutte le intenzioni di staccargli la testa.

Ha fatto del male alla mia leonessa. Due volte.

Mai più.

Non mi importava che mi facesse sembrare debole, ossessionato o possessivo. Ero il fottuto re. Se volevo una compagna, mi sarei preso una cazzo di compagna.

Se volevo trasformare Ismerelda, allora l'avrei trasformata.

E nessuno, soprattutto non Michael, aveva il diritto di intromettersi.

«Ti avevo già perdonato una volta. Ti avevo perfino dato un'altra possibilità, eppure hai ignorato il mio…».

Il mio orologio vibrò, c'era una chiamata in arrivo. Il nome di Mira apparve su uno schermo olografico accanto a me.

Cazzo. Le avevo detto di portare Ismerelda in camera mia. C'era un solo motivo se mi stava chiamando.

«Non muoverti» dissi a Michael, lasciandolo andare.

In parte mi disobbedì, perché le gambe gli cedettero e cadde a terra. Ma poi rimase praticamente immobile, a tossire e rantolare.

Suoni che fecero sorridere di soddisfazione il mio predatore interiore.

Nel frattempo, il mio lato pratico si concentrò sull'orologio.

«Rispondi» ringhiai al dispositivo, fissando l'immagine che fluttuava nell'aria.

Comparve il viso impassibile di Mira, con le iridi color del ghiaccio che sembravano trapassare lo schermo. «Mio signore» mi salutò. «Helias è qui».

«Cosa?» risposi, colto alla sprovvista.

«Il suo jet è appena atterrato. A quanto pare, gli umani che gestiscono la torre di controllo erano convinti che fosse qui per visitare la sede dell'Organizzazione e lo hanno assistito. Non che potessero rifiutarsi di farlo. È un reale, mio signore. I reali e gli alfa sono trattati come monarchi, tra gli umani».

«Lo so» borbottai. La sua spiegazione era superflua. Helias aveva solo dovuto annunciare il suo arrivo, e gli umani si erano affrettati a fare tutto il possibile affinché le cose procedessero senza intoppi.

Era così che avrebbe dovuto essere: vampiri e licantropi erano specie superiori. Gli umani dovevano ritenersi fortunati a essere vivi.

Ma… se fosse vero, se fosse ciò che desidero, allora perché apprezzo il coraggio di Ismerelda?, mi domandai. *Perché la sua audacia mi fa sentire così orgoglioso?*

Avrei dovuto volere che si inchinasse a me. Che si sottomettesse completamente. Che mi *implorasse* di tenerla in vita. Che mi ringraziasse per averla scelta. Che strisciasse e supplicasse e obbedisse.

Eppure, non era così.

Volevo ricompensarla con l'immortalità per aver dimostrato di essere più forte dei suoi simili. Di essere coraggiosa. Di essere critica e provocatoria, insomma, di essere completamente diversa dagli altri umani.

Tuttavia, Ismerelda proveniva da un mondo in cui il suo comportamento era normale. Un mondo in cui i mortali avevano pari diritti.

I vampiri e i licantropi avevano eliminato quei diritti e ridotto in schiavitù la razza umana.

A che scopo?, mi chiesi. *Come può essere logico tutto questo? Voler lodare Ismerelda per il suo coraggio e allo stesso tempo annientarlo?*

«Mio signore?» disse Mira, riportando la mia attenzione su di lei. «Come volete procedere?».

«Con cosa?» chiesi, momentaneamente confuso. *Per quanto riguarda Ismerelda? O il piano per il futuro del mondo? O…*

«Helias, mio signore» disse, aggrottando appena la fronte. «Volete che gli dica di tornare a casa?».

Giusto. Helias.

Concentrati, Cam.

Mi schiarii la voce. «Ti ha spiegato perché è venuto qui, invece di limitarsi alla telefonata che avevamo programmato?».

«Sì. Ha detto che audio e video possono essere manipolati, ma un incontro di persona no».

Le mie labbra si incurvarono all'ingiù. «Sta insinuando che volevamo registrarlo?».

«No, mio signore. Penso intenda che vuole una prova inconfutabile che siete vivo».

La fissai. «Crede che qualcuno possa fingere che sono vivo con una videochiamata?».

«Sì». Un'unica parola, senza alcuna spiegazione.

«Capisco». Avevo letto nei file di Lilith che diversi reali sospettavano che fossi morto; sembrava che i rivoluzionari avessero diffuso quella voce per indebolirmi.

Ed Helias, a quanto pareva, era preoccupato che quella voce potesse essere vera.

Avrei potuto dirgli di andarsene a fanculo. Ma se in quel momento fossi stato disponibile con lui, avrei potuto approfittarne in futuro.

Un alleato poteva sempre tornarmi utile. O addirittura dimostrarsi necessario.

«Portalo nella sala conferenze dell'Organizzazione» dissi a Mira. «Lo incontrerò lì».

Lei chinò la testa. «Sì, mio signore».

L'attimo dopo lo schermo sparì, lasciandomi solo con Michael ancora rannicchiato ai miei piedi.

Avevo cose più importanti di cui occuparmi in quel momento. E non ero dell'umore di donargli una morte rapida.

Ammesso che lo voglia ancora uccidere, pensai. *Ha reagito come avrebbe fatto chiunque altro nella sua posizione, trovando un'umana che gironzolava nelle catacombe.*

Solo che Ismerelda non era un'umana qualsiasi. Era la *mia* umana.

«Stai alla larga dalla mia *erosita*» gli dissi. «E vai ad aiutare il dottor Wagner con i suoi esperimenti».

Avrei deciso più tardi cosa fare con lui.

Ora avevo un vecchio amico da andare a salutare.

Izzy

Avevo finito per bere il sangue di Cam; il bisogno di guarire aveva avuto la meglio su qualsiasi altra considerazione. Avevo anche fatto una doccia.

Ma non mi ero preoccupata di asciugarmi i capelli.

Li avevo solo pettinati e mi ero messa una delle camicie di Cam, per poi iniziare a camminare avanti e indietro, in soggiorno, mentre aspettavo che tornasse.

La mancanza di una pizza significava che o era arrivata ed era stata portata via mentre non c'ero, o che non era ancora ora di cena. Non avevo la più pallida idea di che ora fosse. Non avevo un orologio e nell'alloggio di Cam non ce n'era uno. Non potevo nemmeno controllare che ora fosse sul suo laptop, perché non era più lì.

È così che ha scoperto che me ne sono andata?, mi chiesi. *È tornato a prendere il laptop, ha visto che non c'ero e ha mandato Michael a cercarmi?*

Rabbrividii, la sua ira era una presenza palpabile che aleggiava ancora sulla mia pelle.

Cosa mi farà?

Sicuramente qualcosa di doloroso.

A sfondo sessuale.

O forse mi avrebbe solo scartata in favore di una di quelle vergini di sangue.

Come avrei fatto a sistemare le cose? A farlo tornare in sé?

«Non si ricorderà mai di te, grazie al piano B di Lilith».

Le parole di Michael mi risuonarono nella mente, minacciando di dissolvere anche le ultime tracce di speranza.

I ricordi di Cam sono spariti.

Questo è ciò che è ora.

E io... sono solo la sua sacca di sangue immortale.

Mi torsi le mani mentre continuavo a camminare avanti e indietro, digrignando i denti. *Non posso arrendermi. Ma non... non so cosa fare.*

Cercare di svegliare Cane era stato un totale fallimento. Non era nella sua bara. E, anche se fosse stato lì, non avrei avuto il tempo di effettuare il rituale.

«Lilith ha vinto. Non significhi nulla per Cam».

Feci una smorfia. Le parole di Michael continuavano a rimbalzarmi in testa. E la sicurezza con cui le aveva pronunciate stava intaccando la mia determinazione.

Se i ricordi di Cam erano inaccessibili, allora dovevo convincerlo a cambiare idea nello stato in cui si trovava.

Uno stato che era il risultato del lavaggio del cervello di Lilith, con cui lo aveva convinto a odiare il genere umano. A considerarmi una proprietà, non una persona. A preoccuparsi solo di soddisfare le sue esigenze di vampiro.

Anche se riuscissi a comunicare con lui, saremmo in grado di superare questa situazione? Gioca con altre donne… È perché non sono abbastanza per lui?

Dopo più di mille anni di fedeltà, sempre al fianco l'uno dell'altra, il suo corpo gli aveva permesso di godersi quello di un'altra donna.

No, non di un'altra. Di *altre.*

Non volevo rinfacciarglielo e sapevo che non era giusto, ma come potevo ignorarlo?

Flettei le mani, poi le chiusi a pugno e le riaprii di nuovo, roteando le braccia. *Cosa posso fare?* Mi chiesi per l'ennesima volta. *Come faccio a sistemare le cose?*

Continuai a camminare. Il mio corpo si era ripreso perfettamente dal trattamento di Michael e dal vagabondaggio infinito nelle catacombe, ma il mio cervello era esausto.

E neanche un litro del sangue di Cam avrebbe potuto guarire il mio cuore spezzato. Le fialette mi avevano concesso uno sballo temporaneo, un assaggio di euforia, ma nel momento in cui la realtà si era fatta strada nella mia mente, il mio umore era crollato.

«Ti amo, Ismerelda. Ti ho sempre amata e ti amerò per sempre. Per tutta l'eternità».

Chiusi gli occhi, immaginando il volto di Cam. La sua espressione seria, il suo sguardo adorante, il suo tocco…

Mi venne un groppo alla gola.

«Ti amo anch'io» gli sussurrai.

Quante volte avevamo avuto quello scambio? Cento? Mille?

La promessa di esserci l'uno per l'altra. Di prenderci cura l'uno dell'altra. Di stare insieme per sempre.

Solo che lui non è più quel Cam. E non sarà mai più quel Cam.

Arrendermi sarebbe stato peggio della sua infedeltà. Aveva bisogno di me, ora più che mai. Ma come avrei fatto ad aiutarlo, se non voleva il mio aiuto?

Senza i suoi ricordi, era una persona completamente diversa.

È questo che sarebbe diventato, se non mi avesse mai conosciuta?, mi domandai. *Era sempre stato destinato a essere un mostro crudele? E io l'ho solo allontanato da quel percorso? Oppure c'erano altri aspetti della sua vita che lo avevano reso ciò che era?*

Avevo cambiato il destino? E ora le cose stavano tornando a essere come avrebbero dovuto?

La mascella mi doleva a furia di stringerla.

Odiavo quello che stava accadendo. Odiavo Lilith. Odiavo Michael. Odiavo *il destino*.

«Non ti trasformerà mai. E non perché non si ricordi di te. Tenere un animaletto mortale per mille anni non può significare altro: non voleva una pari. Voleva solo un giocattolo».

Deglutii, con quelle parole orribili che continuavano a riecheggiarmi nella mente.

Che abbia ragione?, mi domandai. *È per quello che Cam non mi ha mai trasformata?*

Scossi la testa. *No. Desiderava… desiderava preservare il nostro legame.*

Ma perché?, sussurrai tra me e me. *Era davvero perché non voleva che il nostro legame svanisse? O perché aveva bisogno del mio sangue?*

Mi misi una mano sulla fronte, i miei occhi bruciavano dietro le palpebre chiuse.

Tutti quei dubbi mi stavano facendo impazzire.

Conoscevo Cam. Era il mio compagno. L'altra metà della mia anima. Non avrebbe… Non mi avrebbe mai *usata*.

Eppure, era esattamente ciò che stava facendo quella versione di lui.

Quella versione di Cam, che era essenzialmente l'uomo che avevo incontrato mille anni prima, non aveva nessun problema a vedermi come una bambola destinata solo al suo piacere.

Come ho fatto a cambiarlo, all'epoca? Perché adesso non ci riesco più?

Perché era svanito l'elemento sorpresa.

Il momento in cui aveva esitato perché sapevo cosa fosse. Un momento impossibile da ricreare.

Ora gli umani erano consapevoli dell'esistenza di vampiri e licantropi.

Ed erano anche i loro schiavi.

Non c'era nulla di così straordinario, in me, da fargli fare un passo indietro e valutare il potenziale della nostra situazione. Era affamato. Esigente. Ossessionato dal sesso.

Non ero niente di speciale. Probabilmente non avevo nemmeno chissà quale sapore, in confronto alle vergini di sangue. Tutto ciò che avevo da offrire era il mio corpo, che chiaramente non era stato sufficiente a intrattenerlo per più di qualche giorno.

Conoscere i suoi gusti e le sue preferenze avrebbe potuto dimostrarsi utile, ma non c'era nient'altro. E non appena avessi condiviso abbastanza informazioni da soddisfare la sua curiosità, cosa sarebbe successo?

Mi strinsi l'attaccatura del naso ed espirai profondamente.

Mi aveva detto di rilassarmi. Ma mi sentivo esattamente l'opposto di "rilassata". Un bagno avrebbe fatto ben poco per sciogliere la tensione che mi irrigidiva le spalle e il collo. Inoltre, al suo ritorno, probabilmente avrebbe cercato di annegarmi.

Non volevo morire così.

Cosa gli dirò?, mi domandai. *Forse posso distrarlo riferendogli che Cane non si trova più nella sua tomba. Ma forse lo sa già…*

Una voce maschile rimbombò in corridoio, facendomi alzare la testa di scatto. Fissai la porta. *Cam.*

No, mi resi conto un attimo dopo. *Michael.*

«Ne siete sicuro, mio signore?» stava chiedendo. «Non si può tornare indietro».

«È il modo in cui sarebbe dovuta morire mille anni fa» rispose Cam, con un accento britannico più marcato del solito. O forse mi sembrava che lo fosse a causa di quello che stava dicendo.

Cosa intende con "il modo in cui sarebbe dovuta morire mille anni fa"?

Non era possibile che stesse parlando della notte in cui ci eravamo conosciuti… no?

Non… non avrebbe… Non potrebbe… Non ricorda nemmeno…

Solo che… beh, avevo raccontato tutto al nuovo Cam. Non nei minimi dettagli, ma abbastanza per… per…

No.

No.

«Mi sembra appropriato» concluse, facendomi rizzare i peli sulla nuca.

Appropriato?

«Se ne siete sicuro…».

«Sì» tagliò corto con una sicurezza che mi fece correre un brivido gelido lungo la schiena. Suonava così definitivo, sembrava una specie di addio. «È ora di farla finita».

Non… no.

Assolutamente no, cazzo.

Non può…

«Come desiderate, mio signore» mormorò Michael. «Consideratelo già fatto».

«Bene. Ho cose più importanti di cui occuparmi».

«Capisco, mio signore».

La porta dell'alloggio di Cam si aprì, ma non completamente. «Fa' quello che ti dice Michael, Ismerelda».

Rimasi a bocca aperta. *Cosa?* Non mi avrebbe nemmeno dato la possibilità di parlargli?

«Mi prendi per il culo?» sbottai. «No. No!». Corsi verso la porta a braccia tese, pronta ad afferrargli la camicia.

Ma era già in fondo al corridoio. Riuscii a vedere solo la sua schiena, coperta da una giacca nera, prima che sparisse nell'ascensore.

«Cam!» gridai.

Le porte si chiusero senza che lui si degnasse nemmeno di voltarsi.

«Mi dispiace, Izzy, ma ti avevo avvertito» disse Michael, che aveva la spalla appoggiata alla parete di fronte a me. «Non vuole più saperne di te. E questo significa che non hai più motivo di esistere».

Si staccò dal muro, venendo verso di me. Io indietreggiai, scuotendo furiosamente la testa. «No» dissi. «Deve ascoltarmi. Deve lasciarmi spiegare».

«Non c'è niente da spiegare. Sei solo una sacca di sangue ambulante incapace di rispettare i suoi superiori. Ha già trovato una sostituta. Una che… Cos'è che ha detto, esattamente?». Fissò il vuoto per qualche istante, poi schioccò le dita. «Ah, giusto. Una vergine di sangue che sa come muoversi in camera da letto».

Lo fulminai con lo sguardo. «Sono la sua compagna da più di mille anni».

«È vero» disse. «Ma l'uomo con cui ti sei accoppiata è morto più di cento anni fa. Questa è una versione migliorata di Cam, che non ha più bisogno di un rimasuglio del passato».

Michael mi afferrò la nuca, muovendosi alla velocità della luce.

«Vieni con me» mi ordinò. «Mi sono state date istruzioni ben precise per lasciare che tu muoia come il destino aveva originariamente previsto» aggiunse, trascinandomi lungo il corridoio.

Cercai di fermarlo, di oppormi, di piantare i piedi per terra, ma le mie gambe si mossero contro la mia volontà. Doveva aver usato le sue abilità di vampiro per soggiogarmi e costringermi a cooperare.

O forse è stato Cam, quando mi ha detto di fare tutto quello che mi avrebbe detto Michael, pensai rabbrividendo.

«Il nostro signore ha detto che lo trova *appropriato*» commentò Michael, ripetendo la frase che avevo già sentito. «Suppongo che sia il suo modo di correggere un torto e di riportare il destino sulla strada giusta».

«È solo perché non sa chi sono» sbottai, furiosa e terrorizzata dal fatto che le mie gambe continuassero a muoversi senza il mio permesso.

«E non lo saprà mai» replicò Michael. «Le procedure di Lilith hanno fritto la parte del cervello di Cam dove risiedeva il vostro legame. Di conseguenza, tutti i suoi ricordi di te sono stati cancellati, e non c'è modo di recuperarli».

«Può recuperarli leggendomi nella mente» sibilai.

«Questo richiederebbe che gli importasse abbastanza di te da provarci» disse Michael, mentre entravano nell'ascensore.

Premette il pulsante con il numero tredici. Le porte si chiusero e l'ascensore iniziò a muoversi.

«Hai avuto circa dieci giorni per convincerlo di essere importante per lui, e hai fallito. Perché? Perché non è più il Cam che conoscevi. È il Cam che doveva essere: un re destinato a governare l'Alleanza e a mettere in ginocchio i ribelli».

«Non ha mai voluto nulla del genere» obiettai. «Si è sempre opposto a tutto questo».

«Per te» mormorò Michael. «Ma, come previsto da

Lilith, senza la tua influenza è un vero e proprio vampiro. Dovevamo solo esserne certi, prima di sguinzagliarlo in giro per il mondo».

Aggrottai la fronte. «Cosa?» chiesi, mentre le porte si aprivano. «Essere certi di cosa?».

«Che fosse ufficialmente guarito e libero dalla tua influenza» rispose. «Portarti qui è stato l'ultimo test. La sua decisione di spezzare il vostro legame è il modo in cui lo ha superato».

Mi si gelò il sangue. *Tutto questo è stato un modo per vedere se riuscivo… se riuscivo ancora a influenzarlo attraverso il nostro legame?*

«Grazie a te, ora sappiamo che perdere la memoria è fondamentale per curare chiunque abbia un'infatuazione di questo tipo». Michael sembrava compiaciuto. «Grazie di aver partecipato a questo studio. I tuoi servizi non sono più necessari».

Si fermò davanti a una porta, con un sorriso crudele stampato in viso. Bussò sul legno, lasciandomi andare la nuca.

«Ora entrerai lì dentro e ti offrirai come dessert» disse Michael. «E morirai nel modo in cui il destino intendeva che morissi».

Fece un passo verso di me.

«La parte migliore è che non avrai altra scelta che godertela, perché te lo sto ordinando io». I suoi occhi verdi brillavano di malvagità. «Ti ritroverai a gemere di piacere mentre ti fanno a pezzi, piangendo e implorando nella tua mente, dove nessuno potrà sentirti».

Rimasi impietrita mentre si chinava in avanti per sfiorarmi la guancia con le labbra.

«Potrei dirti che è stato un piacere, Izzy, solo che sarebbe una bugia. Ma sarà un piacere vederti morire».

CAM

Mi sedetti al tavolo, con le dita che tamburellavano impazienti sul legno.

Lanciai un'occhiata all'orologio, aggrottando la fronte. Ero stato in quella maledetta sala conferenze per novanta minuti, in attesa di Helias.

Perché cazzo ci sta mettendo così tanto?

Roma era stata praticamente abbandonata, a parte il Vaticano, e ciò rendeva piuttosto facile spostarsi in fretta lungo le vie. Da quello che avevo capito, Lilith aveva ristrutturato la celebre città umana per adattarla alle sue esigenze, tra cui la costruzione di un aeroporto molto più vicino al centro.

Helias avrebbe già dovuto essere lì.

Cercai il numero di Mira sull'orologio, tentato di chiamarla. Forse non sarei dovuto andare direttamente lì, dopo aver lasciato Michael con il dottor Wagner.

Se avessi saputo che ci sarebbe voluto così tanto, prima sarei andato in camera a parlare con Ismerelda.

Volevo chiederle perché si trovasse nelle catacombe e cosa stesse cercando di fare con la bara di mio fratello.

La tentazione di connettermi alla sua mente per interrogarla era molto forte, e mi spinse a forzare un po' la barriera che ci separava.

Mmh. Sembrava che i blocchi si fossero deteriorati nell'ultima settimana, a indicare la mia crescente curiosità nei confronti del nostro legame e della nostra storia.

Era naturale che volessi più informazioni, soprattutto perché non mi era ancora tornata la memoria. *Perché non riesco a ricordarmi di lei?*

Qualcosa non quadrava. Inizialmente, ero convinto che fosse perché non mi importava molto di Ismerelda, ma ciò non corrispondeva alle mie decisioni. Perché tenere un'*erosita* per più di mille anni, se non significava nulla per me?

No, più tempo passavo con Ismerelda, più mi sentivo connesso a lei. Nonostante potesse essere in gran parte a causa del legame, ero certo che ci fosse qualcos'altro.

Il suo comportamento non faceva che alimentare il mio interesse, soprattutto quello che era successo quella sera.

Strinsi le labbra, irritato, controllando ancora una volta l'ora. In quel momento, avrei di gran lunga preferito essere nel mio alloggio a interrogare Ismerelda.

Beh, avrei preferito fare un sacco di cose con la mia *erosita*, piuttosto che stare seduto in quella stanza vuota.

Un re non aspetta nessuno, pensai, e le rughe sulla mia fronte diventarono ancora più profonde. *Allora perché sto aspettando un reale di rango inferiore? Un reale che ha scelto di presentarsi senza preavviso, tra l'altro?*

Serrai la mascella.

Non avevo molta esperienza con quell'emozione,

l'*impazienza*. Principalmente perché avevo vissuto troppo a lungo per preoccuparmi dello scorrere del tempo.

Un'ora non era nulla per un vampiro della mia età. Era come una manciata di secondi.

Allora perché mi sembrava che fosse passata un'eternità da quando mi ero seduto lì?

E cosa cazzo è questa sensazione nel petto?, mi domandai improvvisamente, portandomi una mano all'altezza del cuore, dove si stava formando un dolore mai provato prima. *Che sia una reazione fisica alla mia irritazione?*

No, non aveva senso.

Perché l'irritazione dovrebbe causare dolore?

A dirla tutta, perché sento dolore*?*

Arricciai le labbra, pensieroso.

C'è qualcosa che non va.

Sbirciai di nuovo verso il mio orologio, dove il nome di Mira aleggiava sul mio polso. Non avevo fatto sparire lo schermo. Le mie dita fremevano dalla voglia di premere il pulsante di chiamata, ma l'istinto mi trattenne. Non ne capivo il motivo. Era come se una parte di me sapesse che era meglio non farlo.

Una parte collegata a quello strano dolore nel petto.

Avvicinai ancora una volta la mano alla fonte del dolore, premendo le dita nei muscoli per tentare di alleviare la pressione. Ma sembrava che stesse aumentando, con un'intensità che mi scaldava il sangue e mi pizzicava le terminazioni nervose.

Cos'è?

Una fitta particolarmente violenta mi trapassò il cuore, strappandomi una smorfia. Poi mi ritrovai a boccheggiare, quando i miei polmoni iniziarono improvvisamente a lottare per respirare.

Mi sentivo come se stessi morendo.

Come se stessi perdendo la volontà di vivere.

Cosa cazzo sta succedendo? Mi alzai in piedi di scatto, e il mio predatore scrutò la stanza alla ricerca di qualsiasi minaccia mi stesse facendo provare quelle sensazioni orribili.

Ma non riuscii a percepire nulla.

Perché quelle sensazioni non provenivano dall'esterno, ma dall'interno.

Ismerelda, capii.

Cosa cazzo stai facendo?, le domandai. Le mie parole sbatterono sulla barriera che separava le nostre menti. E lo scudo che avevo creato tanto tempo prima si sgretolò in mille pezzi. *Perché…*

Mi interruppi, travolto dalla psiche di Ismerelda.

Devastazione.

Disperazione.

Nessuna speranza.

Stava… stava rivivendo una specie di ricordo. Un ricordo orribile. In cui era circondata da diversi uomini che volevano farle del male.

Ma poi era apparsa un'ombra. *Sono io*, capii l'attimo dopo. *È la notte in cui ci siamo incontrati per la prima volta.*

Me ne aveva parlato, raccontandomi di come l'avessi salvata. Ma vederlo nella sua mente, dal suo punto di vista, lo… lo rendeva più credibile.

Il ricordo, però, sembrava mescolarsi a qualcos'altro. Qualcosa di altrettanto orribile.

No, disse a se stessa. *Concentrati sul vero Cam. Ricordati di lui. Solo di lui.*

Non capivo di cosa stesse parlando.

Non c'è più, sussurrò. *Ci ho provato. Ho fallito.*

«Le procedure di Lilith hanno fritto la parte del cervello di Cam dove risiedeva il vostro legame. Di conseguenza, tutti i suoi ricordi di te sono stati cancellati, e non c'è modo di recuperarli».

Le parole di Michael riecheggiavano nella sua mente.

Non era qualcosa che stava dicendo in quel momento, ma un altro ricordo.

Quando è successo? È reale? Seguii il filo dei suoi pensieri, vedendo la conversazione con Michael svolgersi davanti ai miei occhi.

Una conversazione a cui assistetti dal suo punto di vista, condividendo la sua sofferenza per ciò che le stava dicendo.

E alla fine percepii un intenso senso di sconfitta quando… quando…

Spalancai gli occhi. *Merda!*

Quella era la ragione per cui stava pensando alla notte in cui ci eravamo conosciuti. Quel bastardo l'aveva condotta a un simile destino. E sembrava convinta che fossi stato *io* a ordinarglielo.

Che cazzo?! Mi teletrasportai fuori dalla sala e verso l'ascensore, con la mente avvinghiata a quella di Ismerelda, scavando in cerca di informazioni su dove fosse.

Per fortuna, aveva fatto abbastanza attenzione a ciò che la circondava per darmi la possibilità di ripercorrere i loro passi.

Dai. Dai. Dai, pensai, mentre l'ascensore si muoveva con una lentezza esasperante. *Oh, fanculo!*

Mi lanciai lungo le scale, raggiungendo il tredicesimo livello dei sotterranei in pochi secondi. Dove praticamente scardinai la porta del piano.

L'odore di Ismerelda, *paura e disperazione*, mi condusse da lei.

In una stanza.

Piena di vampiri.

Diversi dei quali avevano le zanne conficcate nella mia *erosita*.

Prosciugandola. Uccidendola. *Toccandola.*

Era nuda. Lo erano anche loro. Ed erano pronti a

scopare.

Uno era già nella sua bocca. E un altro… si stava sistemando tra le sue cosce…

Rosso.

Diventò. Tutto. *Rosso.*

La mia bestia interiore *ruggì*, le mie mani e le mie gambe si mossero automaticamente, tingendo la stanza di sfumature di *rosso.*

Urla strazianti squarciarono l'aria, seguite da tonfi violenti di teste che rotolavano a terra.

Tutto accadde in una frazione di secondo, la mia velocità e la mia forza erano di gran lunga superiori a quelle di tutti i soprannaturali presenti nella stanza. Erano stati troppo assorbiti dal sangue e dal sesso per percepire il mio arrivo.

E Ismerelda… *la mia leonessa…* cadde a terra come una bambola.

Mi inginocchiai accanto a lei, toccandola con le mie mani insanguinate, cercando… cercando un modo… per… *cazzo.*

Un modo per cosa? Per sistemare le cose?

Non…

Come cazzo è potuto succedere?

Mi sembrava di trovarmi in un incubo.

Un incubo reso ancora peggiore dal modo in cui i pensieri di Ismerelda si erano infiltrati nella mia mente.

Si era chiusa in se stessa, scegliendo di nascondersi nella sua mente, piuttosto che permettere al mio ordine di avere la meglio.

Quale ordine?, mi domandai, venendo travolto dalla risposta l'attimo successivo.

Non la darò vinta al nuovo Cam, si era detta. *Anche se ha usato i suoi poteri per ordinarmi di obbedire a Michael, non avrà la soddisfazione di sentirmi* godere *mentre muoio.*

Era stato un atto di sfida da parte sua. Un ultimo vaffanculo a me e a Michael.

Perché pensi che sia stato io a farti questo?, le chiesi. *Perché farti soffrire così?*

Non rispose, la sua psiche era bloccata in una sorta di vortice di ricordi. Un luogo sicuro, che aveva creato in un momento di disperazione e in cui si era rifugiata.

Deglutii mentre altri eventi si susseguivano nella sua mente. Notti trascorse a fare l'amore. Parole appassionate. Promesse. Un mondo di amore, ammirazione e rispetto.

«Ti amo, Ismerelda. Ti ho sempre amata e ti amerò per sempre. Per tutta l'eternità».

«Ti amo anch'io».

«È il modo in cui sarebbe dovuta morire mille anni fa. Mi sembra appropriato».

Aggrottai la fronte quando i ricordi sembrarono sovrapporsi, un giuramento antico e un… Mi concentrai sulle parole che era convinta di avermi sentito pronunciare e osservai quello che era successo dal suo punto di vista.

Oggi. Circa mezz'ora fa. È ciò che ha portato a questo.

Ma quell'uomo non ero io.

Forse un ologramma particolarmente realistico? Lilith possedeva strumenti abbastanza avanzati per poterlo fare. Ecco perché Helias voleva un incontro di persona: non si fidava della tecnologia.

Mi schiarii la voce, accarezzando ancora inutilmente la mia *erosita*. Il fatto che il nostro legame esistesse ancora confermava che nessuno l'aveva scopata, ma… ma era…

«*Cazzo*». Volevo uccidere di nuovo tutti i presenti.

Erano in sei. *Sei*.

Perché cazzo Michael aveva fatto una cosa del genere? E tutto quello che le aveva detto…

È…?

Mi schiarii di nuovo la voce, mentre altri frammenti

della mente di Ismerelda si fondevano con la mia.

Le rivelazioni di Michael non l'avevano sorpresa, perché sapeva già qualcosa.

Una verità che non ero certo di aver compreso.

Lilith ha vinto, continuava a lamentarsi, con il cuore in mille pezzi. *Quella stronza ha vinto.*

Fottendomi il cervello.

O almeno così sembrava.

I ricordi di Ismerelda non corrispondevano ai miei.

Eppure, aveva tenuto per sé tutte le informazioni sul mio passato, perché sapeva che non le avrei mai creduto. Che non mi sarei mai fidato di lei. Che non avrei mai nemmeno preso in considerazione l'idea di ascoltare la sua versione dei fatti.

Aveva cercato di conquistarmi in altri modi.

Con il sesso.

Solo che le si era ritorto contro.

Non gli importa di me. Tutto questo è per lui. Anche il mio piacere… è per lui.

Non è così che facciamo l'amore.

Questo non è il mio *Cam.*

Ti prego, torna da me… mi… mi manchi…

«Cazzo» sussurrai. «Cos'ho fatto?».

Non… non sapevo cosa dire. Non… non potevo…

«Oh, Ismerelda». La presi tra le braccia, i suoi capelli umidi di sudore si appiccicarono alla mia giacca.

Dobbiamo uscire da qui, capii.

Non era un luogo sicuro.

Non potevo fidarmi di nessuno. Nulla era come sembrava.

Avevo bisogno di risposte. Risposte che solo Ismerelda sembrava avere. Ma era in stato catatonico, talmente persa nella sua stessa mente da respirare appena.

Mi morsi il polso e glielo avvicinai alla bocca,

ordinandole mentalmente a bere. Ma era troppo chiusa in se stessa per obbedirmi.

Merda.

Non c'era tempo per riportarla indietro, non in quel momento. Dovevamo trovare un nascondiglio. Un luogo dove nessuno avrebbe potuto trovarci. Solo allora avrei potuto tentare di sistemare le cose. Scusarmi. *Strisciare.*

Dopo, mi dissi. *Ora concentrati sul trovare una via d'uscita.*

Michael aveva detto che avrebbe guardato Ismerelda morire, e ciò significava che probabilmente mi aveva visto massacrare tutti quei vampiri.

Per fortuna, non era passato molto tempo. Forse cinque minuti. Non abbastanza da radunare un numero sufficiente di vampiri per farmi fuori.

A meno che non abbia il dispositivo usato da Lilith per neutralizzarmi. Ne avevo sentito parlare nei ricordi di Ismerelda, sembrava che colpisse la parte del cervello dove risiedeva quel genere di legame.

Non si ricorderà mai di me. È cambiato in modo irreparabile. Il mio Cam… è morto.

I suoi pensieri erano come coltellate al petto.

Il suo dolore era il mio dolore.

Il suo cuore spezzato era il mio cuore spezzato.

E la sua anima devastata… era la mia anima devastata.

Sistemerò tutto, le promisi, anche se non sembrava che mi stesse ascoltando.

Ma prima, dovevamo uscire da lì.

Resisti, mia regina, le sussurrai. *Ti prego, resisti. Sistemerò tutto. Te lo giuro.*

Grazie di aver letto *Un morso crudele*!

Vi chiedo scusa per il cliffhanger. Non piacciono neanche a me. Tuttavia, questa serie si è rivelata troppo complessa per essere conclusa in sei libri. Pertanto, ce n'è un altro in uscita, *Un morso eterno*.

Un morso eterno avrà ancora come protagonisti Izzy e Cam, e forse qualche altra faccia familiare. Non lo so ancora con certezza, visto che lo sto scrivendo proprio ora!

Vorrei aggiungere una nota personale. Mi rendo conto di averci messo più del solito a scrivere gli ultimi due libri, e mi dispiace. Ho appena avuto un bambino, che sta assorbendo la maggior parte del mio tempo. È il primo, e non avevo idea dell'impatto che avrebbe avuto sulla mia vita. Ho anche dovuto proteggere il mio benessere psicologico durante il periodo delicato del post-parto. La storia di Cam e Izzy è molto oscura, e per scrivere un personaggio ho bisogno di sentire quello che prova. Ciò significa che devo calarmi nella testa di Izzy per far fluire le parole. E, al momento, non è molto felice.

Inoltre, bisogna anche tener conto della disponibilità dei miei traduttori, e questo aggiunge altro tempo al processo.

Detto questo, per mostrare il mio apprezzamento a chi mi legge in un'altra lingua, ho voluto pubblicare *Un morso crudele* solo per voi. Chi mi legge in inglese non ha ancora visto nemmeno uno stralcio della storia di Izzy e Cam; insomma, avete un'anteprima di materiale inedito. Spero vi piaccia, e che concluderete il viaggio insieme a me con *Un morso eterno*.

Cam ha molto da farsi perdonare…
A presto!

Un abbraccio, Lexi

Un morso eterno

Ero convinta di poterlo cambiare.
Mi sbagliavo.
Cam non è più l'uomo che amavo. È un mostro.

Sono disposta a lottare per lui?
A perdonarlo?
O ucciderlo è l'unica soluzione?

Questo è il futuro in cui licantropi e vampiri dettano le regole.
Ma sono i loro compagni i veri regnanti.
Perché siamo noi a possedere i loro cuori.

Il problema è che non so se Cam ne abbia ancora uno.
Un tempo, ero destinata a essere la sua regina.

Ora non sono nient'altro che un giocattolo.

Un giocattolo che sta per spezzarsi.
A meno che non sia io a spezzare Cam…

Nota dell'autrice: *Un morso eterno* contiene tematiche oscure, ed è la conclusione della serie *Alleanza di sangue*.

La scrittrice di Bestseller per *USA Today* Lexi C. Foss è un'autrice persa nel mondo della tecnologia. Vive ad Chapel Hill, in Carolina del Nord, con suo marito e i loro figli pelosi. Quando non scrive è impegnata a mettere crocette sulla lista dei posti che vuole visitare. Nella sua scrittura si ritrovano molti dei luoghi in cui è stata, tra cui il mitico mondo di Hydria, basata su Hydra, nelle isole greche. È eccentrica, consuma troppo caffè e ama nuotare.

www.LexiCFoss.com

I LIBRI DI LEXI C. FOSS

Alleanza di Sangue

Desiderami - Nyx/Vesperus

La Vergine di Sangue

Sangue Reale

Il Morso dell'Alfa

Anime Ribelli

Il re vampiro

Un morso crudele

Un morso eterno

L'Università del Sangue

Ambientato nel mondo dell'Alleanza di Sangue

Il Giorno del Sangue

Dark Provenance

La figlia della morte

Il figlio del Caos

L'amante del peccato

Reject Island

Carnage Island: Artigli Crudeli & Morsi Proibiti

Serie della Maledizione degli Immortali

Le Leggi del Sangue

Legami Proibiti

Cuore di Sangue

Legami di Sangue

Legami Angelici

Cercatore di Sangue

Fardello di Sangue

Legami Malvagi

Re di Sangue

Serie V-Clan

Il settore Blood

Il settore Night

Serie X-Clan

Le origini

Il settore Andorra

L'esperimento

La freccia di Winter

Il settore Bariloche

www.ingramcontent.com/pod-product-compliance
Lightning Source LLC
LaVergne TN
LVHW091025080826
845145LV00002B/362

* 9 7 8 1 6 8 5 3 0 2 6 9 6 *